岁月沉香

SUI YUE CHEN XIANG

今生依梦 著

中国华侨出版社

推荐序

结识依梦女士，最早是在中国散文网上读她的一系列散文。知道她是黑龙江人，我们是老乡，一直为黑土地上有这样的一位女作家而感到自豪。今天，她的散文集即将出版发行，更是为她高兴。她让我在书的前面写上几句话，不好推辞，不能为序，还是叫读后感为佳。

在这本文集里，我看到了年轻女作家笔下的人生轨迹。她热爱生活，喜欢宁静，崇尚美好，对亲情、爱情、友情以及人生的种种感悟，都是那样的真实、亲切，落笔之处，其乐观、自信、豁达的人生态度与其优美的文笔浑然一体。在她的文章《岁月沉香》中有这样一句话："角落里的花悄然绽放，无须观众。"不难看出她是一个什么样的女性。类似这样有哲学思想的简练句子，书中随处可见。细细咀嚼，那些美言美语有如一缕缕和煦的春风扑面而来，又如一股股甘霖浸润心扉。

　　每个人的一生都会经历许许多多的磨砺，而亲情、爱情、友情，却是不可缺失的永恒主题。她是一个情感细腻的女子，文字感情真挚，总能在不经意间触及内心最柔软的地方。自幼失去母亲的她，从小由父亲含辛茹苦带大，父女之间有着很深厚的感情。在《永恒的思念》一文中她这样写道："我知道，您真的走了，永远消失在我的生命中，我的世界不会再有您温暖的双手，我的人生将会走进又一个昏暗苦涩的未知，我的一切一切希望将伴随您的离去而消失。仰望苍天，生的理由，谁给我？叩问灵魂，怎样的人生才是解脱？"读到这里不禁让人潸然泪下。或许是人生所经历的磨难，让她过早地体会到了人世冷暖，为了生活，她背起行囊开始了漂泊，但不管走到哪里，她对养育她的故乡都有着深深的依恋。在《他乡明月》一文中，依梦寥寥数语道出了漂泊异乡的游子最真实的心声："久居他乡，漂泊不定，自己犹如一颗蒲公英的种子，微风一吹就飘散在天涯了。茫茫大地，皓月当空，天涯何处才是我的根？哪里才是我心中的家？生根发芽，零落海角，与亲人相聚的愿望，阻隔在万水千山之外，那昔日的挚爱亲人，今何在？那饱含我无尽乡愁的明月，又给我捎来了什么样的消息？情，远在天涯，不远不近，却也温暖。月，亘古不变，不惊不扰，却也唯美了这一季秋。于我，没有喜悦，没有奢求，却只有叹息和说不清的离愁……"读罢，让人如鲠在喉，泪眼婆娑。

当然，除了这些令人悲伤的文字，书中也有不少让人心情愉悦的"别样风景"，如一棵不知名的小草、一朵角落旁的小花，虽然平凡，却是散发淡淡的幽香。在《秋日骊歌》一文中这样写道："秋日的阳光洒满每一个角落，歌声飘过了万水千山，多情的秋在放声歌唱。金色的草地，悄悄涌动着对秋的眷恋；缥缈的云，翩翩与风共舞，述说着短暂相聚之后又要离别的依依不舍。此时此刻，大自然沉浸在秋的歌声里，而我的世界，却别无他求，只想安静地等待光阴的流逝，一个人独赏这一季风景的美丽。岁月更迭，携一份优雅的情怀静静地行走，纵情秋日，拥抱秋天里每一寸即将流逝的光阴，吟唱一曲秋日骊歌，无须与人作和……"

此外，依梦还以丰富的人生经历与独特的视角，洞察人性，解读百态。她以女性特有的角度关注生活中的点点滴滴，所思所想，皆秉承我手写我心、我心言我意的态度。在《女人之美》一文中她这样说："一个睿智、淡雅、富有诗情画意的女人，想要得到人们的青睐，只有通过后天的历练、时光的打磨，才能升华自己的价值。"可以说，她对女性的成长与人生价值，有自己非常成熟和理性的看法。

"宝剑锋从磨砺出,梅花香自苦寒来。"希望一路颠簸走来的依梦女士,在未来的人生和写作道路上,能一如既往地坚持和提高,最终活成自己最想成为的那个人。也祝这本凝聚她心血的散文集能被广大读者喜欢。

郑旭东

目录
contents

第一卷　岁月沉香

1 岁月沉香　　　　　　　　　　　｜ 003
2 天涯孤旅　　　　　　　　　　　｜ 007
3 木棉花开情犹在　　　　　　　　｜ 011
4 感恩,时光的赐予　　　　　　　 ｜ 014
5 时光似水,终无言　　　　　　　 ｜ 020
6 时光,请许我一个永远　　　　　 ｜ 024
7 今生有个约定　　　　　　　　　｜ 027
8 相约一个来生　　　　　　　　　｜ 031
9 漫步人生路　　　　　　　　　　｜ 035
10 追赶青春的脚步　　　　　　　 ｜ 039

第二卷 永恒的思念

- 1 永恒的思念 | 043
- 2 天堂里的母亲 | 048
- 3 峥嵘岁月,依然爱你 | 052
- 4 写给儿子 | 057
- 5 你在他乡还好吗 | 060
- 6 情伴今生,永不分离 | 064
- 7 今生,为你守候 | 068
- 8 他乡明月 | 072
- 9 故园秋月 | 079
- 10 旧时光 | 083

第三卷 淡之韵

- 1 淡之韵 | 089
- 2 天堂鸟 | 093
- 3 云水禅心自清闲 | 098
- 4 身在红尘外,心居水云间 | 101
- 5 禅意,让灵魂安然 | 104
- 6 一片冰心沐画意 | 109
- 7 情到深处人孤独 | 115

8 晚来天欲雪，能饮一杯无 | 119
9 月色倾城，共赴心灵的盛宴 | 124
10 如风归去 | 127

第四卷　秋日骊歌

1 秋日骊歌 | 135
2 南国秋梦，一念安然 | 140
3 静赏秋韵，独醉西风瘦 | 144
4 雨敲窗棂，秋思十韵 | 147
5 秋风萧瑟雁南归 | 151
6 风吟静夜，雨湿碎语别深秋 | 155
7 落叶飘零锁深秋 | 158
8 雨夜八章 | 162
9 秋舞枫红醉相思 | 166
10 秋雨梧桐叶成冢 | 170

第五卷　岁月无声别匆匆

1 岁月无声别匆匆 | 177
2 梅之魂 | 181
3 兰之韵 | 185

4 竹之风骨 | 189

5 淡雅之菊 | 192

6 十里桃红香如故 | 196

7 细雨清荷碎碎念 | 200

8 暮色深秋,聆听幸福 | 204

9 女人之美 | 208

10 夜韵断章 | 213

第六卷　海的恋歌

1 海的恋歌 | 221

2 海之魂 | 226

3 春之韵 | 232

4 似是故人来 | 235

5 飘在天涯的纸鸢 | 239

6 缘来,只为懂得 | 242

7 缘如浮萍飘无踪 | 245

8 梦醒时分 | 250

9 安静地享受孤独 | 254

10 相见时难别亦难 | 257

1
岁月沉香

时光总是不经意地在指缝间溜走。它让曾经年少的我们渐渐地不再懵懂，学会了沉淀自己的情感，也将一些途经生命中的人或者事逐一珍藏在内心深处。

人们常说，回忆，是最美的书签。它记载了年华中数不清的故事，每一个版本都有其或完美，或残缺的情节。写满故事的每一个细节的扉页，在匆匆忙忙地奔走间逐渐模糊，越来越变得遥远。有些时候，回首遥望来时的路，总会被某一些场景带回到故事之中，那些画面，那些人和事物，那些珍藏在内心的苦涩与温暖，痛苦与殇，便会撕扯着敏感的神经，将麻木的心唤醒。时光，将青春送走；岁月，沉淀了一份如水的情怀；回忆，深植于脑海，曾经却永远在梦里依稀。当经历打磨平了青春的棱角，突然发现，有些故事，演绎的情节，只适合在内心深深怀念。

久居闹市，渴望平静的生活，喜欢宁静的心境，面对现实却总是无能为力。心中知晓，宁静，是一种优雅的生活方式。它能让浮躁的心回归，将一切干扰拒之门外。喜欢静，愿意一个人听歌，一个人独处，一个人思考，更喜欢一个人走进回忆之中，便有了淡的味道。

或许，是心态老了？抑或，是人到中年，看得开了，纠结少了？便删除了无所谓的那些杂质。学会给自己一个空间，慢慢体会生活中的喜怒哀乐，慢慢消磨那些苦辣酸甜的人生况味。明了，有些事情看清了，就删除了没必要的痛苦，有些人走远了，都是必然。这个世间，每个人都需要宁静，需要属于自己的生存空间，这样才是生命最终的归宿。

诚然，生命是一次孤独的行走，成长需要漫长的过程。走着，看着，一路感悟着，在光阴的角落里聆听自己的心语。喜欢聆听，总觉得那是一种极致的美。它可以在时光的交错中，穿越季节的长河，无论春夏秋冬，无论风霜雨雪，都时刻将美丽绽放。踏着轻盈的步伐，行走在每一个朝阳升起的清晨，抑或，暮色渐深的黄昏，听，花开的声音，盈一份花香满怀，绽放短暂的芳华。听，风吹过的响动，与时光悄悄耳语，诉说着风与白云的恋歌；听，雨滴落的节拍，看雪飘落的曼妙身姿，将清浅的心事解读，不再忧伤满腹。听，光阴在匆匆走过，将一个个生命中演绎的精彩片段揽入心中，也总会有许多熟悉的场景在眼前如约而至，泛起一丝涟漪，搅乱本以平静的心海。

一直以为，流逝的时间可以改变一切，包括人的心态。恶劣的生存环境可以磨砺一个人的修为，提升个体的存在价值。人，无所谓拥有多少财富，也不需要得到多少掌声，只要能延续本真做回自己就好。在这个世界上，没有谁能将谁的思维捆绑，也没有谁是谁生命中的唯一，一个完整意义上的人，都是在生活的不断磨合中找回自己的位置，即使于角落中，孤芳自赏，那也是一种独到的美丽。都说，沉默是金，便喜欢不言不语；善良是本，才坚持不变做人做事的初衷。不怕冷漠，拒绝虚伪，拿出百分百的真诚，哪怕换来无情的漠视，也是在完成生命行走的一个过程。

年华老去，光阴便消瘦了吧！无数次感慨时光的匆匆流逝，回望来时的路，盈满些许的失落。静便修心，静则无欲无求。此刻，与我，只想侧耳倾听，心灵穿越苍穹的窃窃私语，走过生命的滚滚长河，把所有的心事与自己述说。

渐行渐远的岁月，蹉跎了年华，耗费了情感，也学会了沉默。世事百态，难能如愿。生活在这个纷扰世界中的人们总是愿意回忆过去，畅想未来，却没有人愿意品味孤独，享受寂寞。茫茫天地间，不论是地位高贵，还是卑微的一个人，都有自己的生活方式，也无法雷同每一个细节。人们总是写着别人的故事，看着他人的冷暖，往往忽视了自己的需要，来书写自己的人生感悟。活着，走着，看着，写着，感触着，渴望得到心灵的共鸣。然而，没人能将喜怒哀乐左右，更不能只复制快乐，删除痛苦。悲与喜，交错重叠，人与人注定会因为彼此不懂得而错过。

生于尘世，走在路上，总想有一个自己的世界。平凡也好，简单也罢，却不想踏进喧嚣。角落里的花悄然绽放，无须观众。"墙角数枝梅，凌寒独自开，遥知不是雪，唯有暗香来。"甚喜梅花顽强不屈服冰雪的品格，不媚俗的铮铮傲骨，悄然绽放，于角落里寂静安然。梅之暗香，清幽，淡雅，给予灵魂深处一种触动。冰雪聪慧的女人，不在于外表容颜的靓丽与否，只在于内心的纯美。梅之灵魂，不俗，不争，不畏强势低头，于茫茫天地间，只做真我，即使深埋于冰雪中，隐藏在角落里，又有何妨？

携一份淡雅的心境，行走于青山绿水间，也是一种超脱世俗的姿态吧！碧空若洗，看远山含黛，将耀眼的霞光织成一件多彩的衣裳。慢慢行走，静静聆听，听人与自然的完美和声。

云卷云舒，去留无意，风雨兼程，不与群芳争宠，心甘情愿地做一朵盛开在朝阳中的无名小花，静静地绽放，浅浅地微笑，便也将时光丰润。心中带着对生活的希冀，珍藏着光阴中的美好，悄悄绽放在季节中，让灵魂深处散发出岁月的沉香。碧水蓝天下，青山为伴，水流相和，前行的脚步将会撒下生命的一路欢歌。

山水相依，清风追逐着白云，风雨交加的路上，洗尽尘埃，携一份温暖前行。心存善念，途遇天使，静修其心，让心灵的一方城堡弥漫着岁月的沉香……

2 天涯孤旅

生命本是一次孤独的漫旅。每个人都遵循着自己的轨迹,坎坷、波折、困惑、跌倒、爬起、带着希望前行。在岁月的长河中,艰难跋涉,品尝着数不清的苦辣酸辛。于是,在流逝的光阴里,我们学会了坚强;在悠远的岁月里,我们学会了担当。数着日子前行,含着泪水笑对苦涩,走入一个人孤独的旅途……

夜色如画融入孤寂的情怀。盛夏的南国,夜深沉,风景如画,透露出纯净的美。躲开白昼的喧杂,回归夜的怀抱,享受心灵的片刻安宁。独自站在窗前,凭栏远望天外的世界,深邃的天空里,一弯清冷的月影,在云层里时隐时现,调皮的星星散布在云彩中,眨着眼睛,窥探着这个尘世的冷暖和繁华。俯首,宽阔的广场上,路灯依旧在闪烁着,给夜间行路人指明归途。不远处的荷塘里,荷香四溢,盛开的荷花舒展着青翠的枝蔓,炫耀着深处淤泥中独有的高洁。在寂寥的夜里,不时传来知了的鸣叫和蛙声的孤鸣,将夜的孤独渲染得更深。我想,它们不是在用歌声媲美,来换取异性的青睐,它们应该是在跟夜诉说着内心的孤独吧!或许动物和人一样的思维和愿望吧!然而,懂得它们的知音又有几个呢?能将它们记在心中的又有几人?茫茫人海,不可预见的相遇,沧桑人世,谁能注定没有分离。孤独本是人生的常态,动物如此，何况一个活生生的人呢？此时此刻，闭目遐思，内心少了安宁，竟然多了一丝无法比拟的凄凉。回望自己走过的人生之路，内心感慨万千。

　　风雨人生独自前行的漂泊之旅。望着夜色下的南国美景，那深邃的夜空，那湛蓝的天宇，那清浅的月光，内心却有着无法触摸的寒冷。抱紧双肩，给予自己心灵的温暖，来慰藉夜色下的孤独。极目远望故乡的方向，心中轻轻地呼唤，故乡你还好吗？儿时的玩伴，昔日的朋友，挚爱的亲人，你们还好吗？我想你们，可否听到？此刻，思念穿越万水千山，泪水打湿了双眸，那些清晰的记忆在脑海中浮现。"爹，长大了，我孝敬您，给您买酒喝，给您买过滤嘴烟，好吗？"这是年幼的我，对叼着旱烟直咳嗽的父亲说过的话，记忆犹新。可父亲却笑着回答："爹抽啥都行，只要你们长大了，有出息就够了！"父亲，您知道吗？女儿多希望您能永远在身边，听着您的声音，陪着您走过每一个值得珍惜的日子啊！然而，命运无情，剥夺了您的生命，分离成了不可逆转的现实，而我却永远走不出心灵的那座牢狱，困在其中，不能走出……

　　真情呼唤，永远是生命的主题。犹记得，年少时，背起空空的行囊，踏上了奔向远方的路。那时，心中是无限希冀前途的美好，脑海里总是规划着未来那属于自己最美的征途。年少的伙伴，站在村口，挥动着干裂的小手，与我作别。"记得我啊，不要忘记我，我们永远是好朋友，你一定要回来看我啊！"那一句句连接情感的话语，那一声声真情的呼唤，让我泪流满面，狠心转身，奔向了梦的前方。今天，当时光穿越了无数个轮回，在光阴的交错中，我们一个个在相聚与别离中擦肩而过。彼此为了生活迈着艰难的步伐，孤独地迈向一个又一个的不可预见，朋友，你还记得我吗？回想曾经的一幕幕，幻想着相见的那一天，是否连擦肩而过都彼此互不相识呢？那么试问？这个尘世真情又有多少？留下的那份思念是否已经淡忘在光阴中呢？其实，年华过半，人生之中，又有多少东西可以永远呢？世事变幻，又有多少真情可依？我们总是感叹生命的流逝，匆匆溜走的时光，不仅改变了容颜，也改变了一切，甚至改变了自己，成了不争的事实。

卸下疲惫，静守心灵的堡垒。行走在高楼林立的大都市里，每天迎接着一个个过客，或相遇在路口，或擦肩于前行的瞬间，对于我来说，都是命运最好的安排。时间可以证明一切，包括情感，包括一个人的品性，我一直相信。曾几何时，那个率真的自己，将"情义"二字看得重如生命的自己，穿行在现实与虚拟之间，在真实与虚假的情感纠葛中苦苦地挣扎，并疲惫不堪。为了一个不能实现的梦想去执着坚守、困顿、纠结、付出、无怨无悔。可当一切一切成了过去，那些刺耳的话语依旧在耳边响起。利益和虚名，鲜花和掌声，永远是虚荣者的最爱。海纳百川，百花齐放，永远是为自己的缺憾找的借口而已！走过的路不能回头，做过的事不能后悔，做人要敢于担当，正直善良，坦坦荡荡，学会感恩，懂得取舍那是何等重要？对于一个人来说，尊严又是何其珍贵？扪心自问，如今，一次次经历了泪与欢笑的洗礼之后，卷入利益世俗的洪流中不能自拔之时，我又收获了些什么？人生坎坷，且行且珍惜，这句时常挂在嘴边的话语，听起来如此陌生。聚与散本来就是如此，何必牵强附会。面对一个个匆匆离别的背影转身的瞬间，那些绝情漠视的面孔无视存在的只言片语，如一把利刃，划上了本就脆弱的心，泪水依旧止不住地流下来。面对苍穹，问自己，谁能是谁生命里的唯一？生命的轮回终究没有归期，期望的梦你到底在哪里？原来早已化作了泪雨……

问这个世界，真的可以有永远吗？没有。一个人注定一生孤独前行，没有人可以陪你到永远。生命的行程，如同那风中摇曳的蒲公英。一阵风儿吹过，那一颗颗细小的种子，瞬间消失在茫茫天地，成就了天涯孤旅……

3

木棉花开情犹在

四月的江南，正是木棉花盛开的季节。怀着对木棉无限的遐思与崇敬，我悄悄地走近它，领略其与众不同的风采，也品味着青春流逝中木棉那火红的情怀。

闲暇的午后，漫步珠江之畔，远离了喧嚣的闹市，于静寂中，独享一份安逸的情怀。一缕微风掠过耳际，内心几分惬意。寻香而觅，开始了追寻木棉花的心灵之旅。远望，在那万花丛中，一株高大的木棉映入眼帘，它笔挺的树干，有力的枝蔓，高高的树身绽放了一团团火焰似的花蕾。它不似梧桐的枝叶茂密，没有古榕的浓密与温情，光秃秃的枝干只有少许的绿叶陪衬，有一丝单调，可并不低调。那火红的花蕾，似火在燃烧、在跳动，犹如少女情窦初开的情怀，在微风的拂动下，悄悄萌动。怒放的花蕊在与花瓣紧紧依偎，他们在诉说着亘古不变的情话。仔细观赏木棉的花蕾，发现它全然没有梅花的孤傲，也没有菊花的淡雅，更没有莲花的清纯，而在暗香涌动中，却毫不掩饰它对春的依恋。此刻，伴随着珠江的层层涟漪，走进了木棉花的春天。

走近这株木棉，被眼前一幕完美的画面阻止了我前行的脚步。驻足欣赏这难得的美景，令我陶醉其中。在花团锦簇的木棉之下，伫立着一位身着粉红色衣裙的女孩，她静静地伫立在微风中，手里还握着一朵绽放的木棉花,她已然在阳光下深思了良久,眼睛出神地凝望远方,完全没有觉察到我的关注。春日的微风轻抚她美丽的衣裳,粉红色的衣裙翩翩起舞,像跳动的火焰。那飘逸的长发掠过耳际,在脸颊上荡起一层层的涟漪,偶尔,浅浅的微笑,已经溢满她富有青春活力的脸颊,不时也泛起朵朵的红晕,一阵阵花香沁入了我的鼻息,也融入了少女的心扉。此刻的美,与木棉的艳丽相比,她毫不逊色。她在等待谁?突然醒悟,原来她在等待她的爱情,我想是的。不信你看,那脉脉含情的眼神里,有对爱情的无限憧憬与向往,有对青春的不懈追求和渴望。等待——也是如此的浪漫,可那个梦中的人儿为何姗姗来迟?因何浪费了如此美妙的时光。此情此景,内心不由得感叹,爱不就是一种守望吗?默默祝福女孩,希望她不要错过了这难得的花期。

残花飘落不是木棉的归宿,在遍地落红中捡拾人生点滴的幸福。前行的脚步使我融入春的灿烂,猛然发现还有很多的美丽没有捕捉。远处的木棉树下,一个孩童在奔跑着,大声欢呼着。慢点,身后传来了一句嘱托。原来是一位年迈的阿公带着孙子在散步,手推着轮椅上的阿婆在缓缓而行。孩子边跑边欢呼着,爷爷,你看,木棉花落了,真漂亮。阿公慈祥地微笑着,慢慢地走到了树下,捡起飘落的花瓣,和蔼地对孙子说,捡起来,这个对婆婆的风湿有用处。孩子天真地扬起稚气的小脸,不解地问着阿公:"爷爷,妈妈说木棉花是英雄花,是真的吗?"阿公抬起头,仰望木棉,平静地说:"木棉树是英雄的树,它是羊城的市花。木棉是象征着乐观向上的精神的载体,它秉承自己执着的信仰,摒弃所有的邪恶,不随波逐流,力争上游即使昙花一现,也要展示自己的美丽。我们要珍惜木棉的花期,把握拥有的幸福才是人生真谛。"话语间,阿公的表情里,流露着对木棉的怜爱。孙子疑惑地问:"阿公,您与阿婆是不是和木棉花一样彼此珍惜呢?"阿公低头不语,与轮椅上的阿婆相视一笑,便已经印证了木棉的花语。看在眼里,内心涌动着无比的温馨,原来守望真的是一种无以言表的幸福,我已沉浸其中,久久不能释怀……

细酌木棉的花语,那是木棉隽永的情怀。珍惜眼前人,莫负好时光,把握幸福的花期,珍爱人生每一个值得拥有的瞬间。于是,豁然开朗,人生不就是如此吗?每一次的相遇不都是一次花期吗?于亲情,血浓于水,倾心所有,相亲相爱寻觅一处温馨的港湾;于爱情,在浪漫与平淡中相拥相守,不去奢求,在风雨人生里相扶相搀、不离不弃;于友情,因缘分而相遇,坦诚地付出,真挚地相知相惜,不因距离而隔断情感,不因误解而产生距离,这不就是木棉亘古不变的那种精神吗?美丽的江南,在木棉绽放的火红的花蕾里,我读懂了人生,终于明白,一切美丽的情感都在于真诚地相待与无私地付出。木棉不追逐名利,去掉浮华的那种美德使我肃然起敬,于是,不再纠结于浮华背后的得与失,荣与辱,做好自己,坚定地走向属于自己的未来……

花开花落,经历人生风雨,终于明了,流逝的年华已不再青春懵懂,唯有沧桑的面容下还残留着时光的褶皱。从此,我将静心守候,不再奢求,于平淡的人生中继续自己曾经的拥有,坚信爱情不是风花雪月的浪漫之约,而是浮华过后真实的拥有。人生能够如此,足矣!

4
感恩，时光的赐予

云水初寒，秋去冬来，又是一个南国的初冬。暮色西风中，依旧繁花似锦，点缀在冬日的南国。萧瑟的黄昏中，那一团团、一簇簇绛紫色蓓蕾在枝头悄然绽放着，经微风轻拂，散发着一股股淡淡的幽香，不经意间便飘入了鼻息。风轻抚枝头摇曳的花朵，夕阳斜射在单薄的身躯上，有些微冷。拉紧风衣的拉链，轻轻挽起爱人的手臂，穿行在人潮人海中，前行的步履匆匆。

时常喜欢慢慢地行走，静静地观赏路遇的风景。或许在某一个偶然间的回眸一瞥，和路遇的行人不停地擦肩而过之中，那些或匆忙，或悠闲，或开心，或沮丧的脸庞掠过眼眸之际，都能收获一份邂逅的缘吧！停停走走，纵横交错的斑马线上，被爱人拉住的手，感觉到了温暖。爱人的手是那样的温暖有力，眼里有着无限的温情。或许，是二十年来的相依相伴，彼此心中有了更多的依赖吧！

行走在萧瑟的西风里，暮色渐深，灯火阑珊，望着这个熟悉又陌生的都市，心底感慨万千。常说，时间是无情的杀手，它扼杀了青春的美好，沉淀了年轮的叠加，将沧桑留在了鬓角抑或额头。当又一个年华的标签滑过岁月的枝头，转眼之间，突然发现自己老了。伴随着光阴的分秒流逝，时光的钟摆总是在不经意间旋转，我们已经从青涩的少年，迈进了中年的路口。

　　蓦然回首来时的路，那些和年华有关的记忆如沙漏匆匆从指缝溜走。它带走了季节的变迁，只残存了驻留在记忆中依稀的风景。面对时光的轮转，深深知道，一切的一切，只有感恩。感恩那些生命中的赐予。亲情，爱情，友情，种种情缘，都是这短暂一生中最大的财富。

　　紧紧依偎在爱人身边，漫步在珠江岸旁，眼望滔滔江水，遥望远方，内心盈满了无限的遐思。珠江，这条承载了文明和情感的源泉，请赋予我更多的念想，让我用心灵的音符谱写给你最美的乐章。喜欢你的绵长和悠远，却无法融入你的胸怀。回望四年来的漂泊之路，你给我的不仅仅是一次南漂创业的艰辛，更给予了我对故乡、亲人、朋友的无限思念，且心怀更多的是感恩。

　　为了生存踏上了漂泊之路，漫长而艰难的跋涉，让我体会到了无数次的坎坷挫折。人们常说，有梦不怕天涯远，只要敢去拼搏，前途一片光明。而今，光阴如烟散去，时光到底留给我什么？是对亲人的怀念，终究天涯路远，有着万水千山的阻隔。

　　有情在，不怕咫尺天边。亲情若海，永远不会干涸。每年的生日，哥哥姐姐的祝福问候，嘘寒问暖，都让我温暖在心。然而，对于你们的关爱，我又做过了什么？没有时间，少了问候，有了距离，心偶尔牵挂。近了，远了，都不曾遗忘。我最亲爱的兄弟姐妹们，是你们的情感让我得到了人世间的温暖；是你们的关怀，让我走过了人生无数次的沟沟坎坎。父母赋予了我生命，亲人给予了我精神上的支撑。故乡，无数次成了我思念的方向，而情也沧桑，心路漫漫，天涯何处有归期？

　　暮色中的江岸，人群如潮。奔跑在石板路上的孩子们在嬉戏，追逐，寻找着童年的玩伴。那天真的脸庞，灿烂的笑脸，稚嫩的童音，无不让人体会到友情的弥足珍贵。含笑观望着，孩子们天真无邪的脸庞，眼前仿佛出现了儿子可爱的笑脸。那稚嫩的童声，亲切地呼唤，仿佛就在身旁。去年的生日，还记得你曾在电梯门口，接我回家的场景。一句"妈妈，生日快乐！"让我无法克制内心的激动，泪水湮没了眼帘，心中荡起层层微澜。为人父母，才体会到了艰辛的滋味，才明白幸福的来之不易。走进家门，一桌子丰盛的饭菜，一个满载着祝福的生日蛋糕，婆婆、爱人的忙碌，都让我内心充满了温暖和感恩。

每年的这个时刻，心底总会萌生一个念头。要是父亲在多好，每年的生日，或许我还会买一个蛋糕，说一声祝福，尽一下孝道。我想，这个念头不仅仅我有，或许天底下的能知恩图报的子女都能想到吧！

人生来是一个孤独的个体，总会渴望这一生中有温暖的陪伴。生性孤僻的自己，喜欢安静，却也惧怕这人间的寒冷。四年来的网络行走，与文字结下了不解之缘。茫茫网海，我只是一个卑微的文字倾诉者。在虚拟的空间里，邂逅了一份份难能可贵的情缘。作为女人来讲，我崇尚这个真诚、单纯、简单的世界，早已厌倦了商场上的争名夺利，勾心斗角。闲暇时，寥寥文字，写下自己的心语，诉说着一个女人对生活的感触。

喜欢简单，惧怕复杂的人性。一直深信，一个懂得生活的女人，最该有的不仅仅是漂亮的容颜和善良的本性吧！一个女人，最该有的应该是尊严和矜持。异性面前自信，彰显自我，不暧昧，不轻易超越底线，别亵渎了灵魂的纯净，这样才能得到尊重。女人，容颜只是一时的资本，穿着仅仅代表物质的需求，能保鲜的永远是内在的涵养，不轻易付出的感情才能让每一份情意持久。身为女人，别低俗，切莫虚伪，更不要醋意太浓，是你的东西没人跟你抢，不是你的就算低入尘埃又能抓住多少在手中？

结交朋友，我喜欢真实的一面。知晓，那是人与人之间沟通情感、连接友情桥梁的重要纽带。我喜欢真实，崇尚真我，不妄自菲薄自己的价值，珍视任意一个与自己有缘的朋友。始终相信，这个世界上没人喜欢虚伪，愿意戴着面具生活的人，就已经失去了人该有的本真。

　　我，一个平凡的女人，没有出众的相貌，也不必过度修饰自己，只需自然就好。或许，大多数人对美的追求不同，喜欢美女是人们的天性。平凡也好，简单也罢，女人该拿出来的是自信，不该轻易付出的是尊严。轻易付出，将人格践踏，无人可以仰视你的卑微，尊严被践踏，再芳华绝代的容颜也只是躯壳而已。

　　虚拟的网络空间，相遇了一份份的真情，给孤寂的内心无时无刻添加着温暖。人常说，人情冷暖，世态薄凉，网络虚拟，往往很多时候人与人之间是需要保持一定的距离的。因为有了距离，才能让情感纯净，有了彼此呼吸的空间，不会给情感套上无形的枷锁。亲人也好，爱人也罢，朋友也如此，心的距离是情感的贴近，这个不容置疑，而太过于依赖，或者太多表现出控制欲望会将感情的天平倾斜。人是渴望情感的滋润的，但更渴望精神上的自由，不愿意被禁锢。相处，真心便好，相伴，坦诚最佳。心，彼此相知。情，不远不近，适度温暖，方为智者的感情，长长远远。

　　社会的繁杂，人心的冷漠，生活的压力，让很多人对情感产生了怀疑，没有了最初的信任和温暖。始终相信，每一个与你相识和彼此走进内心的人，都是靠缘分的。一份值得珍惜的缘分，其中不仅需要空间的跨越，情感的交流，真诚地彼此关爱，更是需要时间的验证。

　　值得拥有的感情，是跨越心灵长河的一种最美邂逅。完美的情感，能彼此坦诚相待，能排除利益的纠葛，能宽容对方的一切错误，在彼此的搀扶下共同营造良好的氛围。换言之，情感中付出的分量多少，完全取决于相处的态度，才能连接起人类最坚实的情感纽带。缘分是缥缈的，相遇是美好的，在多数人眼里，能在人潮人海中，轻轻握紧手中的一段缘，真心相伴，你喜我喜，你忧我忧，便极致到了完美。结缘于文字，相识于网络，虽有微风细雨的叠加，也有真情和温暖的相随，于平凡的我来说，都是命运最好的赐予，并心存感恩。

每个人都有自己的故事，都有着自己心中的苦，都想找到心灵共鸣的朋友，或者高山流水的知音。常说，相遇最美，一切随缘。所有的前尘往事都是生命行走中的必然。往事如烟，尘缘若梦，来去匆忙的人海里，每个人都在写着自己的那部书。曲折坎坷，悲欢离合，喜怒哀乐，不停地上演，填满柔弱的内心。这一生中经历了无数次相遇时的喜极而泣，千万次聚散匆匆的擦肩而过，都是成长的一个过程。年华似水，云烟散尽，伴随着年轮的老去，有些人和事情已经模糊不清。打开的时光书页里，平凡的故事中的主角在不停地变换，并在动人的情节中无数次泪湿衣襟，将年少轻狂中的狂妄不羁悄然掩盖，沉淀出一份淡雅的情怀。安静沉默，不再纠结，学会思考，带着对生活的热爱，带着深刻的思索迈着踏实的脚步，于平淡人生中继续摸索前行，早已波澜不惊。

路遥知马力，日久见人心。如水的光阴蹉跎了年华的美好，生命的前行中留下了深浅不一的足迹。人生短暂，所以珍惜。情缘无价，真心才能永恒。每一段邂逅于交错的十字路口，我们都在寻找属于自己的那份拥有。世间情缘种种，没有一份不需要珍惜，人生活着实在不容易，没有一个人会刻意在乎你的冷暖。因为懂得，所以慈悲，因为珍惜，所以才宽容隐忍。时间印证了一份情感的真伪，真诚带给了我们无数次感动，十字路口匆忙交错的人们，为何不能用纯净的内心，真情厚意来把握这短暂的相遇？为何要让彼此的情感在扭曲中走进没落的旅途？轻轻地叹息，人生若只如初见，何事秋风悲画扇，缘分交错的路口，默默地祈祷，切莫亵渎了那份纯美。

平淡的人生，平凡的故事，平常的念想，这就是一个正常女人的愿望。一个幸福的家庭，一个真心相伴的爱人，一群知心的朋友，一个属于自己的自由空间。钟爱文字，深知文字如一枝凝满芳香的梅花，不经意间便闯入了我的精神世界。爱文，写文，怀感恩之思倾听世界，喃喃自语，将散碎的篇章续写。说心里话，写身边事，用经历和感悟来拨开人生的重重迷雾，给予更多陷入迷茫的人以启发，不想浪费了这如水的光阴。梅冰寒傲骨，强势之下不低头，馨香暗送，只为群芳从中不媚俗流。

暮色南国，西风渐冷，遥寄一份思念于天涯海角。感恩父母，赐予我生命；感恩亲人，生命因你们的爱而别样精彩。感谢爱人，二十年来的默默陪伴，珍爱有你才能永恒；感恩朋友，茫茫人海，有缘相遇，虚拟现实，因情结缘；感恩喜爱文字的好友们一路的支持和鼓励，感恩一份份真诚的情感。弹指间，心无间，愿文字架起友谊的桥梁，愿真情相伴岁岁年年。微寒的南国之冬，瑟瑟西风吹动飘逸的长发，残阳如血，带着微笑迎着暮色前行。珠江奔涌，情无限，用真情执笔，抒写跨越时空的缘，来寄托我的碎念。此刻，任时光分秒流逝，以珠江之水为墨，任思绪翩跹……

5
时光似水，终无言

生活中的我们总渴望活着的每一天都是阳光明媚的新开始。于是，在短暂的光阴里，充实地活着，满怀着希望行走，便留下了生命中最美好的时光，不让年华虚度。其实，每个人的生活姿态都不相同，所经历的事也不能相提并论。错综复杂的人生之路，唯有经历能丰盈你的生活，填满你空虚的内在。古往今来，文人都喜欢用文字抒发情感，来慰藉孤独的内心，写意着百态人情。画家喜欢用画笔浓墨重彩，描绘出心中的希望，来诠释路过风景的美丽。然而，生命犹如大海中的一滴水，卑微渺小。一个平凡的人，生活在平凡的世界，能以一株小草的姿态，顽强地活着，即使在夹缝间求存，也该有自己的尊严。仔细回味，为什么看了那么多别人的经历，我们仍然过不好这一生？原来，我们都是生命中来来往往的匆匆过客，在生活的这盘棋局中，谁输谁赢只适合冷眼旁观，生活赋予我们所有的喜怒哀乐也必须照单全收。

一直认为用大海来形容人生最为恰当。"人生犹如大海行船，快行一程，差之千里。慢行一秒，失之交臂。"这是一个朋友的人生箴言，使我深思。人生的所有机会和缘分，都是一刹那间作出的决定，或者在一秒钟的交错中便失去了内心曾经想要的感动。有些故事在一瞬间，便成了过去，留在了遥远的昨天。然而，那些曾经走进内心世界中的人，当空间和时光将你们隔离开以后，才深刻体会到没了温暖，内心萦绕的那份无法替代的孤独，一直在内心不肯散去。曾经熟悉的笑脸，日久弥香的情义，在转身天涯之后都变成了一些往事，不堪回首。或许，我们常常会思考，一切一切的背后，是生活辜负了我们，还是我们没有把握住相处的时光呢？其实，能真正地彼此牵挂，能懂得你的所思所想，能走进彼此的心里，远远比走进生活更有意义，不是吗？

常常觉得掌心里的温存永远是紧紧贴在胸口的一抹暖，那些能抓在手中的东西才验证了人与人之间没有隔阂的距离。漫步人生路，我们都在不停地寻找，不断地放手，毫无保留地浪费着时间和短暂的生命。有时候我们甚至无暇欣赏属于自己身边的那处风景，便已被无情的岁月蹉跎出了满身的沧桑，一脸的疲惫，把仅有的年华空负。匆匆而来，再匆匆而去，与时光和年轮做着最真实的交错，便缩短了活着的距离。有一天，当我们再次打开朱自清的《匆匆》之时，会突然发现，伴随着光阴的逝去，那个曾经年少的我们已经悄然老去，那些斑驳在青春年华中的记忆，除了脸上一些褶皱之外，也许能留给岁月沉淀下来的只有些许风霜吧！一花一草，一人一世界，一程山水隔着遥远的天涯，成了故去的神话。或许，有朝一日，等时光老去，青春挥手作别之时，手中握住的仅是刹那芳华，那些一辈子渴望欣赏到的风景却早已如风归去！

匆匆的过客，无数次交错在陌生的路口，独自站在时光的这头，早已茫然不知所措。人潮人海中你匆匆而来，又匆匆地消失在视线中，注定了相聚的短暂和离别的永恒。遥望天宇，似乎感觉到存在的虚空，那些瞳孔里的影像已经化作了过眼云烟，徒留黯然神伤。为什么这一生中所经历的太多分分合合，看过了太多的真真假假，走过了无数条曲折的情感之路，直至今日，我才发现，人的情感如此脆弱，人的一生为什么总要有这样那样的奢望左右着言行？揭开时光的面纱，独自寻找来时的路，当自己不顾一切地想要得到那些所谓的拥有时，却瞬间支离破碎，无法拼凑出原来的模样。仔细回味这一路行程，除了行囊里背负的情债，剥开自己的灵魂深处，早已伤痕密布，没有了昔日的温情。如此，不想在乎什么别人的感受，活好自己存在的每一天多么重要？人生何苦自己为难自己？留一半清醒，留一片天空给那个前行的自己吧！时刻告诫内心，叮嘱自己，前行的风雨一定要自己扛，没有人能陪你一生！

独自走在单行道上，陪伴自己的只有残阳下的一抹孤单的身影，环抱着孤寂的躯体。日复一日，总是数着日子前行，将卑微的灵魂安放。岁月更迭，浅秋将至，不知不觉中步入了收获的季节，而心中却时常唏嘘感慨。一直以一个独行者的姿态漫步于尘世，行走在纵横交错的每一个十字路口。一路风雨，打湿了心中无数个梦想，面对流逝的光阴，感慨不已。总是感慨人生的不如意，总是抱怨生活的幸与不幸，纠葛在脆弱的内心。假如说，行走需要一种姿态，那为什么尝遍了那么多生活的苦，流了那么多伤心的泪，我们依旧让这短暂的一生荆棘密布，风雨交加，困惑不已呢？原来漫步人生路，每个人都要在经历中长大，都要在一路风雨中携一份信念前行。

当时光的背影悄然远走，将回忆抛在了来时的路上时，我们总会在不断变化的场景中，或者在回忆中寻找过去的模样，以便留下最深的念想。其实，生活就是在不断思考中、不断跋涉中找到自我的位置，也是在不断成长中感悟的一个过程。一路走来，慢慢品味，原来生命中的一路追逐都是在追赶着心中的风景，尽管有些故事都成了回忆，有些人终究成了过客。那些一路前行时的付出和所得都是等价交换才能收获，并一一装进行囊里，成为了一种真实的拥有，便完成了使命。

失去、拥有、缘分、过客，都在匆忙中相互交错，从而丰润一段人生，调剂枯燥的独行。滚滚流逝的生命长河中，一路采集着风景，途经着四季的轮回，容颜转变，但情怀依旧，并始终坚信，最美的风景永远在前行的路上。看光阴流转，将记忆深藏在柔弱的内心，我将携一份温暖，带着一路的欢笑追逐那不可未知的明天，任时光匆匆，再匆匆……

6
时光，请许我一个永远

　　一生中，你的心里能装得下几个人？又有多少人成了你生命中的匆匆过客。无心有意，有心无意，为了一份情甘愿受了委屈，为一个没有承诺的约定，情愿伤了自身，那是感情中最大的残忍，只能怪你，太不认真，伤了有心人脆弱的心……

　　那隐忍便是修为的延伸。如果说信任是情感的基础，那谎言便是相处的禁区。那些似曾相识的面孔，被潜藏的利刃残忍地划破，消散了最初的真实，褪去了最初的唯美。那些没了温情的过往，又如何让我在梦中不心疼？纳兰词曾说："人生若只如初见，何事秋风悲画扇？"

　　窗外细雨霏霏，湿润着落寞的心。天下没有不散的筵席，可所有的分散，又会重聚。人生本来就是一个圆，我们只是在圆里轮回，没有起点，也没有终点，从上一个渡口，走到下一个渡口，从这一个雨巷走到另一个雨巷，依旧是诗意绵绵，说不出的惆怅。静坐窗前，看雨帘下匆匆过客，在光阴的街巷，来来又去去。我喜欢这样，寂寞着，静静地，看人来人往，花开花谢。

　　世间的情事，不是一两句话就能说清楚，也分不出谁对谁错。所有的相聚，不过是久别重逢，那聚散离合，飘忽不定的尘缘，都如雨中的飞絮落花，淡淡地聚了，又淡淡地散了。喧嚣，不过是衬托散场的荒凉，再旺盛的火也有熄灭的时候，再繁华的花事也会开到荼蘼，再美丽的烟花也只是刹那芳华，再写得热闹的戏剧也会最终拉下帷幕，待到曲终人散，更添一段愁情。

常常在想，什么样的爱情才是永恒，如何去爱才能让两颗心相融？诗人喜欢浪漫的爱情，世人追逐爱情的甜蜜，而我所要的爱情，却想脱离世俗，离开烟火，安静享受一份爱的永恒。静静地去爱自己所爱，安静中将爱情的边境转换为一个弧形。有的伤痛无法弥合，有的放弃无法选择，为你犯一场风花雪月的罪，雨儿打湿了蝴蝶的翅膀，心儿却想飞过天涯。

嘴角上扬的微笑，有你温柔的耳语，心里糅进的却是爱情还没有散尽的魂。这俗世里的爱情没了圣洁，轮回里的真爱我又能得到几分。爱你，你在天边，想你，你在心间。不是爱没有开花结果，而是早已回不到最初相遇的纯真。把自己种进泥土，把泪水还给大海，梦的远处，总是无尽的苍凉。过客擦肩，时光若水，好想找一个可以依靠的肩膀，好想寻一个可以温暖的胸膛。沿着朝圣的方向，寻找前世今生说好等我的那个人……

这让人牵肠挂肚的爱情，无疑是一杯剧毒，它是一滴红尘里的泪，滴落了千年，却忘记了轮回的路。这烟火里寻爱的男男女女，能爱的时候，总是错过，被爱的时候，却总是纠葛，相爱的时候，却因为种种的因果天涯两别，永远逃不出爱与被爱的折磨。

酒喝过千樽，不敢再喝；情动过数次，不敢再动。心动注定是伤，情深终究是悔，好想就是一条鱼儿，只有七秒的记忆，把泪流在水里，再没有爱的伤痕。好想就是一棵不再开花的树，静静的流年里，只与云水缠绵。别了，蜂飞蝶舞；别了，春暖花开。不说再见，不诉离殇！

想象中的爱情应该是一条河，在你和我之间静静地流过。你在彼岸，我在此岸，隔着山水，隔着云烟，隔着层层迷雾，却包裹甜蜜，难以割舍，缠绵悱恻！难以放下，羞与人言。相视一笑，眉间心上，早已春意盎然，眸间闪着泪，颊上起红晕，心有灵犀，温情弥漫，暖意流淌，跳动的心，终是情非得已。

这折磨人的爱情缓缓流过恰似时光的河，却从来不肯停歇。你入了我的心，我入了你的眼，便合成了爱的精魂。那匆忙的时光啊，为何春风花雨中不曾回望，曾经的美好。为何不留下陪我度过短暂的秋凉？谁念你的美？爱了便刻上了伤痕，嘘，别说永久，有些情不要轻易说出口。

蝶恋花兮，花恋蝶，花凋零兮蝶何归？！来去匆匆的爱，别再离愁。纠缠不清的情，在时光中消瘦，相思成垢，伊人心上已成秋。不为刹那的相逢，却希冀时光，为一份圣洁的爱，许下一个永久……

7
今生有个约定

人生中很多美好的事物都如昙花一现，刹那即为永恒。这尘世间所有的机缘错落，都因情字而起。生命中所有的相遇，不是偶然，都是必然。云有云的去处，风有风的自由，今生，于茫茫人海与你偶遇，因缘而相知，因懂得而倍加珍惜。知晓，纯美的情感，永远建立在灵魂之上，圣洁并不可亵渎。

"人生若只如初见，何事秋风悲画扇。"经典的话语，将世间的相遇和别离说得如此凄凉无奈。曾几何时，感叹世间的情感，为匆匆来到的缘分聚散无常而唏嘘。时光轮转，岁月更迭，鲜花盛开的季节倾心相遇，落叶飘零的时光预见了分离。时常害怕季节的转换，明了机缘错落中，不变的往往不是情意，而是被无情蹉跎了的似水光阴。西风冷，冬消瘦，往事依稀，默默地祈祷，心生牵念，为了一份懂得而执着守候的我们，切莫辜负了这一季的美丽。

相遇是缘，相知是暖，走进彼此的世界更需要一份深深的懂得。我知道，一份完美的情感不是世俗的花朵，只在意绽放的美，而是需要持久的守候。你在，故我念，不论天涯路远。我懂，你珍惜，不怕荒凉成梦。懂得你的苦，明白你的心，更愿用温柔的双手挽一缕情愫倾诉淡淡的心语。遥远的牵挂，默默地祝福，让这一切穿过所有季节的薄凉，如一朵绽放的心花，开在岁月的枝头，开在春风里，开在雪花里，不问归期。

尘世情缘，情深深几许，聚散两依依。缱绻在梦中的呓语，徘徊在风雨中的惦记，跨越了心灵的长河，悠远绵长。彼此相知的心，能真正地懂得，脉脉此情无语，却满心满眼都是心疼。或许，就已经完整了一份情感的存在价值吧！你念，故我在；你在，我守候。纯美不染纤尘，离别不问因果，旖旎了时光，将深情珍藏，在彼此的精神世界里，沉默亦是一种无法言表的美丽。

时光是最无情的杀手。曾几何时，我们在童年中，纵情欢笑，肆无忌惮地奔跑，那样的幼稚可笑。曾几何时，我们在青春懵懂时荒废了些许的光阴，蹉跎了无数个梦想。今天，当时光如过客般匆忙流逝，突然发现，有些东西已经找不到了最初的美，有些光阴已经回不去了，便多了唏嘘感叹。

人的一生，匆匆忙忙，聚聚散散，坎坎坷坷，总是一路前行，一路跌倒，那些美好的东西，总会如昙花一现瞬间消失在瞳孔之中，那些记忆中最真实的温暖也在现实面前分秒流逝，一度成为了找不回的曾经。你的孤独沉淀在时光的碎片里，你的寂寞如影随形，冷暖相惜。面对现实，学会坦然接受生命的赋予。深深知晓，相伴的路上前方还有那么长一段距离需要用心走完。

"曾经沧海难为水，除去巫山不是云。"这是人们对有情不能相守的感叹，痴情者对爱情执着的贴切形容。脑海里时常会浮现那几个匆忙写下的文字，心底酸楚中带着凄凉。遇见，总是恨晚，再温暖的牵挂也如一片云烟。抓不住，握不牢，害怕一转眼失去了彼此的影子，将梦惊醒。感叹世事无常，沧海桑田，谁能真的为了一份虚无缥缈的情意一生一世无怨无悔地守候？谁又能为了一个没有承诺的誓言甘愿一生在精神的世界里徘徊？

　　害怕走得太近，拉紧的双手就会因在乎而猜忌，无法淡然处之。惧怕太远，担心没了消息后的怅然若失。如此的内心，一次次疼痛。千万个不得已，终究又是怎样的一种凄凉？天涯海角，一生遇到一个知心人如此不容易，甘愿为情蹉跎了一生的光阴，去等待没有结果的缘，便完整了圣洁之念吧！滚滚红尘中，缘聚缘散，茫茫人海里，相望悲与喜的江湖，演绎一场凄美的盛宴。琵琶语，一曲断肠情空负，沧海为水化流云，平添愁几分？

　　"好花不常开，好景不常在。"鲜花盛开最美的季节便瞬间即逝，足以证明这个世界上没有永恒的存在。花开有季节的交错，美丽的风景也总有落幕的一天。风有风的去处，云有云的归途，百川归海，难以阻挡其去留。喜欢花开的美，却惧怕花落的忧伤，因为懂得，那翩翩落红的背后，一定隐藏着生离死别的凄凉。

　　总有一些回忆触动心灵，总有一些情节勾起情愫，总有一些人消失在彼此的世界，由熟悉变为了陌生。曾经相识的场景，无数次在眼前浮现。一瞥一笑，一言一行，一念执着，将心中的涟漪荡起。渐渐地慢慢行走在这条没有尽头的路上，沉默不语，开始学会了静静守候，已经成了一种习惯。生命不息，追逐不止，该来的终究要来，该走的何须强求？时刻提醒着自己，不要轻易掉进枷锁和囚笼中，让回忆刻进生命中，妄图将旅途丰润。生活百态，人情冷暖，有时候不一定回忆带来的都是美好，还有一些无法忘却的伤痛夹杂在其中，不能轻易割舍，那无奈的背后，一颗被现实折磨得伤痕累累的心在疼痛不已。

　　年华匆匆，转眼老去，那是一张无法返程的车票。青春的路上，我们走在一条永不回头的单行道上，消逝的时光印证了人生的美好，残存的记忆永远是一辈子走不出的城池。这个世界上的每一个人都在跟时间赛跑，不能单独为了某一个人，或者某一段经历而停留。生命短暂，青春无价，在时光的匆匆消逝中，渐渐学会了用心去感悟生活，用眼睛去洞悉世间百态，得到了诸多的收获，并留下深浅不一的伤痕。当日历一天天撕扯，年轮一秒秒叠加，我们发现很多的事情早已回不到了从前，便心存遗憾。春去秋来，寒来暑往，这一路走来留下来的所有收获，痛与欢笑，夹杂的泪水，只能教会自己如何去珍惜时光，感恩世界，那前行的路上依旧蹒跚着脚步，带着希冀将时光追赶……

生命的足迹蹚过了生活的悠远长河，留下了无数的喜怒哀歌，总能让我们回味无穷。匆匆这一路行走，穿越了花香满径的春夏，走过了秋色斑斓的枫红如血，续写着浪漫的情节。秋色旖旎，花开依旧，繁花落尽，冬来不远。时常感叹季节的变化无常，抱怨生活的行色匆忙，却不知那唏嘘感叹的背后，不是季节的无情无义，不是秋给予的无限凄凉，那繁华与萧瑟的背后，永远抵不过的却是善变的人心。

你说，每个人心底都有一道道看不见的伤痕，有些时候需要刻意隐藏。不是为了伪装自己的坚强，更不是为过去和伤害找理由。伤在心底是最深的痛，揭开伤疤更需要的是勇气。摊开双手，悉数盘点那些过往的伤痕，你会发现有些已经麻木，有些已经成了碎片，无法拼凑，正如风中飞散的花瓣，落地化为尘埃，那些没有愈合的伤口，却依旧滴血不止，因为你根本就没有勇气忘掉。你若安好，我即晴天，寥寥几字，给予了最深的感动。心中惭愧，常常取笑你的笨拙，抱怨你的匆忙，忽视了彼此在一起时间的宝贵。喃喃自语，不想打扰你的世界，你若无恙，我还有何求？悄悄隐藏这份念想，用一份淡淡的相知，守望夕阳下回忆的明天……

8 相约一个来生

缥缈的云朵总在空中曼舞，温柔的风儿，也总是不肯停留。鲜花，总是开放在最美的季节里，让我闻到你的气息。今生，遇到你，不想说别离，害怕别离，怕明天的世界没有你。山水相依，我知道，即使隔着山与海的距离，即使未来遥遥无期，那场穿越红尘的梦里走过了你。

你说，什么是真的？什么都是虚幻。什么都是梦，梦，终究要醒来，醒了，就不必再有过去。一切随风，一切随缘，缥缈的东西不值得在意。不信，你看，天空中清风白云永远追逐，也不会有再次遇见的日期。那么，散了，不必伤痛，留下回忆，便已完美了吧！你的世界我来过，我的世界终将失去你，却不是遗憾。情不知所以，一往情深，那是说身处爱河的人们，失去了理智的比喻。生活中，很多人会有这样的状态，明知道有些感情不可强求，有些东西不是自己的拥有，却还拼命地去追寻、去争取，从而得到了痛苦，身心迷茫。情，千古难解，但终须要理智。迫切的得到，会过度地伤害彼此的情感。

生命短暂，孤独的灵魂却始终漂泊在路上。穿越季节的经纬，抚摸生命的图腾，终于明了，每一次花开都是一次蜕变，每一次相遇都是命运的安排。花开半夏，与你倾心相遇，那是尘世间最美的邂逅。一段情缘，一份执念，一丝感动，一次温暖。总是渴望在最美的季节里，与你相约，在最深的红尘里，与你相遇。我想，那是上天的眷顾，或者，那是前生的约定。飘满花香的季节，让我遇到了你，且行且珍惜，莫要辜负这段年华的美好。然而，这些你与我都做到了吗？

　　一段感情，需要静心守候；一份情缘，不必在乎地久天长。人生最大的痛苦，不是得不到，而是已失去，得到与失去本是同胞兄弟，永远在一念之间。人们往往不在意得到的一切，不去珍惜，不去在乎，当有一天失去时，才会在内心耿耿于怀。所有事实证明，得到的是财富，失去的都是曾经。不是吗？

　　相望于江湖，不如相守于心底，这样便不会有伤害吗？徘徊在情与理、爱与恨之间的人们，往往纠结在不能相守，却又不肯相望的情景之中。相守，能长久必定需一份真情；相望，更需要心灵的感知和情感的交融。世间情，没有几人能做到甘愿远远欣赏，默默不语，一生相望于红尘之外。尘世间最美的情感，便是身在天涯，心却相连。爱与不爱，爱与被爱，深爱与喜欢，欣赏与走进生命中，该让其幸福。不惊不扰，不温不火，不离不弃，不怨不恨，方为圣洁之情。

　　光阴流逝，在一寸寸侵蚀着青春的面庞。老了的岁月，流水的人群，茫然地交错，无不让人感叹生命中来来往往中过客的匆匆离别，更感谢留在我世界中的所有朋友，这是缘分的眷顾。如潮的人海里，相遇本是前世注定，擦肩而过留给我的是刹那的风景，永恒的才是你给予我的无限真情。多年以后，再次重逢，欣喜地说，原来你在这里等我呢。我想，那个场景便是冥冥中的注定吧！

　　曾经无法忘怀的前尘往事，总会在不经意间涌上心头。男男女女虚拟现实，我们不是戏子，却为何戴着虚伪的面具。戏子入戏，一生天涯，无数次被书写在文字之中，让人啼笑皆非。华丽丽地演出，厚重的油彩，假惺惺扭捏作态，脸谱化的表情，如何能真实回归自我？

　　常听人说，做我今生的知己吧！给缘分一个新的定位。守候一份情缘，一辈子默默相守，不问归期。而今，风烟过往，光阴流逝，只想说，知己太重，谁都承受不起。红颜、蓝颜难做，无法比拟。只想，做自己，你可愿意？

　　当岁月的划痕掠过额头，刻上了沧桑，将心中一切的幻想阻隔，无形中给年轮套上了枷锁，无法挣脱。走在红尘路上，我们不停地在寻找，今生那个值得守候的人，并种下了无数的情愫，来采集这一路行走的风景。缘分简单也复杂，情感难以说清，现实里的有些故事终究是残缺为结局，有些东西只能远望而无法拥有。懂得，何其珍贵，珍惜，多么的不易。相遇了，就是缘分；分离了，情非得已。也许在冥冥中，早已注定，一份缘，必须松弛有度，不可亵渎它的纯净和神圣。感情，远近适度，即使远在天涯，也彼此牵挂。相知，做真正的朋友永远珍藏，那份曾经彼此给予的感动，还有何求呢？

　　淡淡守候，默默关注，沉默不是因为心中没有你的位置，而是不想破坏了这份宁静的美好。你说，知性的女人如兰花一样淡雅。喜爱幽兰出于山谷，淡雅馨香来自内在修养。女人，能知性，感性，多情，但不滥情，能懂得保持尺度，懂得廉耻，便值得赞赏。喜欢兰花之韵，更喜兰花之情，常情固守，谦谦君子之典范。爱兰，喜兰，与兰之馨香相拥，让心也雅了，情就自然真了。情，不远不近，适度就好，香，不浓不烈，入心便佳。兰语为心声，我念非妄自菲薄！

　　今生与你相遇，我不知道，永远到底有多远？生命中的花能开几个季节。我只知道，我想要在最美的光阴中，把握花开的时节，在最温暖的光阴里，轻嗅芳香和美，不辜负此生的轮回。花开了，多情的人会欣喜，花落了，痴情的人会流泪。如此，喜欢无花无果的季节，至少不会伤痛别离。没有花开，没有花落，没有结果，藏在心底别样的美，因为有情人能相守，不问因果，相遇才更美！

　　最美的旅途，最纯真的感情，最常情的守候，便完整了缘分的意义。走走停停，纷纷扰扰，聚散离别，一幕幕华丽转身的闹剧上演，让曾经拉近的距离一次次错落在天涯，遗失在茫茫人海。沧海一滴水，风尘一粒沙，生命里途经的那些过客，终究以散场落幕为结局。匆匆地来，匆匆地离去，转身便是天涯，唯一留下的笑脸也逐渐模糊。天下无不散的宴席，哪里有今生不离的契约？你与我，终究是有着不可逾越的距离，我与你，只真实地相遇短短一个花期。今生，不必奢求，淡淡地来，悄悄地去，默默无语，静心做一个文字里完美的奴吧！无缘便随缘，有缘也随风，不求今生再遇见，便相约一个来生吧！让曾经真实的交错有一个归期，或许，那份希冀只在我一个人的梦里依稀……

9 漫步人生路

花开的季节，与你倾心相遇，在最美的秋色中。轻轻地你来了，带来花开的讯息，捎来了风的问候。花悄然绽放，让我嗅到这一季节最美的馨香；风含情，云也相依，将墨色深秋完美装点。我知道，那风中的花香，只是为了一次邂逅才开放。也明了，那雨里带泪的云朵，必将温润了相遇后的清浅光阴。

漫步人生路，总是渴望在最美的光阴中，遇到最懂得的知己，在最深的红尘之中，静静守候一份值得牵挂的情缘。或许，尘世间最美的缘，便是偶然遇见吧！它可以无关风月，可以不在乎山高水长，不怕隔着遥远的距离，即便身在天涯，心也相牵；哪怕跨越时空的隧道，情也相念。

人们常说，遇见了，便是今生的缘。邂逅了，请好好珍惜。漫步人生路，曾带着一份至真至纯的情感去寻找心灵的净土，希冀用一片纯真去温暖一段似水的光阴，便将时光中的所有苦痛掩盖，不是吗？于是，寻寻觅觅，走走停停，邂逅了一程又一程的风雨，相逢的路口又经历了一次又一次的过客擦肩。渐渐地学会了沉默，渐渐地选择了安静，渐渐地才知道原来那个懂你的人，其实就在身边，并没有走远。一句不经意的问候，一个调皮的笑脸，孩子气的拌嘴，将时间消瘦，却将温暖驻留。

佛说，这是一个婆娑的尘世，能耐得住寂寞的人，才能品尝到孤独的美。看得开，放得下，懂得取舍，轻握一份懂得，遥遥相望，守住一段最美的风景，便已足够！漫步在人生路上，一路捡拾着记忆，一路蹉跎着青春的年华，将心搁浅在遥远的岁月长河。

你说，风雨同行的誓言，一路携手天涯的话，都是书里的童话。承诺是一纸空文，珍惜才能做到永久。人生在世，难免纷纷扰扰，聚聚散散，何必在意纠结。害怕一次次的别离，也惶恐下一次的遇见，其实，那是自己不肯放过自己。怕失去，却无能为力；得到了，却也时常惶恐不安。你说，人生需要宽容自己，看淡浮华，才能走出孤独和寂寞。前行的路上，我们都犹如大雨中奔跑的孩子，曾经迷茫，曾经落寞，曾经拥有，曾经无数次失去，将心中的梦无情挥霍。生活中，有些事情不必在意，你在意得多了，势必受伤。与我，却始终无法懂得，那其中的深意。

当青葱的年华消逝在岁月的长河之中，一路跋涉走来，心中依旧感慨万千。有人说，相遇，在花开的季节，相约，在最深的红尘深处，便无悔。然而，多少人为了一句懂得飞蛾扑火？多少人为了一份牵挂深夜忧思？久久徘徊在人生的十字路口，天涯相望？一声朋友，一生知己，一句懂你，竟然如此地弥足珍贵。

很多缘分来得太突然，却走得很怅然。很多时候还来不及细细品味，就遗失了一段光阴。岁月总在和我们开着玩笑，留下一些没有结局的故事，让我们去回望，去咀嚼，最后变成一种深深的彻悟。风尘本无罪，又怎怪岁月太无情？人生有太多的交合与错落，很多时候握不住的却也太多。常言说："人无千日好，花无百日红。"或许这句古老的谚语终究给人生带来了苍凉落幕。

岁月终究会老去，时光的素手推动着滚滚的风尘。在清瘦的光阴中在意的依然是心底的那份情感，更渴望一份能够携手风雨的真实温暖。或许，人生都需要一个心灵的知己，委屈了可以去倾诉，难过了会得到一个暖心的笑脸，才能给孤独的自己找到一个归宿吧！有时候我们渴望的并不多，一言一念就已融化了冰雪之寒。繁杂的人生路，有些缘分略显薄微，却印刻了一种持久的惦念，有些人不是日夜的相守，却成了心底的挂牵。

时常问自己？幸福的含义是什么？人到中年，在无数的成长和经历中渐渐明了。幸福，就是有个懂你的人，没有心灵的界线，能够分享你的快乐和孤单。行走于红尘的每个人都品尝着酸甜苦辣，尝尽了人情冷暖。行走中逐渐清晰了生命的轮廓，并学会了去释怀很多事，懂得了包容和理解带给生命的重大意义。索取得越多，失去得越多，繁华与落幕只是一纸之隔，而我们更需要一份淳朴的简单，在简单中去打造旅途的不平凡。

人生是船，而心却是栖息的港湾，心安稳了，船才不会永久漂泊。漫步人生路，莫怪红尘是非多，给心灵一份坦然，去接纳所有的不和谐，也是一种修为吧！心宽了，路就宽了，一切纠葛自然变得简单了。人生不会刻意捉弄谁，也不会去成全谁的完美。只有过不去的人，没有过不去的事，付出了笑脸，回报的一定是风雨过后久违的阳光，请坚信。

人常说，相遇靠缘分，相知靠心灵。没人能够把美丽定格在某一个点上，也没有人能够评估出不可预知的未来。相伴的时光里，我们只需在遇见的日子里能够守住一份真心，安逸一份暖就足矣！懂得，珍惜，是一笔宝贵的财富。珍惜过去，珍惜现在，珍惜未来，生命不会永久延伸，总会有终点的那一天。有限的年华里，给自己多一点开心的理由，虽不能达到极致的完美，也要让自己走一程无悔。

漫步人生路，一路欢笑，播种满怀的希望，坚信阳光总在风雨后。滚滚红尘，邂逅一段值得守候的情缘，今生便已无悔。悄悄走近，浅浅牵挂，遥遥相望，淡淡相知，便完美了这一生相遇的意义。情缘天定，份是人为，纵使他日离别，将所有美好浓缩成光阴里流逝的沙漏之时，我依旧为你祝福。遥望天涯的另一端，心中祈祷，相伴灵魂的知己，请一生铭记，今生的约定并非梦中的情缘。漫漫人生路，愿默默相知，寂静守候，为来生的相约找一个最美的理由，让残缺的人生能极致完美便已足够!

⑩ 追赶青春的脚步

有一种美丽叫豆蔻年华,那是青涩和唯美的。有一种流逝叫时光如水,是无法挽留住光阴的沙漏。于是,我在努力地追赶青春的影子,可岁月却无法停下脚步,为我挽留那一抹曾经靓丽的拥有。

当清晨的第一缕阳光洒在我的脸上时,我欣然告别了昨夜的黯淡,期盼找回今天的风采。阳光的感觉是温柔的、暖暖的。它没有黑暗的阴霾和忧虑。轻柔的似情人的双眼,暖暖的似爱人宽阔的臂弯,我享受着它轻轻的抚摸和柔柔的亲吻,陶醉在这个微寒的秋日。

揉一揉惺忪的双眼,我站在了衣柜前。对着那一面闪光的镜子,舒展着我的双臂,要拥抱我的醒来,可镜中的人影,怎么是那样的模糊、迷茫。

难道我已经不是自己?时光的穿梭,我把自己遗忘在青春的驿站,此时不是严冬,为什么我的双鬓会有那寒冷的霜花,斑斑点点,依稀可见。

我愕然,难道我已经没有了昔日的活力,以往的纯真?

老了,岁月的车轮无情地碾压着我的青春,它已经碎成一点一点的残骸,只有眼角的那深深的一条一条的褶皱。已近中年,光阴的梭在一圈一圈地转,时间的钟摆在拼命地摇晃。似水流年,我的梦还有多少?我的青春还有多少?找不到我想要的答案。

此刻失望却伴随着苍老而相依相偎,脸颊不再有青春的弹性,身体也不再流动青春的激情，心里也不再有青春的懵懂，我用黯然的泪水吻着自己的眼角；我用沧桑的手掌抚摸我的额头；我用伤感来宽慰流逝的春天。

上一站是靓丽的风景，可否下一站就是坦然的人生？我拼命在找寻我的影子，可如今的脚步早已疲惫，没有了幻想朦胧的感受，只有一层一层地把自己的灵魂洗剥。

剪短饱含忧伤的发梢，一遍又一遍漂染我鬓角的斑白。现在我不需要青春的那一种绿色的生命力，而是要沉稳地走完艰难的下半生。

沧桑的尘世，洗涤了我卑微的灵魂。迷茫的人生，铸就了我倔强的个性。光阴似锁，禁锢住了我的冲动。时光如梭，穿起了我的沧桑容颜。心底的痛，是无法用脚步追回的似水流年。

日记在一天天的抒写，它记录了我的喜怒哀乐。日历也在一页页的撕扯，一片一片的残骸，那些美好抑或残缺的回忆，早已无法拾起。时间无法为某个人停留，脚步在匆忙地前行，日复一日，年复一年，承载着失去的年轮。

梦里，我依旧憧憬下一站的美丽，眼里，我仍然找寻逝去的青春。于是，对着那面照着人间美与丑，善与恶的镜子我坦然接受了时间的洗礼，我宽慰了自己的灵魂。时光载走的是我的过去，可以保留的是我现在真实的生活。我无畏风雨，我不怕老去，我感谢生活又一次给我最深刻的磨砺。转回头，我依旧无怨无悔。我将又一次勇敢地迈起追赶青春的脚步，一步一步用踏实坚实的脚步，用一份坦然的、安静的姿态走下去……

第二卷 永恒的思念

1
永恒的思念

二十五年光阴，弹指一挥间，它预见了无数生离死别的距离。人们常说，时间可以验证一切的情感，也可以让我们忘记很多事情。然而，在这漫长的岁月里，您的音容笑貌却永远烙入了我的脑海，将我囚禁在心灵的牢狱之中，定格了我永恒的思念……

夜雨无声勾起了深深的思念。南国七月的雨，总是悄无声息地来临，在夜色下显得那样的温婉和凄迷，也总能勾起人们诸多的遐思。今夜的雨，和以往没有什么不同。细细的雨丝柔柔地敲打在玻璃窗上，冲刷着这个繁华的大都市，清洗着天地间的所有尘埃。夜色渐深，当带着一身的疲惫走下了公交车，独自一人融入了这场夜雨中，才感到自己脱离了喧嚣，体会到了少有的清凉。兜兜转转，一路前行，奔向楼宇间家的方向。细雨中，放眼望去，宽敞的小区里，微弱的路灯照亮着行路人的归途。没了昔日广场舞中人群的躁动，和音乐的嘈杂，显得安静萧条。拾级而上，踏上了狭窄的甬道。穿行于花草之间，身边不时会有行人经过，行色匆匆……

此时此刻，雨中，孤独的身影被夜雨环抱，漫不经心地欣赏着雨中的风景，享受着一个人世界的安宁。"爸爸，这雨好清凉啊！真好玩，快走啊，妈妈在家等我们吃饭呢！"萧瑟的雨幕下，一个稚嫩的童音传进了耳鼓。随即,一个幼小的身影映入了眼帘,一溜烟似的跑出了蜿蜒的曲径甬道,差点和我撞个满怀。凝目细看,那是一个年约七八岁的孩童,他在细雨里飞奔着,欢快地笑着,那清脆的声音带着一丝的稚嫩和天真。"慢点,小心点,别摔了!快过来,打着伞,要不淋湿了,会生病的呢!"身后传来父亲坚实的脚步声,那充满磁性的声音,语气中带着疼爱和嗔怪。"没事,爸爸,这雨真凉快,好玩!"孩子还在嬉笑着,丝毫没有被父亲的呵斥而停住脚步,他在享受着这份快乐和童真。"快点,过来,雨下得大,路滑,还是让爸爸背你吧!"父亲快步追赶上了儿子,拉住他俯下了身体,将他背起。"爸爸,你的肩膀真的好暖和啊!嘻嘻……嘻嘻……"孩子笑着,将脸贴在父亲充满温暖的脊背上,清水般的眼眸里带着无比的温馨。望着这对亲热的父子,内心涌动着一股暖流,心底也荡起了一丝酸楚。

此情此景,竟让我想起了儿时与父亲在一起的一幕幕往事。那也是在一个雨季里,父亲顶着暴雨,踏着泥泞崎岖的小路,在田埂上无数次跌倒爬起来,去寻找挖野菜而迷路的我和五姐。滂沱的大雨里,我们迷失了方向,紧紧地抱在一起,浑身发抖,吓得直哭,也许那是一种无法言说的迷茫和绝望吧!"爹,我们在这里,好害怕……"大雨里,听着父亲焦急的呼喊声和责备声,不断传进了耳朵,竟惊喜异常。"下雨了还不知道回家?你们怎么这样不听话呢?看我回家怎么收拾你们?"父亲浑身湿透的身影来到了面前,那严厉的呵斥让我们不寒而栗,却也感到了迷茫过后的惊喜。看着胆怯的我,父亲没有吭声,慢慢地蹲下身去,将我背起。就在那一刻,我突然感觉到了父亲不是我印象中的那么严厉,不可理喻。那瘦弱的肩膀,让我感觉到了温暖的实实在在。雨越下越大,父亲在泥泞中险些滑倒,但还是牢牢握紧我的双腿，怕我从他的背上掉下来。那个时刻，趴在父亲的肩膀上，我能感觉到父亲身体的瘦弱、呼吸的困难，也能感觉到他背我的吃力。那棱角分明的脸颊，透露着慈爱和沧桑，和眼前这对父子是那么相像，同样是一脸慈爱、满身温暖的父亲，父亲不正是这样关爱着子女吗？然而，细细回味，父亲却又和这位年轻的父亲有所不同。那瘦弱的肩膀，那被劳累压垮的脊背，那一身的苦难，那经历的所有沧桑，怎么能和眼前这位父亲相比呢？物是人非，逝者永逝，曾经含辛茹苦养育我长大的父亲，那个给予我人间真情的父亲，那个正直善良的父亲，那个让我魂牵梦萦的父亲，今在何方？留给自己的只有思念和忧伤。看着眼前的父子，脸上洋溢的幸福，眼前一片雾气升腾，分不清是雨还是泪……

含辛茹苦您背负了太多的艰辛。记得小时候，父亲总是对我特别疼爱。也许是因为母亲的过早去世，或者是我取代了妹妹的位置，都让父亲疼爱有加。残存的记忆中，父亲永远是最忙碌的，他一刻也不歇息，永远都有做不完的活计。也许他知道我们能生存下去他才最安心，奔波忙碌受苦受累又算得了什么呢？春天里，青黄不接的时候，父亲总是拿着腌菜下地，就着干巴巴的玉米面饼子，喝着苦涩的井水；夏日里，父亲顶着炎炎烈日，起早贪黑奔走在田间地头，侍候着那几垄薄田，一刻也不舍得耽搁；秋日里，父亲早早起来，带着霜花下地，披着暮色归家，为了我们生存来收获希望；冬天里，父亲半夜起来做豆腐，冒着严寒走街串巷去卖，冰天雪地里赶着毛驴，摔倒在乡路上，从不抱怨。他知道，他的责任太多，他的心愿永远不能了。长年累月地积劳成疾，让父亲的胃疼得受不了。夜里，他时常一手顶着胃部，一手捂住嘴，轻声地呻吟着。那是父亲怕吵醒我们，才强迫自己不要出声。

直到今天,我才体会到父亲被病痛折磨的那种痛苦,也终于在父亲身上学会了为人之道。在苦难面前,一个完整的人,不但要宽厚、善良、隐忍、博爱,更要选择坚强。父亲,您的正直善良是我学习的榜样,您的博爱坚强成了我一生效仿的楷模,而今,您的离去也给我心底留下了深深的烙印,在生离死别中让我体会了思念的刻骨铭心。

生离死别让我品尝了人生的苦难。您经常说:"这辈子,没有什么心愿,就是能看着你们长大成人,爹就是死了也闭上眼了。"时隔今日,您的话时常在我耳边响起,也无数次触痛我敏感的神经。二十五年前,那个风雨交加的夜晚,您带着一身的疲惫离开了这个人世,离开了您为之倾其所有的残破的家,离开了一群不懂事的儿女。犹记得,贫瘠的小村里,那两间低矮的草房,横躺在火炕上的您,永远地离开了人世。屋外,倾盆的大雨,屋内,撕心裂肺的哭喊声,都没能挽留住您的脚步。那一刻,看着您睁大的双眼,眼角流下的泪水,我的灵魂被震撼了。那是我永生不能忘记的画面。您的眼神,您的笑容,您的呵护,您十五年来的养育之恩,关于您的一切的一切都化为了凄惨的哭喊和无奈的叹息。我知道,您真的走了,永远消失在我的生命中,我的世界不会再有您温暖的双手,我的人生将走进又一个昏暗苦涩的未知,我的一切一切希望将伴随您的离去而消失。仰望苍天,生的理由,谁给我?叩问灵魂,怎么样的人生才是解脱?父亲,那没有合上的双眼,成为我脑海里一辈子挥之不去的阴影……

"一眼天堂,一念执着",铸就我永恒的思念。回望四十年的人生之路,坎坷波折,将我的灵魂一次次磨砺,并铸就了我倔强的个性。风雨人生,在无数次跌倒爬起,经历了无数次的生离死别之后,让我懂得了生命的价值和含义。您的一言一行,一颦一笑,历历在目。每逢亲人团聚，内心总有更多的失落此起彼伏。二十五年来，我的心里蕴满了太多的思念和愧疚，我没能在您有生之年尽到子女的孝道，那是怎样的一种痛楚？每每拿起您那张在伯父生日宴上的合影，我的内心充满了愧疚，眼里也盈满泪水。父亲，您为我们呕心沥血，付出了一生，换取我们的今天，我们又给了您什么？刻骨的思念难道可以换来您的健在吗？虚无的祝福难道可以让您真的去得安心吗？

　　雨夜凄迷，孤独的自己，漫步在南国这个陌生的城市中，徘徊在心灵的十字路口。望着夜雨中消失的父子俩，眼前一片模糊。深邃的长夜，孤寂的灵魂，遥望故乡的方向，父亲，您在天堂还好吗？这个七月您还会挂念女儿吗？夜雨滂沱，泪满双颊，思念悠远。此刻，卑微的灵魂依旧在祈祷、忏悔，让我用一生的时间来铸就对您永恒的思念……

2 天堂里的母亲

母亲离开我们已经整整三十七个年头了,那年我只有三岁。无数次梦中我都在幻想着母亲的样子,粗黑的辫子,大大的眼睛,单眼皮儿,瘦弱的身体,沉默寡言。这些记忆,还是我从家里那张只有父亲、母亲、大姐和哥哥四人的合影里捕捉来的,虽年代久远,图像已经泛黄,但依稀还能看到母亲当年的模样。

母亲的离世是我心灵深处最大的阴影。1979年的冬天,又是一个大雪纷飞的清晨,母亲静静地横躺在火炕上,面容憔悴,奄奄一息,喉咙里发出呼噜呼噜的和风箱一样的声音,眼神涣散,没了生机。低矮的一间半草房里,挤满了来看望她的乡亲们,狭小的屋子里不时传来低声的哭泣声,气氛紧张。瘦弱的父亲双手紧紧抱着头,蹲在墙脚,泪水打湿了地上的泥土。火炕上,仅仅四十二天的妹妹,在声嘶力竭地哭闹,还有一个懵懂的我,傻傻地坐在母亲身旁,并不知晓生离死别的凄凉。当母亲拉住父亲的手,泪水早已淹没了她的眼帘。她用虚弱的声音,叮嘱父亲要好好照顾我们,别丢下我们的时候,我却一直以为她要出远门,丝毫没有明白那一刻离别的悲怆。父亲哭泣着点头答应了母亲的最后请求,泪水顺着他的脸颊流下。得到父亲的承诺,母亲似乎轻松了很多,苍白的脸上露出了惨淡的微笑,紧紧拉住父亲的手却无力地垂下，瞬间便停止了呼吸。我想，那是我第一次看到，父亲这个响当当的东北汉子，七尺男儿痛哭流涕的模样。随后，哥哥姐姐们痛彻心扉地哭喊，却终究没有把沉睡的母亲唤醒，而我，就是这样和母亲做了这辈子的永别。

  母亲终究是没有战胜病魔，挣脱死神的魔爪，上天并没有怜悯她。说起父亲和母亲的婚姻，也逃不过父母包办的封建思想。对于夫妻间的性格，父亲是比较急躁的，母亲相对温和，总是逆来顺受。家境贫寒，思想守旧，让父亲多子多福的思想越来越重，而母亲为这个家日夜操劳，又养育了一大群孩子，让她的身体吃不消，慢慢被拖垮，早早地离开了人世。母亲狠心地走了，带走了我童年所有的快乐和温暖，了无牵挂地拖着疲惫的身躯走了。我想，我的童年和所有孩子相似，却又有着诸多的不同。"没妈的孩子，可怜啊！""有娘养，没娘教育的孩子！"这是我耳边时常响起的话。为了能不受欺负，好强的三姐，成了我的保护伞，经常为了给我出气，被父亲责骂，被邻居堵在院子外咒骂。当时的父亲是苦恼的，一个男人带着一群不懂事儿的孩子生活的艰难，是旁人无法体会到的。

  从记事起，就很难从父亲嘴里听到关于母亲的故事。我知道，不是他不想提，而是害怕触及伤心的往事。父亲嘴里的母亲是"短命鬼""没福气"，可嘴里说着，眼里却总是闪烁着亮晶晶的泪花儿。母亲走了，去了天堂，没有痛苦，没有疾病，甚至没有饥饿和寒冷，而那个冬天却给我们留下了物是人非的凄凉。一锹锹黄土掩埋了母亲瘦弱的身体，她就这样安静地躺在杨树林里，与我们生死相隔。妹妹还小，我们还不懂事，父亲要做的太多，那些年艰难的生活中，幸亏有好心的邻居大婶的疼爱，还有姑姑、大娘的关心，让我们这群没有母亲的孩子们得到了母爱的温暖。

我想，对于母亲我很少思念，却心存感恩，即便关于母亲的点点滴滴记忆都随着年龄的增长而逐渐模糊。是母亲，给了我血肉之躯；是母亲，给了我生命；是母亲，用奶水让我活下来，而对于父亲的感情却是多过母亲的。在我苦涩的童年里，是父亲用肩膀扛起了生活的重担，教育我为人要善良、博爱、光明磊落，教我如何做一个大写的人。是兄弟姐妹的关爱，陪伴我走过灰色的童年时光，而母亲却是我心中无法抹去的阴影，一道难以跨越的坎儿。

母亲带着凄惨的笑容悄无声息地走了，这一走整整三十七年，那泪水迷糊的场景，那临终最后的嘱托依旧在眼前浮现，久久不能释怀。母亲没了，我就如同一棵寒风中摇曳的小草，没有自主，任凭风雨飘摇。母亲走了，我就如同一只流浪的小狗，找不到回家的路。没有母亲的日子煎熬，寒夜里的冰冷，我无法独自面对，瘦小的身子蜷缩在姐姐的怀抱里，相互取暖。无数次在被窝里哭醒，梦到母亲，微笑着向我走来，伸出双手，敞开怀抱，可醒来却时常是空欢喜一场。

成长的旅途上，我会时常思念母亲，渴望她温暖的怀抱和爱抚。每每受到伙伴儿的欺负时，流着泪水的我，多么希望母亲能及时出现，给我撑腰；在我摔倒哭泣的时候，母亲能用温暖的手拉起我，为我轻轻地拍打身上的泥土；在我人生落寞的时候，母亲能听我诉说心底的苦，陪我度过暗淡的光阴。很多时候我是恨母亲的，恨她的无情，好想冲着空旷的天空大声呼喊："妈妈，我想您，在我最需要您的时候，您在哪里？"更恨她没有同其他母亲一样来为我遮风挡雨，却给了我太多的忧伤，成就了我极端的个性，人生的底片里只有黑白的色调儿，一生在阴影下徘徊。

我是那样思念母亲，常常幻想，在夜深人静的时刻，仰望星空，天堂里的母亲应该是天上最亮的那颗星星吧！她温情的眼睛始终注视着我，从年幼无知的青涩，渐渐长大成人，学会自己穿衣、吃饭，摔倒了自己爬起来。母亲的目光应该一刻都不曾离开过我，她在天堂看着我，在用她特有的方式来爱我，来诠释这人生中最大的遗憾。天堂里有痛苦吗？我一次次遥望夜空，问最亮的那颗星星，我确定，那一定是母亲的眼睛，在默默地关注我关于我的一切，乃至一生。

　　三十七年春秋寒暑，在时光流逝中悄然走过，天堂里的母亲，您还好吗？如今，女儿已经长大成人，有了自己的生活，您看到了吗？我想，此时此刻，您一定在天堂里微笑着注视着我，眼里闪烁着幸福的泪花儿，想让我对着深邃的夜空大声呼唤您，"妈妈，我想您！"

3
峥嵘岁月，依然爱你

爱是人类永恒不变的主题。因为有爱，我们的人生才丰富多彩；因为有爱，平淡的生活才有滋有味；因为有你，我才深刻明白，爱情不是风花雪月的浪漫之约，而是平凡人生里的执着相守。于是，在相依相伴中携手走过二十年风雨历程，更加珍惜深爱的含义，原来爱就是默默地付出，无须发表！

爱情的路上彼此执着地守候。年少无知的自己，也曾经怀有少女懵懂的青春情怀，并一度曲解了爱情的真正含义。认为鲜花才是浪漫爱情的开始，误以为奢侈的礼物才是爱的真谛，也一度陷入追求完美的爱情误区，扭曲了爱情的价值观。曾记得，当我一个人背起行囊告别了家乡，告别了兄弟姐妹，开始了孤独人生的漂泊之旅的日子里，在为生存四处奔波并苦苦挣扎的时候，有幸结识了你。在你朴实的外表下，包含着一颗善良、正直、热情的内心，并给予了我无私的关爱。从你憨厚的微笑中，在你细微的行动里，我清晰地看出，那并不是为了博取好感的逢场作戏，而是一种发自心底的同情，给弱小的我伸出一双温暖的手的无私爱护。是你如同兄长一样的关怀，使我那颗已然冰冷的心逐渐融化，并从童年的阴影渐渐走出，不再用泪水来诠释人生，不再用拒绝来逃避温暖。回望曾经相伴走过的日子，深切明了，一切皆因有你在，我才感到了尘世间的温暖，其实离我并不遥远，只是我没有用心发现！

如今，每每回忆过去的点点滴滴，心底还会涌动着一股暖流，温馨依旧。真心相对的爱，使我真正对爱情有了更多的解读。爱情，不是富足的家境，锦绣的前程，浪漫的情调，那不是爱情的根基。也清楚地明白，盖建在海市蜃楼里的高楼大厦永远都是虚幻，权钱至上的爱情永远是不堪一击，再芳香艳丽的玫瑰终会枯萎，而用心地呵护，真诚地陪伴，才是爱的最终归宿！从那刻起，无怨无悔甘愿为我付出的你，便成为我爱情路上最美的守候！

婚姻家庭构建温馨的港湾。青涩的年华里，我们一起走进了婚姻的殿堂。在彼此相互搀扶下，一起经历着风雨，一起承担着生活的喜怒哀乐，那是一段更加难忘的岁月。每个人的生命都是宝贵的，也是不可剥夺的一个个体。可在你的生命字典里，我才是你的生命。爱人，你记得婚后的第一个结婚纪念日吗？那个风景秀丽的太阳岛上，不仅给我们的爱情做了见证，也给予了我又一次对生命的感悟。

为了玩得开心，同行的还有我的姐姐，一直怕水的自己从来不敢去水里嬉戏。在姐姐的一次次拉扯，和你的鼓励劝说下，我无奈地下了水。由于不懂水里的情况，我和姐姐不慎同时落入江水中，而坐在岸边的你面对突发的情况也不知所措。当我们陷入了水中惊慌失措时，发出了本能的呼喊，两双在水面上挥动的手臂，足以证明我们对生的渴求。那是我第一次面对死亡的恐惧，正当水中的我们处于绝望中，拼命地挣扎时，不知是谁一双有力的大手在身后推着我们的身体，将挣扎的我们推向了岸边。求生的欲望使我们紧紧拉住了那个水中的救命稻草，带着惊恐和绝望再次回到岸边，可当惊魂未定的自己，为庆幸回到人间而心有余悸时，命运却又开了一个更大的玩笑，我又面临着另一种莫名的恐惧。

一直在岸边的你突然不见了，我四下寻找你的踪迹，可此刻除了翻滚的江水在流淌，根本看不到你的影子。我猜到了，一定是你，救了我们姐妹，而你却还在水中。我惊恐、迷茫，甚至绝望了。面对江水，我无助地呼喊着你的名字，我知道，在我落水的瞬间，是你将我从死神的手里拉出，而你却面临着又一次生死的考验，深处绝境。当时的自己，面对深邃的江水，只有无助地呼喊，期盼奇迹的发生。不知是冥冥中的注定，还是上天眷顾我们短暂的青春，或者说你已经听到我痛彻心扉的呼喊。时间在流逝中，我的心在痛苦中煎熬。然而，奇迹真的发生了，在平静了几分钟的水面上，一个熟悉的身影奇迹般地钻出水面，艰难地爬向了岸边。是你，真的是你，面对哭泣中惊恐的我，你爬上岸的第一句话却不是劫后余生的感慨，而是关切地问着我："傻瓜，你没事吧！吓死我了，以后不要再下水了，太危险了！"看着你的样子，我无法控制内心的恐惧和委屈，扑倒在你的怀抱里，痛哭失声。责怪你为什么不顾自己的危险去救我？自责自己为什么要给你带来负担？这个用生命作为代价的玩笑，真的太不值得了！可你只是笑着说："没事的，我还好，不要担心了。"

爱人，从那刻起我的心中已经清晰的明白，因为你爱我，你才会不顾一切地去救我，因为你心中的在乎，你才会将我的安危和生死作为你唯一的抉择。经过了生死的考验，使我再次感悟到了，有你的爱在，我的人生并不孤单。能够在芸芸众生里，与你成为夫妻，对于平凡的我还有什么可奢求的呢？

平淡生活里的柴米油盐才能构建家庭的和谐。为了能够将拮据的生活过得宽裕，你戒烟戒酒，从不给自己买任何东西。然而，为了我每年的生日，你都会精心准备一桌饭菜，为我祝福。每当看着厨房里你忙碌的身影，内心总是涌动着一股股暖流，也充满着欣慰。我知道，这可口的饭菜里，包含着你最贴心的关怀，和我最实在的幸福生活。一句句平淡的话语，一次次扬起的笑脸，都是你爱的诠释。"赶紧吃吧！特意给你买的，我的手艺不错吧！"每每看着你希冀夸奖时孩子气的神情，心底都会有那么多的酸楚，真的想跟你说："爱人，你为我做了这么多为了什么呢？你为了我付出所有真的那么值得吗？什么时候我也好好地给你过一次像样的生日呢？也许在你的心中，你从来没有在乎过你自己，那些默默的关怀和付出，才是你对我们爱情的最好回答吧！"

　　平淡相守你是我今生的最爱。没有完美的婚姻，更没有永远不争吵的夫妻。风雨相伴的二十年婚姻生活，夫妻之间一次次的面红耳赤地争吵，都是心灵的又一次磨合。每每看着你固执的表情，孩子气得大发脾气，我都是默默地承受着。你的任性，你的天真，我都理解。我知道，因为在乎，才会斤斤计较，因为依赖，才会疑惑重重。经过了风雨，才可见彩虹，也许在我们的爱情里，融入了亲情和爱情的双重身份，也凝聚了我们二十年来风雨同舟的挚爱真心。我们是一对平凡的夫妻，一对在人海里渺小的分子，而我们却坚守着善良、坦诚、从不服输的个性。在物欲横流的当今社会，我们穿行在高楼林立的大都市里，在创业的路上，不停地跌倒爬起，在无形的压力下互相搀扶，共同维护着家庭的和谐，也承担着身为父母的责任。看着儿子一天天长大，我们也在一天天地变老，岁月的痕迹磨平了彼此的棱角，年华的沉淀使我们真正懂得相守的真正含义。心，需要沟通，爱，更需要经营！

　　年华流逝携手相伴每一个朝阳与黄昏。一直认为，"执子之手，与子偕老"仅仅是一个书面的表达方式,在我的文字里也是第一次出现这个词汇。幸福的家庭很多,但幸福的方式各有不同,从来没有为你写下任何文字,因为我知道,假如没有真心相待,没有彼此信任,不去用心珍惜,再动情的文字,也都是苍白无力的。面对飘摇的半生风雨,人到中年的真实感悟,使我们更加了解了婚姻和爱情的重要性。一段完美的婚姻,不是爱得有多浪漫,不是物质有多富足,更不是甜言蜜语的互相欺骗,而是用心坚守,才可日久弥香!

  青春无价,爱情永恒,不是口头上的海誓山盟,而是真心相待后的默默付出;年华流逝,相扶相伴,幸福的婚姻不仅要用心经营,更需要在平凡生活中的执着守候。爱人,请你记得,不管世事如何变迁,不管前路还有多少风雨,内心永远有着不变的信仰,峥嵘岁月里,我会依然爱你!

4
写给儿子

时间过得真快，亲爱的儿子，转眼间你已经来到这个世界上十一个年头了。儿子，从你呱呱坠地的那一刻起，你就成了妈妈生命中不可分割的一部分。今天，当妈妈提笔为你写下这篇文字的时候，不为其他，只想让你知道，妈妈是那样地爱你，更希望你能做一个品学兼优的好孩子，认真踏实地走好当下的每一步。

十年的陪伴让我们的生活更加多姿多彩。那是一个春暖花开的季节，又是一个"三八妇女节"你来到了这个世界上，给我们的家庭又增添了快乐和温馨。回味这十年来你所带给爸爸妈妈的快乐和感动，依旧感慨万千。从呱呱坠地，咿呀学语，蹒跚学步，都一步步见证你成长的足迹，知晓，这是命运赐予给我们最大的幸福。

你是一个聪明的孩子。从出生到现在，在妈妈眼里你一直是一个聪明的孩子，和所有小朋友一样，具备聪明的头脑，活泼机灵，很多东西只要你肯用心，就能学会，亲戚朋友都夸奖你是"小机灵鬼儿"，妈妈也一度引以为傲。随着时间的推移，你在慢慢长大，从幼儿园到上学，在渐渐成长。还记得，你第一次背上书包走进学校吗？爸爸和妈妈看着你欣喜若狂的模样，是那样发自心底地开心。我们希望你能在课堂里好好读书，汲取知识的营养，将来成为一个对社会有用的人。

可是，或许是爸爸妈妈为了生活和工作，忽视了对你的管教，让你从开始的热情退去，对学习失去兴趣，总是马马虎虎敷衍了事，学习成绩也越来越差。妈妈知道，其实，只要你用心对待，认真地去思考学习，这些问题都很好解决。除去你的学习，妈妈更担心你的品行。

你是一个调皮的孩子。在家里你调皮捣蛋，我们宠爱你，可在学校里你活泼好动，却也时常劣迹斑斑，和同学打架，上课做小动作，不按时完成作业，还经常说谎，这让妈妈很苦恼。你知道吗？妈妈最害怕接到老师打来的电话，说你这样，还有那样的坏毛病。每次听着老师的"控告"，听着你在电话那头的哭泣和道歉，我的心真的好难受，还有一种深深的愧疚。妈妈知道，好多时候你不是故意犯错误，可以原谅你的马虎，但说谎却是最大的错误。一个人不论做什么事情，都要诚实，拒绝虚伪，自己犯下的错误要勇于面对，而不是你一味地逃避责任，这是不可取的。

你是一个懂事的孩子。你的缺点是缺乏自信，不敢面对困难，对学习存在恐惧心理，而本性却是善良的。家里你孝敬奶奶，关心爸爸和妈妈，学校里你热爱劳动，抢着干活儿。同学有困难的时候，你主动帮助，都是你的优点。还记得爸爸和妈妈因为生活琐碎吵架的那次吗？情绪激动的爸爸失手打了妈妈，看到妈妈受到伤害，幼小的你，竟然不顾爸爸的拳头，不顾一切地冲过来，毫不犹豫地挡在妈妈的前面，保护着妈妈，大声地冲着爸爸哭喊："别打我妈妈，要打就打我吧！"看着你激动的情绪，委屈的泪水，爸爸的拳头放下了，心也软了。那一刻起，妈妈的心却被你揉碎了。你长大了，可以保护妈妈了，可妈妈又为你做过什么呢？工作忙，把你托付给奶奶，晚上回家，为了生活忙碌，没有时间陪你学习，助长了你懒惰的坏习惯。我是一个失职的妈妈，每次在你过生日的时候，我都没有时间陪你去公园玩，你从开始的吵闹，到最后的不再要求妈妈陪你，都让妈妈感到了深深的愧疚。记得妈妈监督你写作文吗？你说，你想对爸爸妈妈要说一句话："无论何时何地，爸爸妈妈都不要离婚，不要丢下我，我不要成为没有爸爸妈妈的孩子，不要成为一个单亲家庭的孩子，那样和路边的流浪儿有什么区别？"听到你的话，妈妈搂着你失声痛哭，突然间感觉心好疼，被你的哭泣声撕扯着，一时间，不知所措。妈妈不是一个好妈妈，不是一个称职的妈妈，至少我和爸爸吵架的时候忽视了你内心的感受。亲爱的儿子，从你刹那间冲过来保护妈妈的那一刻起，你就真的成了妈妈的软肋，一个敢于担当的小男子汉了，可你的内心也埋下了阴影，全是妈妈的过错。

亲爱的儿子，妈妈想对你说的话好多好多，目的却只有一个。对于妈妈来讲，没有太多的奢求，只希望你能健健康康地成长，好好学习，做你这个年龄段该做的事情。你是一个好孩子，至少你延续了人性最初的善良、正直，还有为妈妈付出的那份爱，已经说明你具备了敢于担当的勇气，真的长大了。

亲爱的儿子，十一年的朝夕相伴，不仅见证了你的成长，这一路走来，你给予了我太多的惊喜和感动，可欠缺的却很多。做人如同走路，总有一天你要长大，上初中、高中、大学，走进社会，妈妈希望你能做一个心地善良的孩子，以乐观积极的态度勇敢面对困难，完成一个真正的人活着的价值。儿子，妈妈不仅希望你有一个无忧无虑的童年，快乐地成长，翱翔在梦想的蓝天，更希望你能做个品学兼优的好学生，就已经足够！

5

你在他乡还好吗

始终相信,时间的洪流会冲散很多回忆,也会留下很多难忘的故事,即便遥远,却依旧值得让人一辈子去珍藏。人们说,人生最大的幸福,莫过于拥有一份最纯净的情感,而对于纯真年代里的同学感情,我想,也应该是记忆深处最难忘的一段回忆吧!

其实,在我当年迈出那所简陋破旧的学校大门时,抑或是背起空空的行囊,选择孤身一人背井离乡漂泊的时刻,心中对情感二字的含义,依旧是模糊不清的。依稀记得,眼含泪水迈着沉重的步伐走出故土,告别了那所唯一的乡村学校,还有那一群曾经陪伴了九年光阴的同学们,脑海里似乎没有太多的眷恋,更多的是对自己未来的人生一片茫然。时间在分秒流逝,彼此在分别的时光里,慢慢长大,慢慢寻找自己需要的生活方式,乃至于可以生存下去的理由,便忽视了很多情感,甚至渐渐遗忘。

去年的7月份,一个偶然的机会,老家的一个女同学给我发来了微信,告诉我一个消息。她说:一次亲戚的婚礼上,她见到了很多当年的同学,还在一起提起了过去很多的故事,感到是那样的难得和亲切。听到这里,心猛地为之一动,似乎被什么东西触碰到了那根敏感的神经。同学们现在还好吗?二十多年没见了,为了生活一刻不曾停止奔波的脚步，似乎我一直在忽视着很多很多。他们都在干什么？都生活得怎么样呢？带着激动的心情和一种不可言状的欣喜，为了能再续二十五年来的同学友谊，为了能将远隔天涯海角的那份牵挂表达，我建立一个微信群——"岁月沉香"。

不得不说这是一个信息发达的时代，只几天工夫，便联系到小学、中学的同学达二十几人，这是我没有想到的。还记得，第一个进群的是当年大家眼里公认的校花——艳华，曾经是我最好的同桌和朋友。进群来她的第一句话："秋，这些年不见，你还好吗？"那一瞬间，我的眼眶湿润了，泪水竟然情不自禁滴落在手机屏幕上。我想，隔着屏幕那头的她也是一样的心情，因为这一次的相聚如此地来之不易。是啊，你还好吗？没有华丽的寒暄，不必有那么多的客气话，就这一句简单得不能再简单的问候，包含了这分别几十年时光中的多少牵挂和思念呢！

时间能冲淡任何情感，也能拉近天涯海角的距离。是网络让我们又一次相聚，是那份一直萦绕于心的同学友谊让我们天涯相邀。再次重逢，就不要轻易说分离了。在这里，我们没有地位区分，只是同学情谊；没有距离远近，只有一份纯净的真诚；没有猜忌，只有珍惜。这是我在微信群里和大家说过的话，至今还记忆犹新。

再次相见，同学们都在改变，发来的照片中，不仅仅是日益成熟的容颜，还有一张张幸福的全家合影。当年最淘气的男生拥有了两家工厂，成就了自己的事业。当年最有名的校花，成了他同甘共苦的爱人。当年最能追着我身后骂我"秋妞子，哭鼻子精"的大侄子，一直陪伴我童年时光的老同学，成了部队里的干部。那个老是仗着自己个子大，欺负女生的杨平，做起了包工头，心灵手巧的丽杰开起了自己的服装店。那个平时就大大咧咧的华姐，还是没忘记了大宝对她的迫害。在她上课睡觉的时候，手里给她放了一块泥土，让老师和同学们笑掉大牙。那个曾经瘦瘦的同学，大家玩笑地叫他猪哥哥，昔日的小胖墩，也当起了医生，有了自己的诊所。那个从小就沉默的娟子，现在也做了婆婆，成为了异乡的媳妇。开朗的冬梅姐，从小就爱生气的小芬姐，大眼睛的玲子，还有……你们其实并未走出我的记忆，已经在我的心里生了根。

然而，我知晓，再次的相聚并不是都那么完美的，曾经那么活泼爱笑的艳霞，还有那个被同学们笑话成朗诵家的郑春剑，却因为意外永远离开了我们。还记得，提起这些的时候，群里沉默了，没有人发出一条信息，大家的心情是沉重的，甚至是伤感的。我们怀念那份难能可贵的情谊，那段值得珍藏的岁月，却终究逃不过物是人非的结局。

我想，对于同学会我是心存愧疚的。当那个热心的大宝夫妻俩筹办同学会的时候，我是第一时间告知不能参加的。我想，当时他们的心情是失落的，但依旧理解我的苦衷。为了这次难得的聚会，同学们付出了很多的时间、精力和心血，而我却一直是一个旁观者。两天的聚会，我的心时刻被牵扯着，久久不能平静。微信群里发过来的一张张戴着红领巾洋溢笑脸的合影，一段段视频中传来阵阵开心的笑声，都让我激动不已，热泪盈眶。

然而，人生总是聚少离多，天下没有不散的宴席。短暂的相聚之后，势必就是下一个痛苦别离的开始。我能想象到，二十五年第一次见面时的喜极而泣，也能幻想出短暂相聚后依依惜别的紧紧拥抱。这是最纯净的一种情感，那是超越任何世俗距离的真情。不知道是真的老了，还是喜欢怀旧，或者是我惧怕短暂的相聚，泪水总是打湿脸颊，心一次次被触动。

现实总在不断变化，而这种最真挚的，最无私的感情，其实真的能经得起时间的考验的。那些纯真年代的回忆，如同电影一次次在脑海中回放，在时光流逝处，放大，缩小，却永远不曾消逝在人生路途中。或许，久违的笑脸有了重逢的喜悦，也有深深的遗憾。人到中年，我们有了自己的生活，你和我一样，奔波在生存的竞赛场上，一刻不能懈怠。回望过去，一切的一切似乎都变了，却又似乎没变……

"当泪水模糊双眼，我发现你已不见，让冷雨淋湿我的思念。你在他乡还好吗？可有泪水打湿双眼。你在他乡还好吗？是否想过靠着我的双肩？你那不再熟悉的笑容，对我可是一种敷衍。手中握着你的照片，我真的感到你很遥远。你在他乡还好吗？"无数次聆听着李进的这首《你在他乡还好吗》，内心还隐隐作痛。

亲爱的老同学们，当光阴漫过二十五年的沧桑，脚步步入人生的秋季，那些曾经的温暖和欢笑还记得吗？虽然久未联络，虽然远隔千山万水，虽然容颜改变，而那份最真挚的情却深埋在心间，一生不曾改变。你在他乡还好吗？那些童年里的记忆是否如昨？那些阔别多年的思念是否依旧珍藏在时光深处？刻入漫漫人生旅途，成为今生最大的财富……

6
情伴今生，永不分离

　　一直认为最真的情感都是来源于人性的本身，能为之付出真情的人不仅需要善良的内心，更需要来自彼此之间真诚的关爱和无怨无悔的付出，才可达到心灵的交汇。那么，相识在人海里平凡的我们，由最初的陌生变成了熟悉，在一次次的误解与磨合中，我们彼此经历着相聚时的喜极而泣，感受着离别时的痛苦不堪，并以此给予人格的升华和磨炼。然而，在虚拟与现实的交汇间，能够拥有真正的友情对于认真的我们却那样弥足珍贵。

　　相识在网络虚拟与现实中我们各自遵循着生活的轨迹。网络虚拟的空间里，我们结识并成为好友。在人海中的芸芸众生里，我们又是那样的平凡和渺小。相遇，是文字架起我们之间友谊的桥梁；相知，是率真的个性拉近了彼此心的距离。在我心中你已然成为了我的姐姐，并成了依赖。过去一年的相互陪伴，是我在网络三年里，最开心的日子。虽隔屏相望远在天涯，可我收获了你的关心和鼓励。开心时欢声笑语，郁闷时肆意宣泄，都成为记忆中最幸福的时光。每当看见你在线的身影，我的内心都会涌动出温暖的感觉。我明白，现实生活中每个人都存在着压力，你也不排除在外。外表开朗的你，内心其实同样是孤独的，你渴望友情的温暖，希望在网络中找到久违的人间真情。可是，现实的残酷与压力，已经无法让我们得到想要的真实。每每看见你在网络徘徊的身影，爽朗的笑声里隐藏着你孤寂的内心，也包裹着你渴望纯净情感的无奈情怀。我知道，现实中的你并不轻松，繁忙的工作，还有对文字的偏爱，都使你身不由己，甚至为了网络的友情而忽视了家人的存在。记得你不止一次地说，要给母亲写篇文字，因为她为你付出得太多了，你今生无法偿还。我知道你的心里那份沉甸甸的爱，使你无法用语言来表达，并深深愧疚。但是，今天，我要告诉你，姐姐，好好珍惜现实生活中的家人，抽出时间多陪陪妈妈吧！她才是最孤独的。她为了你付出的一切，是你今生报答不完的，你现在唯一可以做的，就是在妈妈的有生之年，要她得到子女最大极限的关怀，得到一个母亲和女儿再多一次的亲密接触。因为今生成为亲人同样是缘分，那些物质换来的情感，对于妈妈来说，真的丝毫没有价值。要爱妈妈，就多陪陪她，给她快乐，要她多露出一次笑脸，才是子女最大的孝道！

　　看重友情，无奈面对一次次的相聚和别离。生存在现实生活中的我们，都拥有真实的自我，毫不矫揉造作，更不会虚假献媚。然而，虚拟的网络没有我们幻想的那样唯美，那一张张陌生又熟悉的面孔后面，无不掩藏着、利益、虚假、欲望、尔虞我诈，它和现实的社会真的没有任何分别。你说过，我看作朋友的人，我会倾尽所有，无怨无悔地付出，我要的不是任何利益、虚荣和敷衍，我要的是那份真实的纯净，要那种真实的温暖，这些就已经足够！那么，你可知道，每个人都有自己的生活轨迹，他可以随着时间、地点、环境的变化而不断地改变，而一成不变的我们，无法跟得上他的脚步。利益面前，任何情感都是那样的脆弱，能够真正把你放在内心的又有几人？于是，一次次叹息，一次次失落，终于明白，任何在口头上说出的情感都是虚假的表象，或者说都是一种敷衍。时光流逝，一度回味那些曾经用真心换来的只言片语，唯一可以做的就是悄悄地回归自己的世界，还原本真的自我吧！

  诚信做人，认真做事，情义二字有时真的很苍白无力。面对川流不息的网络大军，来了又走，走了又来的面孔里，那些似曾相识的音容笑貌，那些深植于内心的一次次相聚和离别，竟然是那样的虚幻缥缈。还记得，曾经的自己，因一时的不解，愤然离去，决定永远不再回到网络，那段日子里，陪我度过昏暗时光的只有泪水，伤痕累累的内心真的无法承受一次次的煎熬。曾经的骄傲、坚强早已荡然无存，只剩下了内心深处的刺痛。我深切知道太过认真地看待这一份份情义，太依赖友情给予的温暖，势必会受到伤害。一次次告诫自己，要离开那些给予我伤害的情感。然而，在泪水相伴的日子里，看见你一次次的留言和问候，我真的想绝情漠视，因为我的心已经无法再承受这些负荷，我害怕了，胆怯了。我告诫自己不要理会你，可是，柔弱的内心无法狠心拒绝你的关爱，当我告诉你没事的时候，你流泪的表情、温暖的怀抱，禁不住要我泪如雨下，失声痛哭。我知道那一头的你一定是眼含泪水，因为我们都太真、太善良，我们彼此都在牵挂。经过了这些，我才真正地明白，有人牵挂原来也是一种幸福。也终于明白，人生本来就是遇见和分离在不断地继续和上演，可为什么真实的我们却无法面对这一切，只有无奈地承受着。面对相聚时的喜极而泣，无奈地接受着离别时一个个熟悉的背影，唯一能做的就是继续去宽容、隐忍，用善意去感化，坦然接受那些有意与无心的伤害，就当给自己脆弱的内心添一次伤痕，留一次烙印罢了！

  真情相伴信守心灵的港湾。也许世界上本来就没有一块心灵的净土，本来就是真亦假时假亦真的互换，等量交换本来就是人之常情。那么，要我们怎么可以寻觅得到属于自己的那一个港湾？我站在匆匆流逝的时光里，不知所措。看着网络中的分分合合，在冷漠绝情中上演的一幕幕闹剧，傻傻的我们，深陷其中。柔弱的内心却一直在坚信着遥不可及的梦，用信任和博爱去维护一份份自认为值得拥有的情感，并带着深浅不一的伤痕在默默承受着，且不能自拔。回望这一年来的相伴，我们之间的争吵、误解、分歧、开心时会心的笑脸，都是来自心底最真实的温暖，而彼此脆弱又敏感的内心一直保持着最初的本真。也许真情本是来自心灵的互换，情感都是来源于一次次的分歧与磨合，这便是人生吧！

情义无价，本应来自彼此心灵的呵护，才能在时间的流逝中得以见证情感的弥足珍贵。岁月沉香，本是时光的缩影，在四季轮回的不变的情怀中，找到我们心灵的交汇。我知道，一篇浅显的文字，不足以说明友情的价值；一声简单的祝福，不足以送去你所需要的温暖，但却是我最真挚的心语。经历使人生丰富，而浮华过后，也终于明了，什么才是真挚的友情？什么才是美好的日子？什么才是最大的幸福？原来人生路漫漫，在一次次跌倒和爬起间，我们彼此搀扶，在一次次的相聚和分离中，我们彼此牵挂，拥有了这些，对于平凡的我们何尝不是最大的收获呢！

7
今生，为你守候

冬的脚步悄然走进了南国，预见了秋天生命的短暂。斜阳西下的黄昏，依旧花开娇艳，叶舞翩翩。凉爽的风儿悄悄送来了花香，天空高远，云与风轻轻呢喃，诉说着依依不舍，和彼此之间守候的缘。

晚风习习的南国初冬，卸下一身的疲惫，漫步于珠江之畔，徜徉在夕阳的怀抱里，沿江岸行走，让一颗浮躁的心得到安然。夜幕西沉，人潮涌动的江边，早已灯火阑珊，喧哗声不绝于耳。极目远望，江面上一排排灯塔照亮了整个世界，一艘艘观光的游船穿行在波光粼粼的江水中，为珠江添色。安静平和的江面上，时而有一丝微风吹过，荡起一圈圈涟漪，平静而深邃，充满了安逸祥和的景象。

此刻，在我眼里珠江的夜色是宁静而美丽的，没有一丝一毫的浮躁。夜色斑斓，时光流逝，心中也相信，千百年来这奔涌的江水中也一定有很多动人的故事在上演。静静地观赏，慢慢地行走，高跟鞋踩踏在石板路上，发出清脆的声音，略显单调。"累了吧！坐一下吧！儿子去和小朋友玩了，我们休息下。"身边的爱人似乎看出了我的疲惫，出门太急没有换鞋子，走得有些疼痛，脚步也开始蹒跚。"嗯，是累了，好久没有出来走路了，脚感觉疼。"我轻轻点头，随着爱人的脚步就近找了一处长椅坐了下来，享受眼前的风景。

初冬的微风轻拂过耳际，时不时地吹乱了我的长发，显得凌乱些许。并肩坐下的爱人细心地伸出手帮我整理，眼神那样的温情。轻轻回眸凝望他的眼神，四目相对，浅浅微笑印入了酒窝，一抹弧线上扬，竟然感觉到了一丝甜蜜，也有一种无法言说的幸福弥漫了全身。

　　不远处的长椅上，三五成群的老人们坐在一起拉着家常，打着太极拳，踢毽子，健身器材上人们攀谈着，体会着初冬的清凉。如此的夜色里，热恋中的情侣一对对在眼前飘过。或勾肩搭背，或缠绵细语，亲昵异常，给夜晚的珠江添加了一道美丽的风景。奔跑的孩子们或嬉戏在花草之间，或蹦跳在石阶之上，追逐于人群里，大声地尖叫，童年的快乐在夜空弥漫。稚嫩的童音回荡在耳边，感受着这一刻时光的美好。

　　"我们好久没有出来走走了，也没有好好地谈谈心了。你看，他们多开心，感觉真的很羡慕他们的生活。"爱人看着眼前路过的行人，感慨地说着，那眼神里还带着些许的失落，也有更多的无奈。缓缓抬起头，我轻轻地伸出双手，抚摸他宽厚的肩膀，望着他充满失落的眼睛，心底充满愧疚。一直以来，生活对我来说都是匆忙的行走，偶遇闲暇，才能有机会和家人共处。或许，我本来就是一个没有生活情趣的人吧！为了生活，一直无暇顾及家人的感受，缺乏了沟通和理解，让情感逐渐归于平淡。生活的压力永远和现实密不可分，是自己忽视得太多，还是自己根本就没有在乎过他的感受？

　　扪心自问，二十载婚姻生活，在平淡中彼此共担风雨，在无数次吵吵闹闹中互相磨合。一次次因误解而面红耳赤，一次次因忽视情感而陷入了纠结。这一切的一切到底是谁的过错？婚姻，家庭，生活的本色让多少的家庭走进困惑？让多少人的情感日益苍白？这一切的因果，或许都是我的错，才让你如此地纠葛吧！

喉咙哽噎，泪水在眼眶里打转，突然，想起昨天你和我说过的话，心底一阵刺痛。"好累啊！好想找个地方大哭一场。"我知道，面对生活的压力，你的肩膀承受了太多的苦，压力的巨大，让你无法呼吸。作为妻子，我没有做到为你分担，深深愧疚。望着你的脸庞，眼里带着怜爱，那是一种发自内心的痛。多年来，彼此间的情感，已经从爱情转化为亲情，虽不浪漫，却也不乏真情相伴。知晓，你的爱让我窒息过，你的爱犹如枷锁，你的爱也让我心中疼痛。明白在这个世界上，爱永远是自私的，永远是需要占有彼此的情感世界，才能达到守恒。没有感情的婚姻是苍白的围城，没有了自由的爱情，又何尝不是一座危城？

常常觉得，婚姻不仅仅是一纸承诺，也是一种责任，更需要一种持久毅力的守候。短暂人生，我们彼此守候，演绎尘世间最美的长情。这份情，它能让我们曾经远隔万里来倾心相遇，并两心相知，默默地守候因缘分而演绎出的一段爱情的传奇，就已完美了它的含义。守候，虽没有性别的区分，适合于每一个有情有爱的人；守候，没有界限之分，只需要你的一句懂得便足够；守候，一份至真至纯的情感；守候，一次红尘中的偶遇，便邂逅一程烟雨的唯美，温暖了一湖清冷的碧波，让心不再孤独。你在，故我念。你懂，我守候。或许，就完整了你我的今生情缘吧！

尘世间任何一份情感的存在，都不需要海誓山盟的口头约定，也不需要惊天动地的生死契约，这些都是在实际行动之外的附属品。守候一段情缘，不问归期，彼此懂得，坚守心灵的堡垒。漫漫旅途，守候，一份至真至纯的感情，痛苦有人安慰，快乐有人分享，前行有人陪伴，落寞有人温暖。心与心交融，无须等量互换，情与情相通，不必奢求。不是一条纬度的直线，再拉扯也难以相交。深深懂得，浅浅情愫，悄悄陪伴，默默地守候，便丰润了如水的人生，完美了因情相遇的一段年华。

渐渐懂得，情感世界中，人们都在拼命地抓住自己所希望得到的部分，一刻不肯懈怠。然而，感情，毕竟是两个人之间的事情，要通过内心的交流、理解、懂得，才能守住一份真实的存在。情感，必须有尺度，抓住的东西禁锢得太紧，也将如沙漏一样渐渐流逝，情感的分量也越来越轻，甚至失衡。假如有一方沉默，不再纠葛，除了是宽容对待所爱的人，为了守候一份真情之外，或许，是心疲惫了。累了，不想说话；累了，不想纠结；累了，找不到结果；累了，任你去折磨。哪怕明天没有结果，依旧沉默！仰望头顶的天空，往往都只是方寸之地。目光所及的地方，不一定是梦中的天堂。

初冬的南国夜色下，时光在分秒流逝，光阴一刻不肯停留，只为这次难得的交汇。静静地与你相拥在一起，此刻，沉默无语，脉脉柔情在心间泛起涟漪。任凭你温暖的双手轻拥瘦弱的双膀，只想温情地靠在你的怀中，体会片刻心灵的碰撞。深深懂得，两心相知，经历了多少风雨，脉脉此情不语，只因心疼。爱人，你的苦我懂，我的爱你可明了？今生与你相遇，不是为了昙花一现的美丽，而是想守候一份不老的常情，在平凡的岁月里，固守一份清浅的幸福，与你相伴一生……

8
他乡明月

"家是故乡好，月是故乡明"，这是漂泊在外的所有游子赋予月的使命。月圆了，人也就团圆了吧！千百年以来人们赋予中秋无限的憧憬，也让身在他乡的游子平添了更多的思念……

异乡之月少了一份回忆和柔情。暮色黯然，夜拉下了帷幕，一轮明月冉冉升起，让夜不再孤单。薄雾轻纱下，月光如水般清亮，那张圆圆的脸带着羞涩与妩媚，在散碎的云朵里，时隐时现，朦胧灵动。深邃的夜空下，万家灯火已然点亮，与闪烁的繁星相互辉映，装点着这个浅浅的南国之秋。

伴着渐深的夜色，卸下一身的疲惫，独享一个人的世界。喜欢安静地站在阳台上，静静地欣赏着月色下的南国。俯瞰着高高楼宇间穿梭的人影，奔放的广场舞在音乐的此起彼伏声中，沸腾在楼宇间。时而低沉，时而高亢的音乐传入了耳鼓，愉悦了身心。看着广场上孩子们的追逐奔跑，老人们茶余饭后坐在古榕树下的低语，游泳池内的喧哗声，心里便涌动出一股暖流，舒缓了一天的疲惫。

伴着清浅的月色，远远望去，目光迂回处，小区内新添加的一处风景也映入了眼帘。古榕树的枝蔓上，中秋的红灯已经高高挂起，透露着商业的人性化和民族节日的重要传承。人潮涌动中，那一串串红灯如同一簇簇跳动的火焰，在清凉的月色下跳跃着，勾起了太多的思绪……

夜色深了，伴着最后一曲广场舞的结束，人潮散去，周遭回归了平静。仰望天宇，月色旖旎，与繁星和云朵窃窃私语，述说着季节的变迁。圆月秋思，欣赏着月，便融进了情感，叠加了思念。人潮散去，就预示着各奔东西，也许明天不再相聚吧！此刻的夜，那样的沉静、清凉，少了喧闹，多了孤单。

时光无情，总是在不知不觉中蹉跎了最美的光阴。秋来了，冬就不远了吧？月圆了，人真的能相聚吗？时常在月圆的时刻，一个人独处，静静地感受夜的静美。遥望远方故乡的方向，喃喃自语。月圆了，中秋就到了，故乡的月是不是也圆了呢？是不是也一样清亮，一样柔情万千呢？思绪飘飞，无法阻断心中的思念，感慨油然而生。望着云朵中时隐时现的圆月，轻轻叹息一声，你的美竟被我亵渎。人长大了，心境也就随着变化了吧！如今，当偶遇闲暇能静下心欣赏月色时，人却不是了当初的人，月也不是心中的月了。许是在异乡他地漂泊得久了吧！或许是为了生活整日奔忙的脚步，才无限欣赏此刻的月色吧！

每到这个时候，家乡的月都是那样的圆，那样的美。金灿灿的秋，是家乡最美的风景。父老乡亲顶着秋霜下地，伴着月色归家，春华秋实满载着他们的收获和希望，淳朴的脸庞也时刻洋溢着笑容。那月色中，那秋色里，都融入了祖祖辈辈的汗水，凝聚了对那片赖以生存的土地的依依深情，也浓缩了我苦涩的童年岁月。情与月，自古不可区分，为了一个团圆的企盼，月守候了千年，而人却永远在变化，环境也在人长大后的不断迁徙中没了昔日的画面。现在，房子空了，人散了，零落在天涯海角，对于那些守候在家中和漂泊在外的人们来说，中秋佳节一家人团团围坐在一起吃月饼、赏月竟成了奢望。

回想起儿时的中秋，心底有说不清的情绪，挥之不去。记得每到中秋，父亲总要去集市买来几块月饼，尽管家里拮据，但也会挤出些钱来给我们解馋。那个时刻，我们兄妹几个都会欣喜地等着父亲的分配，来过一个自认为幸福的节日。理所当然，在父亲一个个月饼送到手里时，那种幸福感得到满足的同时，我得到了最大的"照顾"。月饼圆圆，人团圆。小的时候，那么喜欢吃月饼，总是贪婪霸道地和哥哥姐姐们抢月饼，来特殊化自己在家中的地位。时至今日，每逢中秋，依旧能接到哥哥姐姐们的电话，"吃月饼了吗？什么时候回家啊？在外照顾好自己，别太累了，我们盼你回来。"那一句句贴心的话语，触动着敏感的神经。每每放下电话总会泪水溢满眼帘，心头揪着地痛。长大了，为了生活，各自忙碌，亲情渐渐地疏远，没有了昔日的温情。商场里买来琳琅满目的月饼，清亮高悬的圆月，为什么吃不出当初的滋味？到底缺了什么呢？许是美食吃得多了，条件好了，对月饼没有了太多的喜爱？家里的月饼堆积在一起，放得变质了，也想不起来吃，兴许是抢来的月饼才好吃，滋味与众不同吧！

　　漂泊之路竟然惧怕团圆。人随境变，物是人非，好多的回忆成了过去，好多的人成了故人，那些萦绕于心的念想却多是伤感。我老了吗？怎么开始怀旧，旧的人，旧的照片，旧的岁月，旧的感情，都是那样的深刻。感情是一种莫名的情绪，人生况味的晴雨表。总是在节日里，想家，想故乡，想亲人，想朋友，往事历历在目，却也飘入昨日的旅途。

　　渴望相聚，却害怕相聚，更难以相聚。回味过去与兄姐争抢月饼的时光，那份童真和美好永远珍藏在心底，一生难以忘怀。吃月饼，是为了解馋吗？不是，我想，吃出的是情，目的却是为了团圆吧！岁月流逝，中秋陪伴自己也过了几十回了，那些陈年旧事早就成了沙漏，所剩无几了吧!

记忆是时光的沙漏,总能留下一些不可忘怀的东西。四十载光阴过后,浓缩的记忆中,仍记挂村东头住的疯大叔,心里念念不忘。每年的中秋来了,他总会一改常态,不再疯言疯语地瞎跑,而是安静地坐在自家门口,等着天黑看月亮。月亮升起的时候,也是大叔最安静的时刻。那时不懂世事的我,时常偷偷地躲在他家断了的土墙边,探着小脑袋观察着他的一举一动。我想,当时他是知道我的存在,可依旧安静如初,不被我的出现所扰。

望着圆圆的月亮,他用干裂的手伸进怀里,拿出一块硬邦邦的月饼,放到眼前,仔细地看着,仿佛是在欣赏着艺术品。这个时刻,自己禁不住偷偷笑他,还有些恶心他那黑漆漆的手。心想,不就是一块月饼吗?用得着那么看吗?然而,他自顾自地欣赏,丝毫不在意我的真实存在。良久,观赏够了,他才将还带着体温的月饼送进满是胡茬的嘴边,用舌头津津有味地舔了舔烧得糊糊的外皮之后,才放到嘴里,一小口、一小口地慢慢吃下。看着他细嚼慢咽的样子,我禁不住笑出声来,也惊扰了他的情绪。

每每此刻,他总会温柔地站起身来,对我笑笑,跟跄地走到我眼前。伸出那双我最害怕看见的手,再次伸进怀里,拿出一块同样糊的月饼偷偷塞给我,挤个眉眼暗示我藏起来吃,别让人看见。然而,年幼的我总是傻傻地站在原处,也不致谢,也不拒绝,不喜不悲,表情木讷,一点儿不领情,对他给我的月饼没有丝毫感动。看着他笑眯眯转身进院的样子,心里还是疑惑不已,总也找不到答案。大叔怎么了呢?为什么会在中秋这样呢?后来,乡亲们告诉我,大叔是因为妻子得急病死了,女儿远嫁了外地,一个人受不了亲人离去的打击而精神崩溃才疯的。其实，对于一个疯子而言，人们各忙各的，时间久了，谁也无暇过问他的冷暖和心思了。时间让我懂得了许多，我在无数个中秋夜慢慢长大。昔日的大叔渐渐驼背了，眼花了，可每到中秋，我依旧会收到大叔带着体温的月饼，温润着那段值得珍藏的童年时光。

　　人到中年，日子瘦了，年轮也就增长了。随着心境的成熟，开始学会了独立思考和解读一些心中的疑惑了。细细回味，大叔的行为不是怪异，而是出于一种人对情感渴求的本能。他赏月，是因为渴望团圆，但妻子的离去、女儿的远嫁，都让他无能为力。手中拿着的月饼，是他唯一的愿望——期盼团圆。

　　然而，世事无常，谁又能左右亲人离去的身影呢？而今，生活的节奏加快，人们的情感开始淡漠。父母亲无暇过问，打个电话便已完成了孝心，丈夫、妻子、儿女、朋友，一条短信一句群发的祝福，便算过了节日。中秋到底赋予了我们什么？留下的是美好的记忆，咽下去的却是心灵的凄苦。

　　不敢过节，害怕过节，过节没了开心，只有一种无法言表的伤感。许是母亲不堪病痛走了留下的阴影，还是父亲灯尽油枯后撒手人寰后给予的打击？抑或是大姐的突然早逝，让我感到了骨肉离别之痛？让我对"团圆"二字产生了抵触？让心灵深处产生了恐惧呢？或许每个人的一生所经历的都应该是命运安排好的，并无法改变。也正应了苏轼那句"人有悲欢离合，月有阴晴圆缺，此事古难全，但愿人长久，千里共婵娟。"也只有这句才能将月圆人不圆的情绪发挥得淋漓尽致吧！

　　独自行走于高楼林立的大都市，为了生活，为了更好地体现自我价值，犹如一只候鸟不断地迁徙，不断地放弃与故乡和亲人相聚的机会。感情再深，也怕疏远，人心再近，也怕别离。时间让我们从幼年、少年、青年乃至中年一路走来，聚聚散散，分分合合不断地上演，品尝了人生的千般滋味。

夜静悄悄，仿佛听得到自己心跳的声音。习惯地打开手机，回放着微信群中同学们的对话，心底涌动着温暖。二十五年的分离，二十五载的同学情谊，虽未曾见面却感到了那份感情的纯真。聚在一起不容易，不要轻易分离了。在一起没有别的想法，没有任何的利益纠葛，聚在一起，只为了一份至真至纯的感情，能在有生之年，给彼此之间留下最美好的回忆。

二十五年弹指一挥间，将那些关于童年的纯真记忆封存在时光的缩影中，不能迂回。当一切一切的回忆重新拾起，心中感慨万千，泪水模糊了眼帘。曾经的伙伴，曾经的朋友，同桌的你，那份纯真的友谊埋藏在内心深处，从来不曾遗忘。

此刻，脑海里依稀又浮现了过去的点滴，一幕幕涌上心头！朗朗的读书声，追逐在校园中的欢声笑语，毕业照上稚嫩的面庞，离别的路口依依惜别的样子，无不将人带回到过去的时光中，久久不能走出。

曾经年少，曾经懵懂，曾经的青春年华，曾经最美好的记忆，连同一份温暖叠加在心海，并激荡不已。如今，再次重逢，欣喜之余，却增添了更多的失落。青春已悄然溜走，只有沧桑的容颜沉淀了一份份真挚的情怀。禁不住轻轻问一句，朋友，你们还好吗？原来时光分开了我们的距离，却不曾将我们的心隔离开，因为那份情感的纯真一直在，并日久弥香，不是吗？

今天，当再次重逢，内心充满着感恩。感谢你们，还记得我，还记得那个曾经喜欢哭鼻子的小丫头，还记得我们曾经相伴的岁月，还记得让"团圆"二字当成礼物,送给我一个别样的中秋,别样的南国之月!

他乡明月缺少了一份实实在在的温暖,久居他乡,漂泊不定,自己犹如一颗蒲公英的种子,微风一吹就飘散在天涯了。茫茫大地,皓月当空,天涯何处才是我的根?哪里才是我心中的家?生根发芽,零落海角,与亲人相聚的愿望,阻隔在万水千山之外,那昔日的挚爱亲人,今何在?那饱含我无尽乡愁的明月,又给我捎来了什么样的消息?情,远在天涯,不远不近,却也温暖。月,亘古不变,不惊不扰,却也唯美了这一季秋。与我,没有喜悦,没有奢求,却只有叹息和说不清的离愁……

夜深人静,冷月星空,月追逐着云的脚步在苍穹曼舞,渲染着此刻的安宁。一袭秋风掠过楼宇,吹进了狭小的空间,瘦弱的肩膀感到了丝丝的寒冷,风吹动着飘散的长发,感动弥漫在这个南国之秋。

今夜依旧无眠,仰望他乡明月,遥寄情思。极目远方,故乡有你们的方向。发自心底轻轻呼唤:我挚爱的亲人,我最牵挂的朋友们,距离永远隔不断想念,想念不会有距离。但愿"海上升明月,天涯共此时",我在想你的时候,你也一样邀月寄相思。他年他月,旧相识,请一生谨记,让此刻中秋的明月见证这份弥足珍贵的情谊,并留下永恒的回忆吧!

9 故园秋月

一抹夕阳西下，晚霞染红了西北天。金色的原野吹过阵阵凉爽的秋风，一望无际的庄稼地里，金黄色的玉米，迎着秋风，吹响了丰收的号角，团圆的中秋翩翩而来。

夜色渐渐昏暗，田野里依旧繁忙，庄稼地里不时地传来人们吆喝牲口的声音，打破了小村的宁静。空旷的天空升腾起袅袅的炊烟，那是生火做饭的信号。一轮皎洁的明月冲出了地平线，挣脱了云朵儿的包裹，露出圆圆的脸。北斗星调皮地眨着眼睛，在云朵儿里捉着迷藏。高高的草垛上调皮的孩子双手托腮静静地凝望着夜空，一颗，两颗……数着漫天的星斗，偷偷和月亮说着悄悄话。这就是我小时候的故乡，中秋夜里最美的时节。宽广的天地间，洒满清亮的月光。那银色的月华，恰似玉盘般圆圆的脸，像一面闪烁银色光芒的镜子，悬挂在乡村的上空。

常常怀念故乡的中秋节。

那时每到中秋，不管生活如何拮据，父亲都会去集市买三五斤手工制作的月饼。青红丝、五仁、枣泥，形状各异，手工制作虽然粗糙，却散发着诱人的香气。童年时，我是喜欢吃月饼的，每次都是姐妹里分到最多的那个。每年的中秋，我都会依偎在二姐的怀里，扬起小小的头，伸出瘦弱的小手指着天上的月亮，缠着二姐给我讲中秋的故事。

其实，二姐也是懵懂的，家中条件有限，读书很少，她只告诉我，中秋节是阖家团圆的日子，是久别的亲人相聚的日子。每到十五的晚上，嫦娥都会出现在月亮里，细心地梳妆，眺望，期盼和心上人团圆。这个时候，我都会不停地追问二姐，既然是团圆的日子，那母亲去了哪里？她今晚可以回家吗？我也想和其他小伙伴一样，躺在母亲温暖的怀抱里，吃着月饼，撒娇，该有多幸福？每每提及，二姐总是神情晦暗，借口岔开我的话题，眼里却闪烁着泪花。她还会带着我躲在豆角架下，藏在草垛后面，或者坐在院子外的场院里，静静地望着夜空，轻轻地哼着歌，哄着让我在月色下沉沉睡去。

还记得嫂子嫁过来的时候，那年我才八岁。和嫂子在一起过的第一个中秋，虽时隔多少个年头，可记忆犹新。中秋的夜晚，嫂子会按照她们满族的风俗，或者是她母亲遗留的传统，烙上一盘黄澄澄的油饼，小心翼翼地端上饭桌，她说那是预示了人间的团圆，让嫦娥少了哀怨。

记得，父亲去世后，姐姐们出嫁的出嫁，打工的远走他乡，还不会照顾自己的我，一直对嫂子心存感激。头发乱了，嫂子帮我梳马尾巴，编好看的麻花辫儿，给我洗衣服，对于姑嫂之间的情意，我就像她的孩子，她更像是我的又一个母亲。

每到中秋，月圆的夜晚，喜欢看书的哥哥依靠在窗前，打开他的《三侠五义》看得津津有味。不识字的嫂子还会酸溜溜地嘲笑哥哥，装老学究、穷书生，哥哥总会憨厚地笑笑，似乎很享受嫂子的讽刺。如今，当心智逐步沉淀，细细回想，缘分真的很奇妙，人与人之间的缘分真的是天注定，不然怎么会有嫦娥和后羿凄美的爱情故事，喜欢读书的哥哥和目不识丁的嫂子这样的姻缘呢？

日复一日，年复一年，故乡的风景逐渐变化。出去打工的人多了，生活富裕了，房子好了，村口的水井，换成了自来水，孩子们搬进了新学校。可村子空了，人越来越少了，好多人走出去，不曾再回来，守在家里，等待团圆的只有老人和孩子，故乡中秋少了欢声笑语，更多的是守望和凄凉。

"露从今夜白，月是故乡明"，这是无数漂泊在外的游子共同的心声。犹记得，17岁的我，背起空空的行囊，踏上了漂泊之旅，早已和故乡的中秋无缘，那些有空回家，聚会团圆的话语，早已在一次次失约的结局里成了空头支票。我的乡愁，注定是无法用语言来弥补，无法用眼泪来述说的。离别故园，四十载春秋寒暑，故乡的一草一木，中秋明月的皎洁高悬，那个坐在草垛上手里拿着月饼数星星的孩子，跟月亮要母亲的稚嫩的我，早已在时光的流逝中，满面沧桑，客在异乡。

其实，我能感觉到，每一个游子都有自己的乡愁，都会用特有的方式怀念故乡。那淳朴的乡音、乡情，还有故乡的昔日和今朝，在心里悄无声息地生根发芽，并深深怀念。客居异乡的游子，不论漂泊多远，走得再久都不会遗忘故园的模样，而那种渴望团圆的念想总会在一个又一个流逝的日子里无限疯长……

或许，我们每个人都有一个属于自己灵魂的原乡，都有数不尽的乡愁吧。故土难离，漂泊在外的日子，每到佳节便会心生离愁，数不清的思念，遥寄明月捎去相思。就像今夜的南国，月色清澈，一缕月光悄悄爬上了窗台，小区里红灯高高挂起，犹如跳动着思念的火焰，在夜里燃烧着我无尽的乡愁。深深知晓，这个中秋团圆依旧是个完美的奢望，那些远去的日子里，回忆还在脑海里回放。月光下，对面的客家人早已摆好了桌子，摆上了各式的供品，一家人团团围坐赏月，不时传来一阵阵笑声，在高高的楼宇间回荡。

独自站在阳台，透过这薄凉的夜色，遥望深邃的夜空，仿佛看到故乡的田埂上，父亲的汗水浸透了衣服，挥舞的镰刀收获着希望；二姐的怀抱依旧温暖如昨，却遥不可及；嫂子的额头多了皱纹，手里拿着梳子面带笑容；窗台边，手捧书本的哥哥鬓角早已添了斑驳的白发，老了的光阴里，我却被隔在了天涯，眼里闪动着亮晶晶的泪花。
　　中秋来了，物是人非，我已经老去，那故园的秋天里，银色的月光下，明月一定圆了又缺，缺了又圆，而相聚的日子还有多远……

10 旧时光

那是一个遥远偏僻的小山村。那里有一望无边的大平原，高高的白杨树，简陋的校舍，宽敞的操场上有一群奔跑的孩子。他们在那里曾经一起学习过，一起玩耍过，一起编织着梦想，一起在最纯真的友谊中慢慢长大。打打闹闹，争争吵吵一路奔跑在简陋的校园中，欢呼雀跃，追逐嬉戏的场景，不知道，你们还记得吗？

春日里的校园，垂柳婆娑，绿意盎然，我们追逐嬉戏在花丛之间，享受着课间十分钟的美好时刻。夏日里，手捧书本，树荫下纳凉，朗朗的读书声，回响在校园的上空，让梦想插上了翅膀。秋日里，阳光明媚，林荫路上，我们畅想未来。滂沱的大雨中我们奔跑着，无数次的跌倒爬起，那纯真的笑脸却始终高高扬起。仿佛那灿烂的笑容中，没有丝毫忧伤。白雪皑皑的冬天，我们曾齐齐围在火炉前，在噼里啪啦的木头燃烧的火焰下，烤着冻得发红的小手，温暖幼小的心田。也曾吵吵嚷嚷地为了一道题，乃至一件小事而争论不休。然而，那些童年里的美好，终究成为了光阴中名副其实的沙漏。

曾经的一幕幕往事你们还记得吗？为了课桌上粉笔画出的界线被超越而争吵不休，为了争谁是谁非而面红耳赤。还记得那些淘气的男生吗？偷偷地在女生的书包放了砖头，偷偷地吃了别人带来的午饭，又偷偷地在打瞌睡的女生手里放下了一块泥土,被老师推醒的女同学茫然失措的尴尬,在老师同学嬉笑中,那样楚楚可怜。长长的黑板上,老师的粉笔书写着一笔一画,我们一起汲取着知识的营养。那里曾经给我们的梦想插上了翅膀,也让很多因种种原因失学的孩子留下了惜别的泪水,感到了对未来的迷茫。

往事如昨,历历在目,回忆是最美的书签,珍藏一份情感也是人生最大的收获。无数次翻阅那张毕业照上的合影,泪水溢满了眼帘。模糊的眼前浮现出,那些可爱的同学们,稚嫩的肩膀,纯真的笑容,懵懂的脸庞,无时无刻都在撕扯着敏感的神经。轻轻抚摸着手机相册上的照片,脑海里浮现出那些含辛茹苦,默默地奉献,为了教育一辈子扎根在贫困落后山村的老师们,或憨厚朴实,或严厉温暖的目光,心底涌动着温暖,充满了感恩。

时光轮转,记忆模糊,物是人非,昔日的同窗好友,今在哪里?那泛黄的照片上,有些人的名字被遗忘,有些人成了故人,抑或,消失在茫茫人海,找不到了影子,由童年的陌生变成了悄然消逝。毕业照片,青春的印记,却让我们天涯相隔。那时的时光,没有依依惜别的泪水,没有青春散场的忧伤,只有为了成长给予的梦想彼此各奔他乡。

年华伴随着时间的老去,我们回望着一路行走的历程,感慨生命的脆弱和情感的荒芜。二十五载的别离,那个贫困、落后,让我们这些懵懂的孩子找不到未来方向的偏僻小山村,变得更加的陌生,早已消逝在瞳孔之中。时光远走,转眼二十五载光阴交错,儿时的玩伴,我最可爱的同学们,还记得那年的旧时光吗?还记得那张毕业照上的合影留念吗?还记得那个当年的丑小鸭吗?沉默不语的她,曾经有你们的陪伴感到了童年的快乐，并无时无刻都在感恩那段逝去的时光。

　　为生活而奔跑，现实中彼此疏于联络，我们逐渐走向了社会大熔炉，开始了寻找自己的位置。我知道，每一个生命都犹如蒲公英的种子，风轻轻一吹，吹到哪里就在哪里生根发绿，哪里就是家。风雨中的蒲公英一旦有土壤的地方不论朝不朝阳，乃至有岩石的地方也会生出一棵新芽，彰显其生命力的顽强和不屈。

　　感叹人活一辈子，短短的一辈子，似水年华匆匆流逝，选择生存的方式和姿态是那么的关键。出生的位置，所处的地位，得到的认可，失去了众多，都是生命成长中的过客。"再次相遇，能联系上不容易，即使在一起，不说话，也是一种温暖。"这是我在微信群里对你们说的话。春去秋来，寒来暑往，时光在静静地流淌，我们在慢慢老去，一起陪伴的光阴也在无形中蹉跎，与我，却将你们的真情辜负。

　　童年的幼稚，天真无邪，我们得到了尘世间最温暖的情感和呵护。少年时的叛逆，懵懂无知，彼此拥有了纯洁的友谊。青年的激情四射，狂妄不羁，演绎了人生的最美时光，却成为了昨日的回忆。

　　如今，当一切和成长有关的故事纷纷谢幕之后，手里握紧的只有空负的时光，还有叠加增长的面孔，刻进了年华的经纬里，愈发斑驳。轻轻打开手机，回忆那些你们曾经留给我的感动，泪水再次模糊了双眼。久远的离别，难得的相聚，却如此的短暂，让我怎么不凄凉？挥手告别昨天，回首凝望未来，原来，生命前行中的那些往事一些可以抹去，一些却值得一生去珍藏。

　　匆匆相聚，转瞬离别，有多少儿时的记忆被掩埋？有多少的苦辣酸甜被深深怀念？怀旧，或许和人的心态有关吧！怀念过去，感慨曾经，更对很多的往事不能忘怀和割舍。人到中年，突然发现，有些光阴回不去了，有些情感在现实的面前竟然变得如此苍白无力。

当沧桑写满了年华的书页，任匆匆的时光在身边走过，心中却充满了愧疚。对不起你们对我的好，辜负了你们对我的深情厚意，而我却做了一个懦弱的逃兵，那是怎样的一种无情？深深知道，人生本无常，事事难能如意。花开的季节，错过了美景；雨落的光阴，徒留了忧伤。在最美的年华里，珍惜最美的时光，在最纯真的岁月里，留下最纯美的回忆，并一一收藏在流年的故事里，续写新的章节。但愿我的故事里你们不曾走远，我的年华书签中，贴满了有你们一路相伴的最美好瞬间。

心若在，温暖就在，情若在，不论天涯路远。泛黄的照片记载了那些青涩岁月中的美好，欢声笑语依旧洋溢在纯真的脸庞上。感恩你们，今生能够再次重逢，对我来说，已经是上天于我最美的邂逅！问这个世间，什么样的故事结局才能完美？哪种情谊才能永恒？原来，早已被我的无情无义丢得没了影踪。此时此刻，卑微的内心，只有说不清的滋味，痛……

第三卷
淡之韵

1 淡之韵

淡雅，是一种心境。安静，是个人内心世界的留白。物语尘世万物，读懂人情冷暖，才能沉淀出一份如水的心境。

喜欢淡雅的生活，渴望走出压抑的牢笼，这是热爱生活的人们最原始的初衷。他们崇尚自然，他们喜欢游历山水，喜欢走进自然和谐共处，远离喧嚣去找到自我，安置浮躁的内心。然而，这是一个婆娑的世界，又是一个充满了压抑的世界。为了生存，人们背井离乡，难得团圆。为了生存，多少人如蒲公英的种子，风一吹，便落户在茫茫大地，成就了无数个漂泊之旅。

物欲横流，生活的压力，能顽强地活着，抵抗命运和生活赋予的一切不如意，更是难上加难。生活的快节奏，充斥在每一个角落。那些无法排解的生活烦恼，让希冀走进田园，渴望与自然和平共处的愿望，消失于无形。为生活而奔忙的人们，恰似笼子里的金丝雀，无时无刻不渴望飞出被禁锢的世界，给予灵魂放飞，想要做到淡的境界难过登天。

困在围城中的人们，在无奈与徘徊中一次次陷入困惑迷茫。压抑的灵魂，总要释放，疲惫的身躯又如何面对欲望的牢笼？时光打磨着意志，心态在寂寞中消沉。仔细想想，人生真的不容易，走出困境，举步维艰，那份淡沉淀得太难。

岁月是沉淀情怀的一部书，它能留下沧桑的历史和生命的印记。越是沉淀下来的安静越值得回味，她能让人学会淡然，学会适应人情的冷暖，并依旧相信人间有真情的存在。我们，你们，他们，所有行走在这个大千世界的人们，都在用心沉淀着自己的人生。经历过了，才明白，浮躁只适合一时的心境，安静，淡然，用心解读自己的所思所想才能融入人群之中。

平凡的世界，遵循着人性最闪光的一面。善良，隐忍，包容地面对一切，也是对生命的回馈。抑或，为活着的自己写一部书，编写一段跟成长有关的故事，情节不必曲折，故事不必催人泪下，知道，日子的背后，依旧是日子，走了多久也都是为了满足心的需求。能够在光阴的流逝中，打磨出一份淡雅的心态，那样弥足珍贵。

喜欢淡的味道，更喜欢山水间典雅的意境。倘若能静静地坐在山水之间，将心灵搁浅，安然守候季节的变迁，或许就做到淡了吧！浓雾弥漫，远山含黛，缥缈的雾色如新浣洗过的轻纱，飘逸空灵，勾勒出自然景观下一幅水墨丹青画。远观，苍松翠柏时隐时现于晚霜之中，雾气升腾直入云端，瞬间消失于无形。

空山鸟语，花香暗送。青山流水，静水流深，悠然自在，那份雅自然天成。淡淡的薄雾绕于山水之间，苍松翠柏傲立于破岩之中，英姿挺拔。花间蝶舞，暗香涌动，风儿带来了花开的消息。轻柔的风掠过，有淡淡的花香飘进鼻翼，安静的四野独我一人。淡淡的情怀，安静的思考，那些途经岁月中写满年华标签的碎语和心事，淡雅出尘，浑然忘我。

抑或，静静走近盛放的荷塘，清幽淡雅的碧荷便悄然入画。枝蔓摇曳，不染尘心，轻柔淡雅。

水潺潺，清荷细语，念悠悠，花自漂流。清水涟涟，清水莲，亭台独坐梦浅浅。斗转星移，光阴似水，揽一池碧波，素弦声慢，荷香碎语，欲与知音谈，淡也淡得心安。

淡雅，恰似成熟女人的韵味，有着一种无法形容的美。那是一种娴静、从容、恬淡的气质，也是一种媚。这种媚，来自骨子里的精魂。不论岁月如何流逝，光阴的反复打磨，都使其越发清纯、通透、温润。淡雅的女人，如青花瓷瓶的美，不妖媚，不矫揉造作，那是一种从内至外散发出来的灵魂魅力。青花之美，经典也罢，价值连城也好，都是其风韵的体现。喜欢青花的美，糅进骨子里的媚，就像一个成熟的女人，无论经历了多少风霜的打磨，都散发出优雅、淡然、宠辱不惊的姿态，高贵的气质，得体的言谈，矜持不放荡，内敛不张扬，灵魂与行为融为一体，才能将芳华永驻。淡得清闲，闲得自然，美驻足心间。

沉默，不是逃避，也不是清高，更不是孤芳自赏的伪装。沉默淡定，也许在特定的时间内，是一种心灵的回归，在浮躁的时间段内，给自己思考的空间，让心静下来。选择沉默，不惊不扰，面对喧嚣，心如止水，将淡雅发挥到极致。

淡淡地独处，渐渐地沉默，慢慢学会寡言无语，聆听自己，将独享的美，极致绽放。喜欢沉默，喜欢安静，沉思一些曾经想不通的事，沉淀一份淡雅的情怀，沉沦于一个人的世界，或许，也是一种美吧！

人们常说，看淡了所有，才能让心得到安宁。"暮鼓晨钟惊醒世间名利客，经声佛号唤回苦海迷梦人"，不能做到淡的境界无疑是欲望的掺杂。人，只要欲望过多，就会将心态扭曲，便无法自控。

欲望，永远是魔鬼的化身。过多的得到欲，过多的控制欲，过多的心灵奢望欲，都会将事物原本美好的一面破坏。人与人之间也是如此，适度控制个人膨胀的内心，给彼此间留下适当的距离，让感情更纯净些,让心与心的沟通更融洽些,其实并不难。消除欲望,才能贴近真实,减去欲望,才能加入快乐。得到和已失去,都在和谐中永生,却在欲望中灭亡,而淡然优雅却是自然天成。

如若,人生如梦,我愿长醉不醒。如若,缘分如水,我愿任凭来去。如若,生命是一粒微尘,我愿平淡无奇。如若,摇曳风中的花朵有暗香袭来,我并不苛求是牡丹的尊贵,也不希冀是梅花的冷艳,亦不是玫瑰的娇艳,只愿做一株朝阳的向日葵。金黄色的花瓣,平凡,不张扬,面对风雨,淡定从容,扬起笑脸,不与百花争宠,只为一季丰收,别无他求。

心恬淡了,人便没了烦躁的感觉。渐渐开始学会了慢慢思考,学会了放慢脚步,品味生活,不再行色匆匆。一直感觉慢,是一种姿态和优雅。生活中总有很多事情是急不来的,不能选择优雅的姿态,过于急躁,会适得其反。

一颗心淡了,就恋上了慢享受。喜欢慢,慢慢地听着舒缓的音乐,将自己融入其中,或凄凉,或清幽,或深情,都是一种心灵的共鸣和沉淀。慢慢地走路,看身边路过的风景。或有美女回眸,留下青春的美好。或有绅士的男人,微微一笑,也代表着一种友好和礼貌。或有奔跑的孩童,手里举着大大的纸鸢,笑脸扬起,体会到了童真的乐趣。或许,邂逅满树鲜花绽放枝头,享受着四季如春的花城美景,陶醉其中,暗香盈袖,也是一种慢的收获吧。

淡淡情怀,慢慢享受,慢慢行走,慢慢留下生命的足迹,将心沉淀在淡淡的时光中。慢,再慢下去,以一颗脱俗的心,慢慢咀嚼淡的味道,淡的纯净,淡的灵韵,竟如水般清澈,似水晶般玲珑透明……

2

天堂鸟

  人的一生都行走在漂泊的旅途中。不论何时何地，走过了千山万水的游子，总是在经历了坎坷波折之后，依旧会怀念故土，平添乡愁，甚至无法忘怀过去的人或者一些事情。

  漂泊在外的游子，那泛黄的记忆中，永远是故乡的乡土、乡音、乡情，和着淡淡的乡愁。伴随着年轮的增长，那些埋藏在心底的感触，愈发深刻了思念的程度，让人魂牵梦萦，在内心久久不能散去。知晓，故乡那里没有灯红酒绿的喧嚣，没有尔虞我诈的争斗，唯美的大自然，宽广的天地间，每一处风景都是最美的画卷。

  淳朴的乡音、乡情，或许，都是游子心中的依恋吧！春花秋月时不可待，往往现实的离别总会让人黯然神伤。如今，又一个隆冬来临，那漫天雪舞，那一地白茫茫的景色，那份在心头凝聚的乡愁，却无法将思念抚平。雪舞北国，思绪翩翩，在记忆中，勾勒出一幅最美的梦境，如此，能将归途丰盈吗？

  几十年的漂泊之路，深深明了，梦想是缥缈的，理想再大也总要回归现实。远走他乡，漂泊之路，一次次将思绪搁浅，一次次将情感荒芜。独自在南国的一隅，身处狭隘的角落里，凝目望向细雨飘飞的室外。一帘雨丝飘飘而至，冬冷天寒，洒下一地忧伤。喜欢下雨，却害怕下雨，此刻，矛盾的心情犹如困在笼子里的鸟，茫然失措。

安静地坐在角落里，面对眼前的人来人往，却有一种想要逃离的感觉。音乐里传来了刘和刚充满深情的《父亲》，触动着此刻的心。深情的歌声诉说着对父亲的敬爱和感恩，动情处禁不住热泪盈眶。

父亲，十五年来养育之恩，我无以为报，您匆匆离去的背影，验证了生与死最真实的距离。二十五年来的别离，二十五载的刻骨思念已经将痛苦融入了我的生命之中。父亲，我知道，您的离去带着不舍，留下很多的遗憾不能完成。如今，时光飞逝，转眼二十五个春秋寒暑，您在天堂还好吗？离开了就真的没有痛苦存在吗？来世，我想无缘做父女，您所有的好我会铭记一生。门外的雨，依旧飘洒，视线随之模糊，原来这冷雨早已合成了泪，宣泄着痛苦的滋味，伴随着思绪飘飞……

回味半生的行走，心中多了一丝迷茫。这一生经历了无数次悲欢离合，这些年蹉跎了无数的光阴，也辜负了命运赐予的一切美好。蹒跚地走着，踏着时钟的轮转，却始终无法将心得到歇息。好想停下来，仔细再看看眼前的风景，来留下生命旅途中的种种感动。

或许，走得久了，累了，也疲惫了，倦了，便厌烦了自己。清楚，这个世界上没什么可以永远铸就，便也没什么永恒值得拥有，何况生与死的去留？摊开手心，悉数盘点着这一路的所得，黯然神伤。这一生握在手里的东西如此微乎其微，能留在生命中的或许只有最后的感慨吧！停停走走，一路奔波，犹如这大雨中奔跑的孩子，茫然失措。也许每个人回望自己的一生，都会有一个总结，而最后的结果却是走向了终点。

然而，面对生与死的抉择，竟然如此艰难。轻易放弃的生命，体现了卑微的存在，负重于内心的砝码，重压下难以呼吸。即便如此，人们还是生的渴求大于离去，对幸福追求的脚步，因为梦想永不停歇，不是吗？

人们说，天堂是最美的。那里没有痛苦，没有纠结，更没有眼泪。天堂的风景最纯净，那里的人们没有疾病的困扰，也没有烦恼的负荷，他们是快乐的。向往天堂鸟的自由自在，无忧无虑，那清脆的鸣叫声，仿佛永远没有哀伤。于是，我相信，无时无刻不向往天堂的美好。就像母亲去了天堂，便没有了病痛，虽然留下了对子女的依依不舍。或许，像父亲，去了天堂，摆脱了几十年的疾病缠身，而那合不上的眼睛却永远烙在我的脑海，成了我一生的痛。姐姐，渴望天堂的自由，走了，走得那样悄无声息。父亲，母亲，走了，走了就无牵挂吗？走了痛苦便没有了吗？生命如此脆弱，却又如此煎熬，活着为了什么？天堂的路还有多远，便与我相遇？

心乱了，一切便失去了和谐，眼里都是晦暗，心中哪里还有阳光？喜欢静水流深的典雅，看淡云烟散尽后的凄凉，总是在岁月的最深处去寻找记忆中遗失的那些美。渐渐地发现，当心需要平静的时候，当情感迷茫的时候，任何东西都比不过音乐的魅力。打开空间，细细地聆听，古刹夕照的韵律，那种清幽之感油然而生。喜欢幽静的环境，素雅的氛围。曾经有好友说，喜欢我空间的音乐，好多的感悟都是萌生在我的音乐之中，美中不足的是我的音乐过于凄凉、沧桑，也很伤感。

其实，起起落落、坎坎坷坷的人生，有些时候总会有一些东西以凄凉落幕，无数波澜过后，必将沉淀一段淡淡的光阴。忧伤也罢，欢喜也好，千帆过后，远离浮华，淡泊所有，心静如水便也是一种修心的方式吧。人们说，情似苦酒，一生尝之不尽，心静如水，还需波澜不惊。如今，能静心听一段乐曲，能在物欲横流中涤荡一份波澜不惊的心境，珍惜每一寸光阴的来之不易，与我，便足够了！

热爱生活，珍惜每一个朝阳升起的日子，彰显了生命短暂中的弥足珍贵。坚信任何一个生命的成长，都如同沐浴在风雨中的小草。成长有雨露的滋润，才能让泥土温润，身躯得到给养，生命才能得到延续，不至于枯萎。换言之，人亦如此，一路行走中，必不屈服于困境，择良朋为伴，与益者为友，善念随行，不与小人同流合污，不与淤泥混为一体，清者必自清，浊者自浊，用心去感触生命，才完成了这短暂的一生。物竞天择，暴风雨中的小草，从岩石中破土而出，摇曳着卑微的躯体，却永远是一种积极的姿态，不怕平凡，不怕生命的短暂，只在意破土而出的瞬间，那独自演绎的精彩片段。

"相见时难别亦难，东风无力百花残"，凄凉温婉的词说出了人生的无奈，诠释了聚与散跨越时空错过的缘。一生中错落繁杂的苦，走不尽坎坷波折的情路，让人们误入歧途，走进情网的人们纠结痛楚，哀怨伤情。人非草木，孰能无情？生命不息，追逐又怎能止步？一个情字伴一生，一句珍重，挥手作别，那段曾经铭记的感动。南国暮秋，秋风渐冷，一帘萧瑟的西风呼啸着卷入了斗室，给寂寥的空间带来了一丝微寒。

空洞的眼眸里，泪水化作了雨幕，风吹落叶，广场上几株寂寥的梧桐，摇曳着泛黄的叶蔓，略显孤单。今天，和以往没什么不同，只是，南国的秋已经深了，落叶归根，有风陪伴，或许它的漂泊便不会孤单吧！一季秋凉，一缕清风，一念忧思，天涯海角何处是我家？一念执着，落叶飘零哪里生根发芽？终究没有回答。

墨色深秋的南国，寒霜傲雪的北国，竟然隔着千山万水的距离。漂泊的路上归途的漫长，心中牵念家的方向。凄迷的细雨合着萧瑟的风，升腾在广阔的天空，带着无边的思绪如同一只鸟儿在翱翔。梦中的天堂，是什么模样？心中祈祷，但愿那里不再有忧伤和彷徨。

3

云水禅心自清闲

白落梅说:"就让我做一剪闲云吧,没有来处,不知归途,在寥廓的苍穹飘荡。有缘的人看见我,将我写入诗中,描进画卷,编进梦里。无缘之人,就这么擦肩,擦肩吧,擦肩并非是无情,而是让缘分走得更久远。"

其实,做一剪闲云,挺好的,闲闲的,懒懒的,散散的,就是那么自在。似乎,总比做猪好吧。有人说,做猪,吃了又睡,睡了又吃,无忧无虑,无烦无恼,到死,也是痛快的,颇似看透红尘的禅者,千山万水经过,早已波澜不惊。但我还是愿意做一朵闲云,更加自在,潇洒,干净。我很厌倦吃喝,不喜欢猪圈的臭味,懒猪,还是让那些有缘的人去做吧。

一方竹园,几池秋水,山水之中飘着几朵白云,给这个秋天,带来些许方外的感觉。也许,看过沧海桑田,早已修成一颗恬静的心。每次经过竹林,总经不住停下脚步,静静地欣赏这种清幽,仔细寻找板桥竹的风韵。今生,我是颇爱竹的,喜欢竹的清瘦,淡淡的凉意,还有那种凤尾森森的感觉。东坡说:"宁可食无肉,不可居无竹。"吃竹笋,还可以刮肚子里的油,有减肥的功效。早就厌倦了吃肉,这点正合我意。竹林，仿佛没有尽头，凡有屋舍处，就有竹林。没有房舍之处，更有竹林，连绵不绝，翁翁郁郁。

闲如白云，心系菩提。总是喜欢漫无目的地游走，一直走到山林尽头。行到水穷处，坐看云起时，此刻静静一坐，说不出的宁静，说不出的安逸，那云，似乎就是从心中生出一样，自由自在，没有一丁点儿地牵挂。

做一朵流云，于秋高气爽之日，娴静地漂浮于湛蓝天宇，心境也别致高雅些许了。秋水长天，云卷云舒，碧空清澈如洗。此刻，如一草木闲人，醉卧于山水之间，似觅食之闲云野鹤，自在安然。无欲亦无求，不惊亦不扰，一个斗笠，一袭蓑衣，入眼风景皆为诗情画意。秋色嫣然，芳草萋萋，碧竹秀美，虚空通透，云悠然自得，竹叶青青，飘逸着板桥之雅韵风骨。竹林深处，偶尔有几朵散发着暗香的小花，入画，轻轻地，柔柔地，且淡淡地释放叶的静美，融入青山绿水之间。

云卷云舒，去留且无意；花开花落，任流水漂零。闲，便闲得干脆些吧！淡，便淡得优雅点儿；活，就活得逍遥自在吧！闲云野鹤，淡看浮华，抛去一缕缕秋韵闲愁，万事无忧事事休矣！清风明月，追逐着白云，水榭楼台，静守一方寸之地。曲径通幽，沿石阶而上，缓缓行走，气定神闲，如入云水禅心之境。或许，便靠近了佛心，走出了红尘，守一方净土了吧！

剪烛西窗，暮色四合，一抹落日余晖倾泻而下，一剪闲云飘飘然，隐入了竹林之中。灯影婆娑，月光浅浅，看一轮日落，腹中饥渴忘我全无。不思就无垢，不念就不伤，不来也不去，不求也不留。空空四野，单单只影，管他缘聚缘散，无人能扰我自在之心。

云在青山水在瓶，自在逍遥任我行。云游高天，凡尘勿扰，修心之所，莫过于清心寡欲，何以胜过心念皆空。人生乐得逍遥，无非是淡泊名利，随遇而安罢了！缘来，不惊不喜；缘散，放下执念。心是红尘，亦是净土，云水禅心，我自菩提。如此，做一剪闲云，红尘之事，冷眼旁观，静则不乱，闲得安然。

4
身在红尘外，心居水云间

"身在红尘外，心居水云间，"这是无数文人墨客渴望的超然物外，浑然忘我的最高境界。人心浮躁，现实社会中很多人无法拒绝内心的欲望，身陷尘世间的喧嚣中，不能禅意地幽居于一方山水田园，让孤独的灵魂无处安放。然而，细细品读世人内心世界的独白，仿佛都存在着一幅静静打开的山水田园画卷，而那种素美、清幽、淡雅、柔情，一直弥漫在眉目间，浸入心田，飘逸着淡淡的幽香。

其实每一个人，都是其灵魂的舞者，一生都在孤独中独自守候。他们眼里的世界都是干净的，也是素雅简单的。世人渴望幽居一处田园，坐拥一溪静水，种下半亩花田，以一颗平常心坐看云卷云舒，以清澈的眼眸遥望天际中无边的淡淡云烟。

性本空灵，玉本无瑕，心本素雅，在苍穹大地间缥缈空灵，如薄纱，似幻梦不染一丝尘埃。漫步水云间，怡然自得，无我忘我，原来天地之间，我中早已无我，我与天地浑然一体，并无分别。红尘净土，净土红尘，任我云水自在，驰骋逍遥。心中无我，何以悲秋伤春？极乐所在，便知这人生的千般滋味，生出寡淡方见本真。

佛曰："本来无一物，何处惹尘埃"，胸中无欲，寡欲无求，声声催出心底的淡然。这静谧时光中沉淀出来的淡，极淡，淡出了禅意，即便独处一隅，也清幽如兰。这山水清韵中凝结的素雅，仿佛超越了一切身外之物，心被瞬间涤荡，空空如也，是一种灵动而深邃的美。万物空灵，茅屋，溪水，飞鸟，云烟深处淡淡的雾气，青石小路，曲径通幽，苍翠的万年松柏，又何尝没有其灵性呢？天空高远，风吹花香，闭目静默之时，方知不染心。原来我与红尘只隔着这一层云烟，净土与我也不过是寸步之遥。在尘不染，在土无嗔，浑然域外，我已走出了凡尘，不染一丝一毫的瑕疵。古寺禅院清幽于尘烟之外，唯我独自畅游其中。春风不度花香溢，落花流水本无情，远山远水隔着一层层风雨，近水楼台弥漫着点点云烟。草堂茅屋，对月独酌，吟风赏月，修一座心中的城。花开花谢花满天，情到深处人孤独，俗世间的小爱，早已令我冷眼旁观，唯有这山河岁月里的菩提大爱，方能让我安然。天地红尘，情色不过过眼云烟，云水之外，红尘之内唯我心为一方净土。

　　细细地咀嚼这淡淡的禅意，总有一种说不出的妖娆，时刻包裹着一颗多情的心，并种下了万千情愫。或许，在每一个文人的笔下可妙语连珠，可风情万种，可淡然脱俗，亦可从容淡定，皆因心中蕴含着美好。人们常常说："万花丛中过，片叶不沾身。"这折磨人的世俗情感，尘缘万物又如何能随心所欲，不染尘埃呢？

　　"采菊东篱下，悠然见南山"，淡泊的人生心态抒写着自己，孤独中品尝着这份安静。喜欢陶渊明那种超越世俗的悠然自得，旷达的人生境界让人羡慕之余，平添了遐思。山野间种菊修篱，品茶香，知其味，竹篱笆小院，青石铺就，淡淡开放的野花，散发着幽幽的清香，直入鼻息。如此闲暇，邀三五知己吟风赏月，高山流水作合，清幽静默之时，我心素简，自在安然。

　　情怀素简于禅意中慢慢解读人生况味。文里种云朵儿，飘如柳絮；

字里描日月，静观山河乾坤；闲里看花，一缕相思终成垢。火里焚心，水中望月，天地之大，不过是万里禅天，却只见一窗浅浅风月。禅房中静静打坐，花木里观窗外淡淡云烟，我心素以简，只落得一个清清闲闲，何其乐也？

　　淡淡的文字，优雅的情怀，与世俗格格不入，彰显其豁达的人生姿态和情怀。细细地品味这墨香里缓缓流淌的诗意和极致的优雅，心底萌发出逃离纷扰的强烈共鸣。如能在一段优雅的时光中，恬静的情怀构建一方心灵的净土，种下人性的美好，启迪迷途者的人生。如此，漫步山水间，身在世俗外，用诗意的灵魂栖息桃源之中，切莫将今生辜负……

5

禅意，让灵魂安然

很多时候人都是在孤独中度过的，越是渴望平静越是走不出喧嚣，让自己左右为难。现实主义者，渴望生活的安逸，永远追寻在梦想的路上，即使被折磨得疲惫不堪。幻想主义者，渴望每一个心愿都能达成，为了拥有完美的梦，宁愿相信谎言，或者打碎自己现实中的镜子，不去看自己的前路。于是，便有了现实与幻想的冲突，让残缺的现实摧毁了完美的梦幻，心甘情愿做堕落的天使，孤独和寂寞占据整个惶恐不安的心，时刻纠结和徘徊在抉择之中。

回归自我的最佳状态便是习惯了安静，才能走出心灵的围城，在时光的流逝中迈入下一个路口。人们常说，光阴无情，青春无价，岁月的蹉跎一次次让人生陷入孤独寂寞之中。四季轮回，万物生生不息，于喧嚣的市井中寻求平静，在一次次的坎坷里，慢慢沉淀了生活与命运赋予的一切，纵然时常有悲喜交加，依旧从容面对。人生没有过不去的沟坎，没有不能走出的困境，牢笼和枷锁都是自己平添的砝码，你越是懦弱，就越是被禁锢，越是退缩。

"心无尘，自清净。"这是佛家修心的禅语，并让世人时刻效仿和追寻。或许，一个人的一生最美的，便是内心的纯净吧！有心人总是沉溺在欲望之中，不能走出领悟不到禅意的最高境界，让修为举步维艰。在尘不染，岁月沉香，沉淀下来的安静才是最安逸的日子，即便平淡。无心人，无欲无求，便是经过了大喜大悲的彻悟，大起大落的诸多变故，才能沉寂自己的心境。然而，世间的人最大的敌人便是自己，越是想逃脱牵绊越是无法战胜自己内心膨胀的欲望。多少人行走在纷扰中，染了一身污垢，陷入深深的洪流。多少人徘徊在心灵的渡口，为向左向右而痛苦纠结。如若我不是佛，那我即是我，佛不度我，我自不语通禅。面对喧嚣无语即安，沉默寡言淡看流云尘烟，得与失又奈我何呢？

  我想，真正修心的人理应是富有极简极静的心境吧！简单，简化，简洁，终究需要一个过程，正如同一个人在喧嚣中久了，想要回归平静一样，需要一个过渡期，抑或是状态的转变。这个世界原本是简单的，没有任何杂质的渗入，恰似人们的情感，从陌生到熟悉，由远至近，由淡到浓，由浅至深，都在不断地变幻莫测，让人措手不及。人与人走近需要时间的验证，心与心靠近需要空间和距离。繁华喧嚣也好，寂静安然也罢，都有其特定的规律，无须强求自己，更不必受制于他人。或许，这便是禅者修为提升的一个阶梯吧！

  常听人说，看破红尘心灰意冷，对生活失去了原本的热情。坐看云起，静听风吟，在禅意里独自清欢，享受孤独的快乐。如若，人生最大的财富不是拥有多少金钱和名利，不是有多少酒肉之交的前呼后拥，更不是将容貌和身价作为资本的角逐。那么，能在平凡中脱离世俗的牵绊，走出欲望的激流，活出真我，那是何等的洒脱呢？希望和欲望仅一字之差，却远隔着一个世界，倘若在欲望的泥潭中及时抽身而退，在虚名面前沉淀自我，那淡泊明志，宁静致远将不再是奢求吧！

  世界之大，复杂多变，越来越多的人渴望拥有，惧怕失去。那么人的一辈子究竟何为价值？何为精神财富呢？于世俗讲，无疑是权力和物质的双丰收，于人性来讲，势必要有一颗善良隐忍之心，有一个乐观积极的心态，抑或在困难面前坚强的灵魂，展示强大的精神力量和人格魅力。做人做事切记别被欲望迷失了眼睛，别为仰望别人的幸福而失去了自己的本真，别为不属于自己的东西去拼命索取，让本该纯净的心蒙上一层厚厚的灰尘，不是吗？喜欢寂静的一切，似乎只有在寂静的时刻，我的心才是安宁的，也是一种独享的优雅。偶遇闲暇独自享受寂静的美，听音乐里缓缓传来云水禅心的音律，安抚着一颗浮躁的心。喜欢安静，喜欢独处，更喜欢倾听音乐的舒缓节拍。无数次渴望置身于自然之中，邂逅一次能漫步田园的那种恬静美景，漫步原野，邂逅身着粗布衣裙的小姑娘，回眸一笑，展示人性原始的美。或偶遇砍柴下山的樵夫，洪亮的歌声在大山中回荡，让内心不再空旷。或寻一深山古寺，以一颗虔诚的信徒的心，踏进庙宇静听诵经，洗清身心的污垢和瑕疵，让心逃离市井的喧嚣得以净化。等不到的永远是最好的，抓不到手里的风景永远是最远的远方，和现实隔着遥远的距离，可望而不可即。世间事往往如此，越是渴望安逸平和与世无争的生活，越是身不由己。轻轻叹息，或许这高雅的韵律并不适合我这个满身烟火气的平凡人吧！云水之外，禅意悠然，清幽素雅慢慢流淌着山水的神韵，而我却只能蜗居在狭小的空间里，种一颗禅心，修一方净土，寻找片刻的安宁。

品味孤独，走不出心灵的囹圄，淡淡情怀，让越来越多的思绪淹没了所有的过去，早已波澜不惊。这如水似流逝的光阴，在清幽的时光中逐渐淡去。喜欢淡，这是一种优雅的感觉。淡淡地行走在繁华之外，徜徉在青山绿水之间，心便有脱俗的韵味。漫步山水间，闲赏风月，云水深处融合一份淡淡的心绪，优雅自然生成。身在红尘中，心在水云间，万里云天，却不过是世人触目伤情的一个借口而已！一直认为，禅心是空的，什么样的因果都无须去争辩，如何的喧嚣也都是身外之音。翻阅《诗经》细细品味其中深意，却不得其解。禅者的心境，除了修一颗沉寂的禅心，淡泊一份心念，还应该有做人的慈悲或者明白是非的修为吧！否则，只修得一具空空的皮囊又有何用呢？

仰望天空，风轻云淡，天地之间早已分不清哪里是红尘净土，哪里是灰尘遍布。一轮明月，一份禅心，渔舟唱晚，掬一捧水月弄幽香，花色满衣，便身心俱净了吗？碧水荡柔波，月隐星河，来去去来，月下赏荷几人和？清辉洒，星璀璨，亭台楼阁雾隐远山何处有清影？雾锁重楼，远山含黛，孤星朗月，静水流深，我非花，花独赏我！

人生的整个过程都是在经历蜕变。不同的人会经历不同的磨砺，在不同的环境里不断变换位置，改变自己的状态，完善心中所求。无所为，无所不为，知前路却绕道而行，打乱心智，无法波澜不惊。修身养性，舍弃与舍得，行善缘，度恶果，乃佛家禅语，修炼心境的法门。自古以来，佛家清心寡欲，静大于求，不争不辩，不贪不嗔，方得以修为。

修佛之人常常将青莲尊为圣物。那亭亭玉立的清荷，碧水，枯瘦了时光，醉了禅心。盛放的莲花，不染纤尘，翩翩君子风骨，静而优雅，雅致不妖彰显君子之品格。爱莲者，以莲心为圣洁之念，修心者，如斯不染尘埃，雅而不俗，净而不媚，去其糟粕，取莲之精华，修行与品格同在。

在红尘喧嚣中，心如止水，纵使波澜千顷，也归于平淡。人这一辈子，没有不能完成的梦想，永远要靠一颗上进的心。之所以很多人无法脱离现实的牵绊，纠结于不断膨胀的欲望中，都和心态、环境、本性有关。归于平静，守住心灵的堡垒，即便常有风雨来袭，总有伤感相伴，只需淡然处之，何惧旋涡……雾隐远山，朦胧羞涩，仿若一袭轻纱飘逸空灵，时隐时现在蛾眉之外。这缥缈的境界，仿若梦幻，让人心生碎念。独看这山，无非树木花草，苍翠挺拔，不失坚韧。近观水墨，多了薄雾朦胧，灵动引人遐思。这文人墨客的世界里，山水田园为魂，风花雪月为色，梦里梦外为人，多了风情，添了雅致，却伤不起本真。想到此处，哑然失笑，原来现实中那么多人喜欢做梦，喜欢答非所问，人云亦云，喜欢梦中呓语，却不愿意面对自己的现实。可笑，还是可悲，抑或可怜？

　　淡泊名利，宁静致远，多少人为了名利双收而忽视了心灵的安逸？多少人无法做到淡字而走进激流之中。乾坤客我静，名利使人忙，茫茫人海里每个人都如恒河之沙，渺小而平凡，为生存而挣扎。"静心"二字，无非要看淡所有，才能修得安逸，走出喧嚣。世人纵有千般渴望平静的心态，却终难逃脱这世俗名利，情感牵绊，让名利成为修心的绊脚石，走进平和的催化剂。佛家禅语，修心者，参透世俗，走出心灵之囹圄，静心寡欲，固守禅心清空内心杂念，放下一切纠葛。而我，却只想找一片安放灵魂的净土，又在何方？

6
一片冰心沐画意

生命永远是一场不可预知结果的遇见，正如你与我的重逢抑或诀别，都是缘分的因果。遇见了，请用心相待，切莫辜负了懂得的含义，也无须说得太多，只需能在漂泊的路途中并肩而行，而不是背道而驰。分离了，请不要过多抱怨，也无须感慨缘分之深浅，相遇最美，美在心间，蹚过滚滚流逝的岁月长河，种下因果，慢慢地咀嚼，细细地品尝其中的滋味。从某种意义上讲，这个世界上的所有情与爱，都离不开欣赏对方的两颗心，相知相惜，才能让感情长久。人们常说，两情若是长久时，又岂在朝朝暮暮？没有真情，爱在何方？没有欣赏，情来自何处？情感中的双方，只有心甘情愿地付出才能走进彼此的心，否则任何单方面的给予都是一种错误。

人生路途终究需要慢慢沉淀，渐渐学会妥协，逐步安置孤独的灵魂。我想，这个纷扰的尘世间，最美的缘分便是守候吧！远方的远方，遥遥相望，静静地守候似水的光阴，任凭时光在指尖分秒流淌，梦里不再有忧伤。花开的季节，生命中散发着芬芳的气息，任相思如河，不断疯长。苍穹宽广，无垠大地，蔚蓝的天空中彩云朵朵，置身于这个孕育生命、充满生机的旷野，任思绪翩翩，飘荡在遥远的彩云之南。忽而所念，在深情的凝眸处，嘴角上扬，脉脉此情无语，憧憬远方有一处花海，绚烂绽放着优雅和张扬的热情。高高的山顶，有一条幽静的崎岖小路，通向有你的远方，偶遇于一隅，栖息在一片安放灵魂的净土。若，如此静美还有何求？

常常感叹，漫步于人生路，风雨交加注定无坦途，几许情缘邂逅，终究是红尘梦一场。花开花落不能芬芳永久，势必枯萎衰败，更无法预测聚散别离。不离不弃的誓言再美丽，也耐不住时间的打磨，无法阻挡过客匆忙。脚下的路波折坎坷，心中的情来去匆忙。你来了，花开正好，留下风景如画；你走了，落叶飘零，转身相望于天涯。缘分二字，聚散无常，懂得珍惜，松弛有度方能长长久久，不是吗？情到浓时情转薄，念到痛处人孤独。往事如风，年华似水，人到中年，慢慢思考这人生的千般滋味，该懂的情懂了，该淡忘的也终须要学会淡忘。纠结困惑不能轻松自己，又如何能愉悦他人？消瘦了的岁月，黄了的菊香，老去的容颜，早已淡去了昔日的模样。人生没有如果，很多事情终究不能从头来过。我想，这世间的所有情爱终究离不开聚散别离的，更难以说清对与错。在乎即对，享受两个人各自不同的寂寞，迫切渴望逃脱一个人的清欢吧！不在乎即错，说不出更多能分开的理由，有情，无情，多情，痴情难以割舍，羞与人说。

孤独者的孤独，寂寞者的寂寞，都是一种无法形容出来的美。万物万法，陷入窘迫的泥沼。山有山的寂寞，水有水的孤独，这折磨人的情爱终究让人奋不顾身，飞蛾扑火，不惜玉石俱焚，走进死穴。多少情成了往事云烟，随风飘散，多少人成了故人，藏于寂寥的心城？这种种机缘错落，如浮云缥缈，这深深的回忆，唯有走到岁月的尽头，静静地坐在苍穹下，慢慢消瘦，匆匆在光阴中溜走，难道，这还不足够吗？

吟风赏月，落成一座心城，用一份真静静地守候，弹指间，心无间，用一缕墨香装扮这光阴的典雅，芬芳了年华的书页。花开的时候，你来了，他来了，在这来来往往的人海里，续写高山流水的相遇。何为知己？哪里能遇伯牙子期之人？遥远的距离，只一份淡淡的牵挂，在墨香里翩跹，任人潮散去，却终究在人海里背影依稀。信笔涂鸦的狭小空间中，守候一份安静，享受尘世间少有的清宁，闲看落花流水。这似潮水涨来退去的城中，由最初的空荡荡，到如今的拥挤不堪，抑或繁花似锦，似乎和城的主人注定了一段不解之缘。一个空间，一个世界，不大不小，不惊不扰。来了惊喜，去了悲凉，和人生却极其相似。铺满相思枫叶的小城，人生百味俱全的小城，真正能在这里驻足守候，默默坚守的能有几个？走了，注定无缘；来了，便邂逅墨香点缀的悠然时光，不是吗？习惯了打开城门，不必去封锁自己的内心世界。我的小城里，随意来去，月光似水，花开满径暗香浮动，解读这去了便没了影子的光阴。你的城堡紧紧关闭，你的心门不轻易开启，那些或许与旁人无关，却与你的心情和姿态有染。清静，平和，坦然，从容，在缕缕墨香里写着生活，继续平淡的日子，在舒缓的古筝韵律里寻找心灵的皈依。静静小城，敞开心灵的大门，无须落锁，悲喜从容，静静守望，于安然中守候四季花开，用最优雅的姿态望着人潮退去，无法预知下一个是他，还是你……

　　常常听人说，做我今生的红颜，抑或蓝颜，让懂得完美到极致吧！每每遇到这样的话，我都付之一笑。情感的事情走得太近，势必掺杂太多的欲望和占有，远远欣赏又何尝不是一种风度呢！朋友说，我把世界看得太透，既多情，又无情。多情时，甘愿付出所有，无情时，潇洒离别不皱一丝眉头。或许，喜欢独来独往，沉默寡言，却与清高毫无关联。女人不是因为美丽而可爱，而是因可爱而美丽，时常多愁善感，又时常爆出笑料，黛玉的个性，小丫头的调皮，像个长不大的孩子。也许我的世界是注定矛盾的，永远在两极间徘徊，才让自己坠入激流，走不出旋涡，在内心设置了一道道厚厚的心墙，隐藏些许的忧伤和彷徨。生命前行的脚步，就如同这飞驰而过的列车，一刻都不能停留。生命匆忙，人生苦短，前行的脚步步履蹒跚，穿越岁月的薄凉。很多时候，心中所想总会和梦想背道而驰，难能如愿。人在江湖，身不由己，世间事总有顺流逆流，人生这趟行程，总会有起起落落，这疾驰而过的列车下一秒将驶向何方，也并非人力可为。深深叹息，原来身不由己的，不只是人生。

每个人的一生中都会有数以万计的相遇，生命的行程中也总会有许多人走进你的世界。现实的压力，生活的繁杂，促使人们无时无刻都在渴望高山流水知音相伴，一个知你冷暖，懂你情怀，能默默陪伴，毫无索求的知己，蓝颜抑或红颜的相依相知，并不可或缺。世界之大，偶遇不易，真正懂得的人却也少之甚少，伯牙子期高山流水之情，永远让渴望懂得的人们追寻在前方的风景中。你不懂我，我不怪你，我不懂你，终究不能强求。沉默地面对纷扰，让我学会了在喧嚣中隐退，回归自己的世界，独自在空间这半亩花田里种下自己的心语，书写着这枯燥无味的人生。一个人在繁华中回归安静，反复走进又反复走出，心也疲惫，人也懒散了。逐渐退出了虚无的城，在狭隘的世界中独自享受安宁的美。不做牡丹，便无须与群花攀比尊贵；不做桃花，便无须妩媚妖娆去招惹蜂蝶；不做梅花，骨子里的俗气我终究抹不去；不似莲荷，这颗心还无法修为成禅者的境界。音乐里缓缓流淌着云水禅心的韵律，聆听者却唯独一人。这纷纷扰扰、熙熙攘攘的人来人往里，似乎一切都那么的平淡从容，激不起一丝涟漪。我想我是忘却了一切的参悟者，不想把繁华种在风花雪月之上，更不忍心让云水之外的清幽，渲染了心城，污浊了纯净的山水之间。

　　长夜无眠静听夜雨，总会心生碎念，伤感连绵。今夜的雨依旧敲打着古铜色的窗棂，勾起回忆的碎片。一切仿佛在昨天，而那些似曾相识的故人一一在眼前浮现。或欢笑，或沮丧，或深情，或泪眼迷离，将我的心海再次打湿。雨夜中滔滔流逝的珠江，雾气浓重深邃，波涛汹涌。透过夜色远远眺望，黛色的白云山顶雾气升腾，飘逸空灵，若隐若现在视野之中。极目远眺，山水相伴，雨幕翩然飘落在南国一隅，勾起无限遐思。翩翩陨落的细雨，滋润着世间万物，如此曼妙与灵性。淡淡的雾气，倾泻的大雨，冲刷着这个悲喜交加的世界，弥漫在远山，恰似一幅水墨丹青的图画。仰望苍穹浩宇，心生感慨，这无声的雨，陨落千载，恩泽万物，将博爱洒满人间，如此博大的胸怀，谁人能企及？夜，寂寥空旷，雨，落地无声，只有无尽的寂寞在独自唱歌，却无须有人作合！结交朋友，渴望一份心灵的共鸣，即便隔着千山万水，在忙碌和闲暇中只要能看到那些似曾相识的身影和笑容，内心涌动着温暖。渐渐地学会沉默，想让自己不再浮躁，便有心无意疏远了很多本该珍惜的情感。打开好友列表，看着那些因自己疏忽而远去的背影，模糊了视线，心底隐隐作痛。缘分二字，在数以万计文人墨客的笔下书写，总在文字的夹缝中获取尘世间久违的温暖，给予最真实的感动。日复一日，沉默寡言的自己，错过了和满怀热情的人们拉近距离的机会，也因为一些错觉产生的误会让距离拉远。轻轻地感叹，这似水的缘来与远去间，朋友能挂在心上，抑或珍惜的究竟有几个？风雨人生路上，那些来了走，走了便消失了背影后的知己好友，我能做到的是无法挽留远去的脚步，内心却更多的是深深的祝福。

夜雨滂沱打湿心河，寂寞的夜里独我一人在听雨落的声音。一曲相知天涯路遥远，一曲离歌海角零落是故知，怎奈别离凄凄，眉间黛色愁云聚，散去浮萍无人知，花开花落任来去，云卷云舒独安然。他年他月旧相识，光阴交错的路口，是否还会记得，那个故人，为你执笔写下离愁，画下眉间山水，雨夜独白，空留，一片冰心沐画意，思念依依……

7 情到深处人孤独

人生最美的时光，莫过于怀念过去的点滴。记忆里残存下来的美好，如一幅幅褪了色彩的黑白照片，有温暖，也有淡淡的忧伤，有温情，也有隐隐的伤痛。短暂的一生中，我们都在无数次的相聚与离别中演绎自己的故事，流着泪水微笑，忍着伤痛揭开伤疤。回忆是最美的风景，却也是烙入心底最深的疼痛。流逝的光阴，似乎并没有眷顾任何一次邂逅和别离，停留下来的永远是记忆，删除不掉的永远是那种看不清、走不进、抓不住的幻想，抑或是心与心之间被时间阻隔的距离。

孤独者的孤独，有着别样的美，寂寞者的寂寞，有着独特的韵味。害怕孤独，却无处不在，咀嚼寂寞，难以言说个中滋味。无时无刻不在思考，人们都崇尚爱情的浪漫唯美吧！希冀在短暂的一生中拥有一段刻骨铭心、海誓山盟的爱情之旅。激情澎湃的爱情也好，浪漫烟花的璀璨也罢，爱情似乎是一道难解的考题，没有什么正确的答案可循，一旦脱离了现实的本质，永远是一个只能活在梦中演绎风花雪月的故事而已。现实与梦想永远是背道而驰，梦想让人生有目标和方向，为了心中的希冀去追寻，即便伤痕累累，也无怨无悔。残酷的现实是打碎梦想的有力武器，无情地撕裂所有内心憧憬的美好。浪漫主义者害怕走进现实，因为他惧怕生活的琐碎和现实的残酷，便学会了逃避和编织梦，活在幻想之中。现实主义者渴望平凡，活在当下，让虚拟的梦无处藏身。现实中的爱情，一粥一饭，柴米油盐，梦里的爱情，却永远是抓不住的云烟，看不到真言，走不出牢笼，逃不脱猜测和牵绊，让痛苦相伴，情到深处人便陷入了孤独。

从理性的角度看，感情中的双方没有谁对谁错的区分，没有得到与失去的比例衡量。喜欢一个人从最初的欣赏优点，到最后的接纳缺点，必定要经历一个反复锤炼的过程。没有一个人完美无缺，没有一段情感毫无缺陷，能在茫茫人海相遇，就注定了今生不解的缘。得到欣喜，珍惜才能永久，失去懊悔迷茫，无悔才能不负此生。这浪漫的爱情中，哪一次如约而来的相聚不需要一份深深的依恋，还有执着的守候呢！

鸳鸯双栖蝶双飞，彩霞难把落日追。这山长水远的人生路上，得到一份真情自然是人生一大幸事。情海茫茫，远足跋涉，每一个徘徊在情缘中的人们，都会祈望一个圆满，更渴望一份感情的永恒。假亦真时真亦假，情到浓时情转薄，许多时候，付出终究不能得到正比的回报，奢求便让内心纠结不安，在情感的怪圈里困顿彷徨。情不知所以，一往情深，有心无意的伤害，隐忍宽容的真情，终将成为了情感世界中的鸡肋，食之无味，弃之可惜。有多少有情人此时鸳鸯戏水，彼时转身陌路天涯，将一段因果机缘飘然如云烟，空留凄婉，悱恻缠绵，湿了枕边。嘘，别说永久，别轻言许诺，有情也好，无情也罢，抑或多情种种，在时忽视，离去伤情，痛入骨髓也不如守候珍惜。

这世间的感情有所相同，又有所不同。当一个人来到这个世界上的时候，除吃饱穿暖之外，情感便成为主题。为了一份纯真的情感而行走在感情世界中的男男女女们，一颗多情的心时刻被撕扯着，在欣喜与欲望的枷锁中挣扎。有人说，爱情不属于理智的人，它应该是一团燃烧的火焰，要爱到痴傻疯狂才不枉此生。而所谓的燃烧应该由其所处的环境和身份来衡量或确定吧！这折磨人的爱情不是人人都该拥有燃烧的权利吧！

然而，害怕孤独，摆脱不了心灵的牵绊，这便是感性的人。很多时候看不清自己，并处于迷茫的状态之中。事实证明，生活中我们所经历和面对的一切才是它的本质，也必定有痛苦和矛盾夹杂。人生如梦，所失便是所得，没有缺憾的存在，何来完美的价值？越多的痛苦让人麻木，越多的迷茫让迷途的人们看不清前路，更分辨不出真与假。对与错交错的人生，在梦境中徘徊，使痛苦滋生……

换个角度看待感情，我们会发现，情感故事中的主角，都应当为一段缘分的长久而坚守一份真诚，乃至一念执着。参与感情的双方之间不存在付出比例的对等，也无须用自己的模式来约束对方，形成一种枷锁式的牵绊。有情人用情深，无情人不付出那份该有的真，便将最初两者间的欣赏、喜欢，乃至仰慕的情愫变成了一纸空文。轻言许诺，一味索取，亵渎了情感的纯净。其实，这个世界没有谁离不开谁，也没有谁依赖谁，更没有谁能为了谁，只有谁在不在乎谁？

沉默寡言，宁愿在自己的世界里孤芳自赏，似乎窗外的喧嚣已经与其无关，世界之外的诱惑也无法侵蚀其内心。独处的世界寡言少语，在纷纷扰扰的困惑中寻找宁静的一方净土。这山长水远的人生，每个人都有各自不同的需求和愿望，而很多幸福抓在手中的人，却往往极其忽视它的存在，满心满腹的抱怨和纠结。孤独是一种幸福，寂寞是独享的美丽，只有沉淀下来的宁静才让心安，唯独喧嚣和欲望才能让人躁动不已，何况这美得无法言表的孤独？

任何感情中的双方永远都应该处于彼此给予的状态，才能守恒。如若，人生路上邂逅的每一段缘，我们都能以认真的态度去完善，以彼此之间真心的守候作为支点，以真心换真情，以信任为基石，用仁爱之心对彼此心灵给予适当的温暖，促使一段缘不再有遗憾。给予，是最美的缘，守望，也是生命中最美的风景！

　　人的一生都是孤独的状态，在不同形式的寂寞中迎来送往，抑或等待生命中那个值得守候的灵魂的另一半，来陪伴她或者他走过寂寞，穿越光阴，走出一个人的世界。生命注定短暂，来去匆忙，缘分如一叶孤舟，在人海中漂泊不定，情如一片深深的大海，投入便无法逃脱。苦苦等待的那个人会带来刹那的惊喜，也会带来永恒的伤痛。一生中每个人的得到与失去永远不成比例，付出难以回报所期望的价值，让苦恼相随。当情没了往日的温度，记忆中的背影早已模糊，情跌入低谷，陷入无尽的孤独。

　　光阴交错的人生路上，都有数不尽的风景，在春天的枝头开放出或绚烂，或馨香的花蕊，装点世间万物轮回，繁衍生息。高贵也好，平凡也罢，只喜欢独自坐在光阴的一角，于安静的一处所在，凝目遥望每一个风景如画的远方。光阴荏苒，交错重叠，风景在身边不断变化，季节飘然而至，又悄然而去，缩短了生命的距离。纷扰世间，与我，并无抱怨年华的老去，也不怨恨季节的无情，只想默默地守候一份简单得不能再简单的所得，还有南国三月的春之韵，细细咀嚼情至深处的孤独。

8
晚来天欲雪，能饮一杯无

"绿蚁新醅酒，红泥小火炉。晚来天欲雪，能饮一杯无？"品读唐代诗人白居易的这首《问刘十九》时常心生感叹。寒冷的冬季里，窗外大雪欲飘飘而落，茅屋里我已经备好的新酿制的米酒，精致小巧的泥炉火焰正旺，屋内倍加温暖，此刻，若能邀约三五知己团团围坐，畅谈人生，把酒言欢，该有多么惬意？然而，雪飘然欲落，酒樽斟满，那个知我懂我的朋友又是否与我一起共饮几杯呢？

细细回味诗人的情感，心中也难免生出了一丝感慨。人生就是一出戏剧，很多时候，在一个适当的时间里，适合的空间里，有酒却无良朋，似乎总是这人生中最大的缺憾。酒和朋友，自古有着不可分割的缘，又有多少人能如愿呢？所谓"酒逢知己千杯少"，"独酌无相亲"，也足以说明美酒佳肴还要加上知己，才能使生活更富有人情味。而诗人大多如此，都有其孤独寂寞的精神世界，杜甫的《对雪》里也出现了"无人竭浮蚁，有待至昏鸦"之句，为有酒无良朋感慨的深深遗憾。古人如此渴望良朋知己，在冰清玉洁的雪中对温暖的期待，对酒的期待，对真正懂得自己那份孤寂的朋友的期待，跃然纸上，意味悠长。

慢慢咀嚼诗中的含义，终于明了，原来尘世间最美的情感莫过于一份懂得。漫漫旅途，每个人都在孤独地等待，等待生命里的奇迹发生，偶遇抑或邂逅一个懂得自己的人。于是，真心相依，长久相伴的情感便被世人追捧，不离不弃的誓言也让无数多情的人陷入深深的苦海不能自拔。

佛说，这是一个婆娑的世界，注定每个人都是孤独的，为了摆脱孤独而陷入泥沼，左右纠葛。孤单的路途中，但凡可以有情感掺杂的人之间，都会向往一份感情的持久，将彼此心中希冀的美好情感和毫无瑕疵的情愫得以延续，来满足内心的需求，不在失落中痛苦挣扎，孤寂的长夜里慢慢饮尽孤独的千般滋味。

也许，懂得，是一种超越世俗中任何情感的莫大幸福吧！懂得，如穿越灵魂的梵音，让天涯海角的距离紧紧贴近，没有隔阂；懂得，是一种默契，只需默默无语，并非走进现实与生活；懂得，没有距离的远近，可以跨越时空，永远是山水相依的久远，风与白云的缠绵。一份懂得，阻隔了心海的绵绵阴雨；一句懂得，漫过光阴，温暖了冰冷的心灵，才是最美的感情。懂得，不在乎距离，穿越苍穹，走过生命的行程。懂得，如春暖花开的邂逅，恰似一江净水的纯美，永不枯竭。懂得的美，是不能言说的，一个会意的眼神，一个会心的微笑，一个熟悉的手势，便将孤独的密码破解，将渴望相知的灵魂贴近，成为两心相知间最美的交集和温暖。

最成熟的情感便是懂得吧！它超越了人们对唯美爱情的依赖，跨越了时空的局限，让两颗心没有隔阂，只有温暖，只有珍惜，只有相互的付出和默默陪伴。相信，每个人来到这个世界，都渴望找到那个灵魂相似、心灵相依、真心陪伴的知己的，即便是臭味相投，也需要彼此懂得吧！有了懂得，即便隔着千山万水的距离，也不遥远；有了懂得，便有了温暖，没有距离的局限，没有情感的猜忌，少了苛求，相互欣赏和吸引，彼此牵挂，在静静的夜色里去悄悄思念，抑或沉默无言。

生命中总会经历无数次的起起落落，分分合合，聚散离别才能得到圆满。来去匆匆的人海里，每一次邂逅都是缘分的注定，每一次的彼此走进都需要情感的交融，何况这超越世俗情感的深深的懂得呢？假如说，懂得是一种缘分的延伸，那么，这似水的缘分如同打开的一本散发着神韵的书，书写着灵魂的遇见，最美的邂逅，和两个隔着山水，穿越年华的人用心书写的故事，由平淡到华丽，又从山长水远的缘分里慢慢走进心灵深处，开出最美的花朵儿，倾泻进光阴的转角处，那一抹最温情的阳光，将深爱浅喜悄然珍藏，羞与人说。

花开旖旎，一抹春色里，淡淡地散发着岁月深处的幽香，让懂得悄然地绽放，不再有忧伤和彷徨。懂得，如握在手心里的拥有，一旦放手，便失去了存在的意义。始终相信，这花样年华中的每一次交集都是一场最美的重逢，没有年轮的约束，没有地位的区分，只有期盼，只有握紧这流水的缘，哪怕只有瞬间，便注定永远。我想，我是需要懂得的，哪怕一生仅一次，抑或刹那，也值得追寻。知心人之间，适当的场合，适当的距离，轻轻一句你懂得，便如花开般绚烂，芳香如故。这折磨人的懂得，想要得到难过登天，如这人世间的迎来送往，花开花落，让多少多情的人成了彼此故事中的背影？让多少重逢后的喜悦变成遗憾呢？珍惜生命中遇见的每一个人，珍惜眼前人，莫负好时光，让彼此交融的生命里的每一天都温暖如春，分分秒秒将缘分延伸，别轻易辜负那句懂得，与缘，足够，与我，足矣，与你，又将如何呢？

行走的脚步匆忙凌乱，让多少懂得的缘分擦肩而过，击碎了镜花水月今生的缘？为了懂得，一生多半活在幻想中的泥潭。为了懂得，穿越了所有季节的薄凉，交错在变幻莫测的人性里。两情相知缘交错，梦里梦外情不知所以。生命交错中，满怀希冀的人们，越是无法得到的东西，就越是奢望，拼命抓住不肯放过。越是想忘记的事情，越是无法放下，甚至被痛苦时刻困扰。看不清的人生，做不完的梦，如何能够清醒？纷纷扰扰，千般滋味，梦醒时分，唯冷暖自知，那些失去与所得的背后，裹着蜜，掺杂着苦，也残留着泪痕，在回味中依稀朦胧，恰似多情的春雨，抑或，坠落于红尘的相思泪，将一份完美撕碎。

人生的路口恰似一个个歇脚的驿站，脚印纷杂，足迹凌乱，不停地邂逅，又不断地分手。来来往往中偶遇深浅不一的缘，分分合合中演绎人情百态的转变，体会其不同滋味的冷与暖。人生苦短，唯有冷暖自知。假亦真时真亦假，情到浓时情转薄，轻易撕裂的美好，伤疤还在，却冰冷凄凉。无法抗拒缘分的牵绊，势必为前行添伤。路过风景无数，哪一个是最值得珍惜的所在，阅人千万，谁又能真正为了一份情谊固守一生？别说永久，轻言承诺蒙了灰尘的双眼怎么能不为缘分蒙羞？感情的旅途，永远是充满艰辛和苦涩的一种境地，任何一段缘分的恒久，都应该用真诚和信任才能长远。轻易说出口的感情，永远是廉价的一种给予，只有默默无语的真心陪伴才是真情的永恒。"身无彩凤双飞翼，心有灵犀一点通。"你懂我在，你在我守。你不懂我，我又怎能怪你？

这一生中，每个人都是彼此的过客，都不会心甘情愿在陌生的路口等候，但凡有那么个人可以做到，也一定有情感交融，将懂得的缘分延伸。薄凉沧桑的世界里，阅过风景无数，有些转身擦肩，成了过往；有些陪在身边，不离不弃；有些刻入脑海里，成了一生的烙印。急匆匆而来，悄然而逝去，含着泪水扬起笑脸，却只为了刹那的相逢，行色匆匆。

　　生命匆忙，我们总是在一路奔跑中前行。途遇风雨，悲喜交加，也要坦然从容地去接受，哪怕有一万个不得已。风云变幻，知晓这生命的轮回中，时常有暴雨摧落满树繁花，落地无声无息的殷红、素白，散发幽香的花蕊，遍布着些许的无奈，陨落的凄凉，徒留哀伤。人生莫过如此，属于自己的幸福别人争夺不去，只能平添羡慕，不属于你的拥有，原本也不曾握在手中，更何况这千金难换来的懂得呢？浮华若梦今初醒，静心寡欲别无求，伸手能触及的温暖，只是缺少了这魂牵梦萦的懂得。走过春夏秋冬，途遇四季的花开花落，多少曾艳丽的花朵儿陨落在尘埃，化为尘泥，多少风雨飘摇的路上，换来一声无奈的叹息。回味这一路风雨泥泞，突然发现，原来这半生的岁月里，漂泊的灵魂始终是身不由己的。

　　轻轻叹息，你要的懂得我给不起，我要的懂得你却永远不知。风华稍纵即逝，岁月斗转星移，悄悄隐藏心底的碎念，却不敢说我有多么懂你，与你何等相知，只徒留怅然若失，还有一万个不得已，在彼此的转身后背影凄迷……

9
月色倾城，共赴心灵的盛宴

暮色渐深，夜以悄然来临。仰望湛蓝的天际，一弯上弦月独悬在宽广的夜空里，与满天星斗相依相伴，显然不会孤单。这个偌大而不再陌生的城市，倾洒一片柔和的氛围，有着淡淡的朦胧与神秘，我静静地领会这种淡雅的美。

这个无眠的夜晚，你是否同我一样，静静地独享属于自己的世界，黯然的心被这如水的月光照亮，她泼洒进我满载希冀的落地窗前，落在我聆听世界的心弦之上，是那样的温情。

柔和的月色似母亲关切的眼神，劝阻我不要太累了！她温情的眨着眼睛，又像爱人朴实的话语，叮嘱我不要熬夜太晚，早些休息，我微笑释然，也许这时我才感觉到一种幸福的享受。

如此的夜，一个人体会。沏一杯淡淡的香茗，品一缕那花瓶里幽幽的茉莉花香，在那闪烁的屏幕前，用灵巧的手指敲打着我的心情，如醉如痴地沉浸在文字的海洋里，畅游在如诗如画的山水之间。此刻，希望时间静止，为自己做一次真诚的挽留，也许不能。

手指敲打着日子的分分秒秒，文字记录着生活的泪与欢笑，此刻才是我最想得到的。一根细细的网线，编织着那千丝万缕的情感。在世界的每一个角落，我们彼此温暖，真诚地关心，有时会因为一句不经意的简单问候，在心里默记。有时会因为一句真心的祝福与理解，而泪流满面。那时会在心中久久不能忘怀，因为明白世界还有很多人更需要温暖，这个多彩的世界还有最真的情感，虽然遥远，闭目体会却如在真实的眼前，我想那是我们今生有缘。

当静静地坐在桌前，抛弃尘世的牵绊，抖落心底的尘埃，我们如约来到了这里。男儿挥洒他的气度，可以动情时流泪，女儿倾诉她的柔情，可以伤感时毫不掩饰地大声宣泄，想哭就哭，想笑就笑，没有什么大不了。

没有凡尘的困扰，没有闹市的喧嚣，我们写下自己的心语，或许伤感，或许激昂，或许开心，或许落寞，那都是一种发泄。

人生如旅途，既漫长也短暂。这一弯上弦月遥寄了多少人的离愁，多少人的喜乐，终究无从考证。

月圆月缺，月升月落，这一轮月你在尘世里承载了千年的灵性，万载的诗情。如今你依旧把你的淡然与凄美、平静与悠然赐予了我们这些多愁善感的人，抒写了更多的躁动与不安、真情与虚假。

匆匆地走过一年的四季，春夏秋冬赋予了我们诸多的灵感，千变万化的生活赐予了我们更多的感悟，高速快捷的网络给予了我们展示的空间，绚丽多彩的文字供给了我们心灵的营养，快乐离我们不远了。我在静静地等待，等待。

在这个月光如水的夜里，我写下了很多寄托心语的文字，倾诉了对人生的诸多梦想，或得或失，不去计较，或喜或悲，不去理会。

仰望天外的世界，宽广、深邃，只是恨自己的目光太短浅、太狭小，没有把尘世的浮华看开，没有更多的时间把沧桑写尽，只是埋怨生命的短暂，时光的变迁。那为何不拥有一份洒脱和自信，游走在这个微寒的季节，不问去往何方？为何不撕下虚伪的面具，真实地展现自我？为何不留一片坦然的心境？无论生活给予我多少不能承受的重量，我将心静如水，宠辱不惊。

今夜，我托付那亘古的明月，向天涯海角的你，送去我最真实的祝福，也捎去我最诚挚的邀请。让我们在这个微寒的冬夜，一起编织那多彩的梦想，让我们以月相约，以风相伴，携手共赴心灵的盛宴。

仰望一夜沉寂，月温情，风旖旎，冬也已然不再寒冷。心底涌动丝丝的温暖。也荡漾着我遥远的期盼。

来吧，朋友，我在等你……

10
如风归去

南国十月，秋韵翩翩，花开似锦，云淡风轻，丝毫没有衰败的迹象。夕阳西下，行走在如此温暖的秋日里，春与夏，夏与秋没有交错的痕迹。举目四望，空旷的天地间，自己竟如此渺小？

秋色墨染，秋风萧瑟卷起一地的渐黄落叶，凸显了生命聚散中的无限凄凉。风吹树影婆娑，吹乱了平静的心湖。仰望天宇，轻轻叹息，人的一生存在的意义究竟在哪里？生命的起点和终点都是一场匆匆的旅行吧！花开花落，聚散离别都是风景吧！为什么人们总是看着最美的风景，还会奢求前面景色的旖旎呢？哪里才有答案？

深秋中的南国，前行于一片生机之中，却丝毫没有喜悦。家乡现在冷了吧？亲人们，可好？朋友们，那份至真至纯的友情是否依旧如昨？风风雨雨，坎坎坷坷，聚聚散散，多少情感败给了距离，多少昨日回忆输给了时间？南国北国，千里万里，山水相隔，这份依恋依旧如昨，而心却被光阴蹉跎！今生如梦，梦却无痕，梦醒人散，一别便无缘再见……

抚摸自己的灵魂，轻轻舒展紧锁的眉头，知晓，生命永远是一次遥远的跋涉。这一路行走，一路停歇，都是命运最好的安排。生活在现实中的我们走着，看着，追寻着，感悟着，并时刻接受着生活赋予一切的幸与不幸，无法左右自己的情感。

时常感叹，生命于无数次的取舍中悄然流逝，在匆匆流逝的光阴中被自己无情耗费。一次次迷茫，一次次挺起脊梁，一次次被命运捉弄，又一次次在不甘心中停在时光的路口，为向左向右而纠结。活着，走着，思考着，都在给自己柔弱的身躯添加砝码。不堪重负也好，退缩流泪也罢，都不能左右这一切的来临。生活的不容易，让人无时无刻不渴望碧水蓝天，温暖相伴。每个人都有自己的生活，面对一切负荷的永远只有自己，那些寄予内心的希望却终究都会以遗憾收场！

扪心自问，人活着，是不是一生都不会完美无缺，并存在着这样和那样的遗憾呢？在年轮的叠加中，我们渐渐成长，将心智沉淀，越发成熟地面对残缺，直面人生的酸甜苦辣。活着，总不能每天在梦中呓语，现实永远是不能逃避的一堵墙。有些时候，苛求完美的我们会执迷不悟，不肯回头，也不肯服输，皆因心中有梦。倘若，有一天当你不再奢求梦想的完美，不再宁可遍体鳞伤也去追求自己的心中希冀时，或许，解脱了？或许，灵魂麻木了？或许，看淡了所有，成佛修仙了？其实，结果只有一个，没了自信，失去了信仰，徒留没了自我的躯壳而已！

无数次地想，转身离开是最优雅的姿态吧！匆匆而来，悄悄离去，转身便已天涯，或许，已验证了生命短暂，相遇最美的价值了吧？时间、生命、情感，耗费了大半生的光阴。人到中年，摊开双手，却发现握在手中的所剩无几，压在心头的分量却越来越重。活着，为了什么？生命，存在的价值又在哪里？微笑面对痛苦，流泪追逐着心中的梦。一念之间，转身拉开了距离，前行，贴近了时空，如何选择？怎么面对？又何去何从？看不见的路，要脚踏实地去踩，没有结果的明天，便是转身优雅的姿态。光阴流逝，突然发现，这一切的一切于我，没有半点惊喜。希望如风归去，恰似风中的蒲公英，瞬间没了影子，成就我天涯孤旅。

暮色深秋，独自徘徊在珠江之畔，遥望远方，置身于深邃的夜色中，将一颗冰冷的心搁浅在这个广阔的天空下。四年来的行走，背井离乡，将心中的思念萦绕于心。深刻明了，空间不是人和人之间走近彼此内心的最大障碍。能走近彼此，能相知相伴的永远和感情有关，永远是在不在乎的因素掺杂。这个世界上，每一份遇见其实都是美好的开始，而每一次分离，也都是缘分给出的答案。在乎的人，即使身在天涯，情也相牵，不能将心贴近的彼此，即使时刻陪在身边又有什么意义？环境、时间、距离、情感，永远是人与人互相走近的最重要部分，而真心与珍惜也是让人与人咫尺变成天涯的守恒天平。环境，可以成就偶遇；时间，可以改变一切的因果；距离，验证了所有情感的真伪；感情，能珍藏内心深处便已完美无缺。人海茫茫，天涯漂泊，海角相遇，轻轻握紧一份机缘，收放自如，张弛有度，便丰润了一段似水的光阴。

人们常说，心静自然凉，无上清凉的佛心禅语，永远让人超脱在凡尘之外，免去纠葛。然而，生活，并不是三言两语就能彻悟，也并非一念清幽就能放下所有。生于尘世，活在当下，都需要回归现实，怎么能痴人说梦？纠结，痛苦，迷茫，寻觅，探索，快乐前行，收获财富，失去自我，都是活着的常态。顿悟只能暂时放下，却永远难以逃脱世俗的牵绊。一切因果，一切行走的姿态，都与放下无关，总与心态有牵连。

痛苦的源泉来自内心深处，生命的厚度来自成长的过程。每一个人都是在未知的路上独自行走，人生的交叉路口，我们也必定在转身擦肩和真情相伴中留下回忆。能给你留下开心和温暖的情意时常记起,平添给你的痛苦和伤痕也时隐时现。时常感叹,这一生经历了太多的真真假假,看过了太多的过客匆匆,为什么依旧不能看淡所有?为什么还如此对过去怀念?还如此为了一次遗憾耿耿于怀?人,太多的时候不能依赖别人,更不能拿出自己的所有,当你掏空了自己的时候,你已经没了价值。活着,走一程,一路风雨,走着,遇一段缘,半生遗憾。不思,不念,不辩解,不言不语,单行道上只一个人独行,将所有美好搁浅,在未知的明天。

回首四年来的一路走来,泪水模糊了眼眶。邂逅文字,品一路芳香,途经心灵的城堡,将一份钟爱融入其中。风起的日子,笑看落花,雪舞的时节,举杯相约,总是将散碎的心事写进文字,融入唐风宋词的婉约和凄美。生活在现实中,将生命行走中的感悟融入文字,给予自己或多或少心灵的安慰。文字于我,只是一种寄托,写文弄墨也只是一时消遣。然而,这四年来,为了文字,为了自己的梦想,却也忽视了对亲人、朋友的情感,这一切对自己来说,到底什么更重要呢?心中困惑不已。

时间,是沉淀一切的最好证明。它能将快乐送给你,也会将痛苦跟你分享。时间,永远不会为你停留,更不会为你人生中所经历的一切悲喜埋单。时常感叹,光阴的无情,时间的转瞬流逝,总是徘徊在一个个选择的十字路口迷茫。向左向右,取舍去留,将脆弱的心无情撕扯,承受不住时间的打磨。于是,走在路上,追寻着风景,畅想着未来,却一次次陷入了低谷。情愿孤独,宁可付出,不求拥有,却总是走入迷途。仰望别人的幸福,看不到自己的收获,那本续写的故事书里,结局总以凄凉落幕,留下一堆看不见的痛苦,填满坑坑洼洼的来路。

暮色下的南国,苍穹无语,蜿蜒的珠江一眼望不到头,曲曲折折地流向了大海宽广的怀抱。沿江岸行走,任凭清冷的西风吹乱了额前的发丝,拉紧衣领,环抱瘦弱的双肩,挺起倔强的脊梁缓缓前行。月色清冷,江水绵延,微风吹过,荡起一层层涟漪,将秋色装点。如此的夜,秋水绵长,秋意依旧浓郁,而我,却想伴随着一江净水,如风归去……

第四卷

秋日骊歌

1
秋日骊歌

广阔的天空，一望无垠的田野里，风吹绿草摇曳，花开叶落一缕缕芳香。天高云淡，金色的阳光洒满了大地，遥望宽广深邃的天宇，周遭一片寂静。此刻，如闭目深思，鼻翼内便轻嗅到了秋的气息。

光阴的故事，一年年增长，季节的脚步，总是行色匆匆。当第一片落叶飘零的时候，当第一缕秋风带来凉意的时刻，秋的身影便如约而至。她如知性女子娴静、淡雅，迈着从容的脚步，姗姗而来。

秋终于来了，带着不温不火，不惊不扰的一份从容，静静地来了。又似一个温婉的女子，成熟，唯美，透露出特有的风韵，给人带来无限的遐思。如若，一个人徜徉在秋日中，伸出手臂拥抱秋天，在浓浓的秋色中品味生活，我想，应该是最美的光阴吧！

秋之韵是孤独中的静美。爱秋，爱其魂；赏秋，赏其韵。秋日微风中，带着一份优雅的情怀，找一处铺满落叶的树林，独自一人，安静地与秋紧紧相拥，融入对秋深深的喜爱，或许，悲伤也就少了些吧！于此，天高云淡，小桥流水，青苔石阶，微风轻拂面颊，采摘一朵怒放的花蕊，送入鼻息，轻嗅秋色中每一缕芳香，与天地自然融为一体。一人一世界，一草一木，一花一叶，都是美的，无不让人沉醉。

抑或，天空湛蓝，白云朵朵，青山绿水为伴。一架浮桥，一湖碧水，水映天蓝，独自一人，徜徉其中。望天高远，心开阔，与水为伴，听流水潺潺，与风低语，诉说季节的变迁。一人，一念清幽，一广阔世界，任微风吹散浮萍，不问归期，静等秋来……

秋之魂多了一份淡定与从容。如此，在落叶飘零的秋日里，走进沉静的秋，将浮躁的心情沉淀。秋天的收获，秋天的魅力，秋天的我，将时光给予的一切悲喜装入了我行色匆匆的行囊，安然享受这一刻的美。我痴，赏秋色之雅；我狂，品秋色之韵。浅浅秋，浓浓意，与秋相拥魂魄早已不分离。大地无语，天空湛蓝，有微风轻轻拂过耳畔，沙沙作响。与一木，一叶，一人，窃窃私语，轻轻呢哝。任微风吹乱长发，摇曳飘逸的长裙，任落叶飘落身旁，静静守候，慢慢品读秋的絮语，体会世间万物的和谐之美。不伤秋悲叶，以万物轮回欣喜，不为叶落时与大树而忧伤。深知，轮回为了新的开始，别离与相聚本是常理，离别是为了更好的相遇，重生才能再现秋的美丽。清秋，静美，无殇。一人一世界，一木一叶情，一生如四季，一岁一枯荣。醉美清秋，与我，梦不肯醒，沉醉其中。

秋之情盈满灵魂的神韵。南国秋短，余韵悠长，依旧是旖旎的美景，似乎这个秋天注定不以悲凉为结局。独自行走在路上，满目绿色，生机盎然，绿树成荫，偌大的枝干叶片依旧茂密，婆娑着摇曳在微风之中。鲜花依然娇媚，舒展着无限的生命力，给秋添加着色彩。一路行走，一路观赏着此刻的南国之秋。奔走在秋色中的人们，或含笑不语，或欢呼雀跃，或目光晦涩，或行色匆忙，尽收眼底。这个秋天里，那么多人无暇欣赏她的魅力，生生亵渎了这一季短暂的美。

漫步这个秋，总能有太多的惊喜出现。目光迂回之处，摇曳在风中的君子兰笔挺坚韧，翠色欲滴，丝毫没有衰败的迹象。君子若兰，兰之谦谦君子。兰，淡雅脱俗，不为五斗米折腰，更不会虚妄世故地亵渎这一季秋天的美丽。喜欢兰的清雅，安静的秉性，不与群芳争宠，不与世俗的眼光低头，那是何等的君子风范？我爱幽兰之生于幽谷，不与浮华为伍，不为虚荣弯腰，而尘世间的人，又有几人可以做到？江南之秋，虽没太多的喜悦，对秋却多了些热爱。深知，一个平凡的女子，能做到秋的沉稳，秋的宁静，不急不躁，不卑不亢，不骄不媚，或许人格也得到了最大的升华吧！在最美的季节里，欣赏到最美的风景，无须奢求过多的拥有，便已足够！

"何处合成愁？离人心上秋。"或许，秋本身就是多情的季节吧！文人墨客悲秋，秋风秋雨给人平添怀念，使本该醉了人心的秋多了一丝凄凉。花开半夏，情浓浅秋，春华秋实，花开欣喜，花落忧伤，雨打湿了心，风吹散了情愫。走走停停，这个季节总是要在无数次错过和相遇中前行，总以为柔弱的肩膀无法承担任何的负担，善良的内心也无法拒绝友好。秋意浓了，收获就多了，花开了，树依旧会常青吗？南国没有秋吗？南国也没有冬，她容得下尘世间所有的苦，也蕴含着无法比拟的美丽。眼中秋色有三分，情也淡薄了，心里秋天是美好的，便满怀希望和快乐了。

此刻秋色正浓，娴静的秋没了春的张扬，淡雅的秋少了夏的火热，成熟的秋不比冬的苍凉。秋在季节中总是匆匆走过，不留一丝痕迹。我猜，秋深深爱着这个世界上的万物，决不带半点的敷衍。多情的秋，博爱的胸怀，悲天悯人的境界无人可比。秋盈满了收获，无私地付出自己的全部热情，将浓烈的爱洒满每一个角落，不求回报。秋的怀抱满是温暖，并不是凄凉。

秋爱生灵万物，万物爱或者喜欢秋吗？我想，不爱，乃至喜欢都谈不上。它们抱怨秋的不完美，伤感秋的冷漠绝情，却从来不看看自己自私的内在。或许，它们根本不懂秋的心语，根本不配和秋说珍惜。秋的每一寸光阴，在自然之中都是一个完美的音符，却永远被世人忽视。秋爱这个世界，这个世界却不单单只有一个秋天。有人说，愿做秋天里的那片枫叶，与秋共同守候着短暂的时光，这一生便没有虚度。落叶飘零，落入尘埃，秋走了，一别便是永生。待到来年秋来之时，秋还是曾经的秋，叶子却不再是那片叶子了。

生命短暂，多情的秋，并非无情无义。叶子的别离，终究是必然，秋的心中依旧会痛。秋永远是秋，叶子已经刻入了生命的行程，并没有化作泥土消失于无形。秋用温柔多情的心，接纳着一切的不完美，但仍无法挽留叶子沉沦的脚步。不是秋无情，而是叶子并不懂秋的心思。你不懂我，我不怪你，来了走，走了来，本是轮回和必然，自然无须感叹。这个秋，伸出双手合成一个十字。暗自祈祷，别了，这个季节，该来的来，该走的走，花依旧娇艳，人与秋，却回不到从前。途经这个秋天的人们，安好，如此，便不再奢求。

秋之梦与风共舞合奏一曲秋日骊歌。秋，永远是博爱深沉地付出所有。与自然浑然一体，清风里轻轻地呢喃，音乐中抒情的曲调，都赋予伤感的秋带来了韵味。漫步金色的秋，多情的心不想错过任何一个角落和细节。慢慢行走，静静聆听，将心再一次的搁浅。听，秋在唱着歌，吟诵岁月匆匆的足迹；秋在跳着舞，风在合奏，天地之大，唯我一人独享。

秋日的阳光洒满每一个角落，歌声飘过了万水千山，多情的秋在放声歌唱。金色的草地，悄悄涌动着对秋的眷恋；缥缈的云，翩翩与风共舞，述说着短暂相聚之后，又要离别的依依不舍。此时此刻，大自然沉浸在秋的歌声里，而我的世界，却别无他求，只想安静地等待光阴的流逝，一个人独赏这一季风景的美丽。岁月更迭，携一份优雅的情怀静静行走，纵情秋日，拥抱秋天里每一寸即将流逝的光阴，吟唱一曲秋日骊歌，无须与人作和……

2

南国秋梦，一念安然

　　山水清韵，梦里江南，亭台水榭，青砖绿瓦，勾勒出一抹光阴中最美的风景。浅秋来临，烟雨迷离的南国秋色，引无数文人墨客，醉倒于江南美景之中。于此，静心养拙，娴静悠然，盈一份淡雅的心性，素笔描绘出一幅色彩纷呈的水墨丹青画，不想辜负这短暂的一生。

　　自古以来曾畅游过江南的文人雅士，时常憧憬着能幽居于古朴的江南小巷，沐浴在蒙蒙的烟雨之中，彰显其附庸风雅的心性。娴静的秋日里，呼吸着清新自然的空气，走进一处居所，无须雕栏玉砌，青砖绿瓦，素雅安然即可。一弯小路，曲径通幽，拾级而上，兜兜转转迂回于秋色之中，将心搁浅。

　　如此，心怀淡雅，悠然的情怀，并抛弃世俗的牵绊。悄悄走进江南烟雨里，轻轻抚摸着厚重的墙壁，品读着岁月留下的沧桑，将那些途经季节中的美，生命行走中的风景，逐一刻入历史，写进凄美故事的每一个章节，融入真实的痕迹。

　　独坐于青苔之上，在江南墨色的烟雨中，将心灵的污垢洗涤、冲刷。如是，一屋，一亭台，一楼阁，乌篷船，小桥，流水，人家，青砖红瓦，便已入画。闭目遐思，听流水潺潺，渔舟唱晚，沉浸在江南烟雨里，陶醉其中，醉卧于画中，勾勒出光阴里最美的画卷，谱写出心中的故事。

此情此景，静怡中的美丽，唯心安才能体会，唯心灵纯美方能企及。

当光阴的素手抚摸着季节的脸庞，这个秋天似乎姗姗来迟了些吧！喜欢安静的人，却身居闹市，喜欢素雅古朴的心，却无法获取安宁。时常向往拥有属于自己的方寸之地，却无法逃离闹市的喧嚣。心境狭隘，面对纷扰怎能心静？便无法做到自省其身，入佛的境界，升华其修为举步维艰。

轻轻感叹，这世间人人都渴望有一处净土，来安放卑微的灵魂，于我，亦如此。渴望世外桃源的生活氛围，选幽居之所为生活着色，远离市井，择一处幽静古朴的灵魂净土，成了人们修身养性的最大奢望。一山伫立，一石叠加一石的高耸，山无语，高度浑然天成，显示其雄浑与壮美。一蓬衰草，一木一木汇聚成林，邻水而居，僻静清幽，装得下自己的世界，便也给浮躁的心安了一个家。

山可静立无语，水可奔流不息，苍松翠柏常青不败，与山石为邻，与花草为伴，花开只为装点绿野的秀美，草绿只为能点缀四野的荒芜。静，无语，无声胜有声。听，心跳的声音，只需自己读懂。天空宽广，偶尔有飞鸟低鸣，叨扰着此刻的宁静。抑或，苍鹰掠过，振翅直飞入云霄。闭目遐思，如此境地，世间有我，便无他！

"暮鼓晨钟惊醒世间名利客，经声佛号唤回苦海迷梦人。"经典的名句永世流传。佛的心境如此淡泊名利，可为什么迷途的人们总不能幡然醒悟。世俗纠葛，杜绝名利，看淡浮华，修身养性，走出歧途，这是千古以来的真理，本该被人们遵循。然而，沧桑尘世，不急近功名能有几人？不为名利虚荣所扰的少之甚少，多少人为了名利熏心？多少人为了利益沽名钓誉？多少人为了虚名将鲜花和掌声作为评估人生价值的坐标？多少人为了体现自己的价值人前卖弄？

或许，所谓人生的价值，都在于个人心态的把握。人到中年，深深感悟，名利只不过是过眼云烟，只能换取一时的荣耀；浮华只不过是虚拟的幻梦，褪去华丽外衣的背后，只能留下短暂的绚丽；再娇艳的鲜花也只能保留短暂的芳华，芳香过后势必枯萎，怎能万古流芳？虚伪的掌声，只能博得心灵的安慰，怎么可能让你受之无愧？或许，看淡虚无，能够找回最真的自我，成了走入迷途的人们最大的期望吧！

以兰之谦谦君子之风隐居于方寸之所，不为五斗米折腰，不慕虚名，或许便向佛心更近了一步。

安静的人，总想独自品味孤独，才能找回真实的自己，将浮躁的心灵皈依。南国秋色正浓，独自漫步在悠远绵长的珠江之上，欣赏着此刻的秋。渔舟唱晚，江水奔腾，沿岸苍翠的梧桐，高高耸立，直入云霄。花花草草，一木一石，络绎不绝的人流，奔跑的孩童，秋日里的纸鸢，闲暇散步的老人们，坐在长椅上窃窃私语的情侣，都将秋色装点。

眼望绵延的江水奔流不息，她是南粤的母亲河，静静地流淌千载。滔滔江水中盛满了千古的文明，缓缓流逝的光阴似音符奏出一曲灵魂的乐章。纵横交错的立交桥，尘世间有些轨迹却终究不能交错。

风吹江面，荡起微澜，一眨眼便吹散了青翠的浮萍，瞬间没有了踪影。心中唏嘘感叹，浮萍与人有着如此相似的共性。聚聚散散，分分合合，永远在熟悉与陌生中做着交汇。那些曾经相依偎的伙伴，在不经意间便会各奔东西，将原本就脆弱的生命分离。

我想，浮萍应该是彼此牵挂的，毕竟曾经相依相伴，毕竟有过一段难忘的光阴。人非草木，孰能无情？困顿纠结，有心无意的伤害和别离，一次次冷漠绝情地上演。浮萍惧怕分离，更惧怕相聚。分离了，情远了，相聚了，谁敢说永生不会别离？浮萍无根，聚散无常，谁能左右缘分的机缘错落？谁又能真正放下心中的奢望，修心养性，不再痛苦纠结？终究没有答案。风吹浮萍，雨打落花，这个秋里，纷扰的心如何得以安宁？

看淡随缘，心自静。择一处安静居所，走出阴霾，红尘纷扰能奈我何？"本来无一物，何处惹尘埃"，之所以不能如佛一样，放下纠葛，看淡所有，走出困境，皆因俗人用情太深，才深陷困境，难以自拔。

夕阳西下，落日余晖中，沿江岸行走。一人，一叶孤舟，一抹晚霞悬挂于苍穹，与天地融为了一幅画。沙滩上卷起裤管，孤舟边遥望远方，听水流潺潺，与一朵朵浪花缠绵的江水不时地激荡起层层微澜，将思绪叠加。清风阵阵，掠过江面的水鸟哀鸣，浪花拍打着船舷，时光在分秒流逝，追赶着夜的脚步，也追随着江水奔涌而去的步伐。

闭目倾听，夜与风的和声，水鸟啼鸣时，与天空的回应，内心一丝触动。或许，它在寻找失去的伙伴吧！或许，它在悲凉这个夕阳下的黄昏吧！江水奔腾不息，生命追逐不已，于我，却只愿静静守候。看花开花落，赏云卷云舒，听渔舟唱晚，落日下一人一舟，一念安然，等风吹来，一个人独自醉倒在梦里的南国……

3
静赏秋韵，独醉西风瘦

南国的秋，有更多的美，只是我无暇欣赏。南国的风有些许的微凉，使我沉醉。漫步在南粤的一角，静静地体会南国那醉人的秋，微凉的西风里品味着那浓浓的秋韵。

偶拾心绪，漫步在都市的油板路上，悠然地观赏这个属于自己的独享空间。停停走走于一片片绿荫之下。此刻虽是深秋，天气刚刚感到了凉爽，一袭薄衣与北国的秋形成了鲜明的对比。此时的北国已经是满目萧条，叶落草枯了，可这里仍是绿茵丛丛，奇花异草竞相争艳，没有丝毫的衰败。

游走在珠江岸边，一江静水平复了躁动的心绪，一片安然与恬静取代了心底的微澜与不安。江水静静地流淌，偶尔泛起一圈圈的涟漪，荡漾在这个浮华的尘世。一帘西风在轻抚着这个广阔的空间，耳际浮起了长发的轻柔，顿感清新，如此惬意。

眼望着苍翠的树木，知名的、不知名的，都有着绿色的生机，点缀在南粤的母亲河畔，心中有着些许的感叹，真的很美。

"木棉花开早，春去四月天，此乃真君子，秋至绿依然。"那笔挺的木棉，苍翠挺拔偶尔有落叶的陪衬，那样的不经意。

"梧桐叶落少，静立无萧条，千般花叶语，细数挽秋凉。"梧桐的枝叶虽稀少，可它依旧茂盛崭绿。赞叹树的生命力真的好强，自古至今给人的联想很多很多，参悟其中的道理使人豁然开朗。

我们都是那一片一片的树叶是吗？生命力强的就可以和大树继续相连依附，柔弱的就要被淘汰遗忘。抬头看一眼满目的繁花，红绿的相衬那样的盎然，心情在色彩的冲击下顷刻开朗了。

叶子的生命短暂，与大树相聚时日不长，便又无奈分离。没有属于自己的世界和自由，至于那些曾经的朋友更都不会在身边了。各有各的归处，各有各的羁留，衰败，独自枯萎，独自在角落里安然沉睡，被泥土所掩埋，终究不能左右自己的去留，可能起点与终点的距离是终究要用坚强去诠释。

抬头仰望，柔嫩的枝头虽还有那么多的新绿。微凉的西风却无情地摇撼着笔挺的木棉，抑或梧桐，没有过多的怜悯，因为清楚这一季所蕴含的深意。江水依然，流淌千载，可秋却无法停留它的脚步。这个秋天的绿色会驻留多久，我在静静地享受。

漫步于珠江岸边，江畔一对对情侣亲密依偎，奔跑的孩童，手里还拿着硕大的纸鸢，奔跑着，开心地欢笑着，还有相扶相搀的老夫老妻，此刻的秋真的很别致。

一帘西风起，呼啸亦轻柔。吹起江面的涟漪，打乱了水上青翠的浮萍，转眼没有了影子。也许它会感谢风的恩赐，去一个新的开始，也许它会难过，风的无情吧！没有相聚的现在，也许会转眼忘记那个曾经在一起的团队，面对秋色的衰败，不会再有春的萌芽，还会有曾经吗？没有开始的开始，没有曾经的曾经，浮萍与叶子一样无助，只是所处的环境不同。

美丽的南国，有多少希冀，有多少色彩没有展现，我不知道，也无从知晓。

蕴含诗意的秋天，独自行走于珠江之畔，享受眼里独有的秋韵。秋赋予人类金色的色彩，秋赋予了生活与收获的时间，秋在世人的眼中是多情的，是美丽的，也是伤感的。我喜欢秋天，我爱秋天，更偏爱这凉爽的西风。此时，我的脚步并没有停止，因为秋意更浓了，前面还有更多的风景在等待我去欣赏。让我用笔墨记载我眼里的南国秋色，或浅浅的秋，或浓浓的韵。

我想，随着时间的流逝，秋色会更浓，秋风更紧，有谁不希望又一个崭新的季节等待着自己，或许有喜有忧，有得有失，又有何妨？不要去管过去如何，让这个秋天的风吹去我的阴霾，再寒冷一些，我会明白原来南国的秋和北国的秋并没有什么不同。

我愿意独自醉倒在这个神秘的国度，体会内心片刻的安宁，细细品味秋的神韵，风的清凉。把心情放逐，把回忆搁浅在深深的秋。

4

雨敲窗棂，秋思十韵

　　这个季节，是个多雨的季节，这个深秋，是个多愁的秋。窗外，一帘烟雨，轻轻地敲打我的窗棂，冲刷着这个纷扰的尘世。我依旧无眠，在这个细雨微凉的深秋，向外望去，一片迷蒙，可那浓浓的情结却也为我的夜平添了些许的韵味。

飘雨的夜，那株木棉

　　风寂寞地吹着细雨飘起的那抹雾气，雨孤单地飘荡在无星暗月的天空，顺着脸颊滑落了丝丝的冰冷，眼中雾气浓重。风在摇撼着那株笔挺的木棉，摇曳着它那仅存的花瓣，点点，片片。飘——窒息在空气中，荡——在伤感的情怀里，一地的雨水，一身的尘埃。木棉愤怒地与风抗衡，因为它要用坚韧的脊梁把命运转变，它要捍卫它仅有的尊严，保留它残存的那份容颜。叶子萧瑟地紧紧拥抱着大树，它与大树述说着情话，难舍难离。缠绵的细雨打湿了枝头一簇簇的花瓣，泪水孤寂了木棉依恋秋天的情怀。它知道，珍惜的花期就在眼前，没有结果的明天，只能用今天的努力去拥抱眼前的缘。

乐与书香陪伴，我不怕失眠

　　走进客厅，坐在软软的沙发上，打开《平凡的人生》，慢慢地品读。一页一页翻看着那真实的叙述。邻居家的钢琴演奏着悠扬的曲调，《蓝色多瑙河》，使寂寞的夜也浪漫了许多。听一听音乐，闻一闻书香，如此的惬意。懒懒地躺在那里，让多瑙河的音律在室内蔓延，直至梦里，不用再失眠时数绵羊。

客厅里寂寞的花瓶

我常常觉得自己是孤独的，落寞的。可当眼角扫到角落里摆放的花瓶，我才明白什么是寂寞。一束百合静静地立在花瓶里，它优雅地散发着淡淡的清香，高贵，典雅，不俗，纯净。欣赏百合的美丽，更喜欢茉莉的馨香，可是谁又体会了花瓶的心酸？它默默地在角落里，等待一个又一个过客匆忙而来，来了又走，走了又来。它是寂寞的，如夜一样，是伤感的；如雨一样，是多情的。静静地伫立，永远在那萎缩的角落，落满尘世间的厚重尘埃。无法摆脱的境地，看花开了又落，枯萎了，死去了，衰败了，自己也黯然了。

老公的鼾声

夜渐深，一切恢复了宁静。音乐停了，不再缭绕。我陶醉在书香的味道中，文字的幻想中。一阵浓重的鼾声打破我沉溺在文字中的心绪，是老公沉沉的鼾声，如那滚滚的春雷，使我震撼。悄悄地走进卧室，推了一下他，让他换个姿势。他转过了身，迷茫地看了我一眼，接着又是倒头就睡，那表情好乖。我笑了，捏了一下他的鼻子，轻轻地为他盖上了被子，关好房门，退出室内。片刻，他竟然又进入了梦乡。听着他均匀的呼吸声，我心一片释然。人生就是如此，平淡的幸福，简单的拥有，能相伴一生的才是最终的愿望。

一缕淡淡的茶香

一把摇晃的竹椅，一壶淡淡的茉莉花茶，弥漫在静静的夜色里。披一件薄衣走出室内，独自坐在阳台的一角，观望着天外的世界。手中握着一杯温热的清茶，看细长的叶片在沸水中飞舞，热气在升腾，一丝宽慰。细细品味，茶香味微苦，心中融入那一丝浅浅的热量，这个季节显得没有那么的寒冷，闭目在享受着夜给予的温柔，此刻，希望生命静止，时间为此停留。

远处的霓虹

抬头望一眼深邃的夜空，偶尔有飞机的轰鸣，承载了生命的起落，闪烁在时光无法挽留的夜空。高高矗立的楼群，辉映在远处一片霓虹之中。此刻，没有了喧嚣的吵闹，只有秋虫不时的低鸣，传进耳鼓。闪烁的灯影下，闹事的喧嚣暂时停止。绿色的草坪在静静地享受着清凉的沐浴，整齐的甬道在高跟鞋的踩踏下清脆地发出声响，一下一下……高高的楼群还在接受着秋雨的洗礼。远处公交车站还有那匆匆在奔走的人影，在这个雨天，希望早些归家的人们，还在为生活奔忙，尽快回到家里体会一下温馨的氛围。

珠江夜色

灯火阑珊处，远望珠江。深邃而绵长的江水在日夜不停地奔腾，流淌了千百年来的悠久而古老的南粤文化，点点的灯火映在水面上，波光粼粼。雨水江水浑然一体，水天一色。江面上漂浮着几艘沙船，轰鸣着，在挖沙，显然很繁忙，并没有因为秋雨的连绵而影响了它的运作。深深的江水，容纳了无数的传奇，古老的文化蕴含了千载的神话。我对珠江，虽没有故乡的眷恋，但也有些许的欣赏。眺望江水，思绪飞回到了那万里之遥的故乡。

那串红灯照到我黯然的心里

小区内，中秋的红灯依旧用鲜红点燃这个寂静的夜。一串串，一排排，节日的气氛还没有散去，国庆也要来临了，喜庆的景色把夜渲染得很神秘、很微妙。这个秋天有很多的收获,也有很多的故事,也许还没有来得及说,就要谢幕了吗?红灯中那闪烁的亮色,像极了跳动的火焰,燃烧在冷冷的雨中,那火焰可否不让我再黯然?

思念

雨继续在下,夜依旧很静,我的思想却没有停止,仿佛回到了万里之遥的故乡,自己也置身于秋天繁忙的一切中。朋友的笑脸与鼓励,亲人的牵挂与嘱托,我无法忘记。在这个细雨飘飘的秋里,妈妈,您还好吗?身体怎么样?朋友们,你们好吗?是否也在此时无眠,也在此刻牵挂?心情越发矛盾,感触也越来越多,秋雨,你是寂寞的,你为我平添了更多的思念,你为我又找回了思乡的情结,柔弱地问一句,你们好吗?想你们。

送你一句祝福,我要告别今夜,迎接明天灿烂的阳光

我没有奢望,只有祝福。在漫长的人生中我失去了很多,也得到了很多。我没有失败,所以我很欣慰,人生是公平的。此时此刻,我用文字的抒写来表达我对朋友及家人的祝福与问候。曾经是相扶相搀,现在是彼岸天涯,岁月走远了,心没有走远,我一直停留在曾经的路口,那充满欢笑和希望的过去依旧记忆犹新。今天我送你一片最真心的祝愿,祝你平安,幸福年年。

夜渐渐地深了,黎明马上要来临了,看了一夜的窗外,聆听秋雨敲打我布满荆棘的心房。窗外,雨依旧光顾,风景依旧如昨,我依旧失眠,没有睡意。我不知今夜过去,我会怎样呢?是继续落寞,还是挺起我倔强的脊梁?我知道,冬天虽然寒冷,但是它不会阴雨绵绵,明天的阳光依然会很灿烂。我在耐心地等候,静静地看时钟嘀嗒嘀嗒,一分一分一秒一秒……

5
秋风萧瑟雁南归

深秋渐冷秋风瑟,一抹闲愁静观尘。身在异乡思故土,一行秋雁复南归。

整个下午我独自在窗前静静地安坐,没有做什么的冲动,只是在静静地观赏着这个季节的美丽。柔和的阳光趴在我瘦弱的肩膀上,有一种懒懒的感觉,独自享受着这一刻的秋日给予的温馨。窗外,秋意还依旧很浓,阳光依然很暖。湛蓝的天际尽收眼底,朵朵白云悠然漂浮在这个多彩的世界里,这个秋天的南国依旧绿色盎然,生机一片。

遥望着无涯的云海,一架架的飞机在云海间穿梭,带着那亘古不变的希冀。心中想着——也许哪架飞机里也有一个游子在归心似箭地奔着家里,无论它是好是坏,是寒是暖,依旧是游子的思念情怀。

一丝希冀,一片寄托,眼里又现一缕伤感。彩云之南雁南归,我这只倦鸟何日回乡?前路两茫茫。

一声啼鸣使我惊醒了幻想的心绪,天空里那一字排开的大雁,不知疲倦地飞着,振翅飞翔在这个宽广的天之南。它们拖家带口的长途跋涉回到了四季如春的南国,这是它们的第二故乡。秋天它们回来了,找寻他们赖以生存的环境和温暖。这些规律千古不变,突然有一种羡慕的感觉。鸟可如此,而我何年何月才可以回到我的家乡,异乡的漂泊之旅何日结束？

看一眼那纷纷攘攘的梧桐枝叶，依旧茂盛。小区里的花束依然鲜艳，心中却尽显萧条。仰天问一句，落叶何时归根？花好开几时？孤雁何日回巢？

动物都有找到温暖的头脑，可此刻的温暖却对于我来说没有什么开心和愉悦而言。

为何人却不会厌烦自己的家，它或许贫贱，或许富足，都不会遗忘，这就是感性动物的思维。

我暗暗笑自己，如此的傻，怎么会想到这些。

是呀！现在的我不就是一只孤雁吗？没有了自主，找不到了归家的路。那迷茫的生活轨迹也不清晰，只有用寥寥的文字来述说自己的情感，苦恼的情怀。

叩开郁闷的心门，迎接秋风，享受生命的绿色。

一丝惆怅萦绕心底，索性推开了阳台的门，感受一下秋风的凉爽，秋色的美丽。丝丝凉爽的风吹乱了额前的几缕刘海儿，阳光抚摸着我的脸颊，软软的，柔柔的。

平淡的人生，用安静的心绪体会孤独。似水流年，看透了人生的机遇就是眨眼之间的变幻，或得或失都不能左右。没有了青春时的懵懂，没有了韶华岁月的纯真，不再去和别人争你高我低，你美我丑。你的生活如何？我的现状怎样？日子在一天一天地过，心情在一点一滴的时光里沉淀，只剩下浮华过后沉寂的那颗平常的心，深知人生的失去与拥有都已经不重要了。

在这个偌大的城市里没有朋友，几乎每天面对的都是陌生的世界和声音，就连现在的邻里关系都是那样的陌生。彼此住得那样近，可是都不知道姓名。楼越盖越高，人心却越来越远，邻里和睦早已是远古的事了，现在的邻居连认识都不认识，所以生活在这个世界的人，真的很孤单。我也似掉队的大雁，追赶不上了时代的脚步，离那份情感越来越远了。

一阵风吹过，瑟瑟的寒冷，一声轻轻的叹息，已是深秋了。感到了寒冷的自己，哑然关上了那扇落地窗，独自一人关在室内。偌大的空间里顷刻没有了喧嚣，很安静。索性放一曲班得瑞的《静静的雪》，在乐声中体会故乡那浓浓的冬韵，舒缓的曲调，安静地倾听，享受着尘世的安宁。

音乐缭绕在我的空间里，思绪在无限遐想间迂回，那种莫名的感伤无以言表，只有落寞与孤单。

飘飞的记忆也带走了我无限的思绪，大雪纷飞的季节里，亲人朋友你们可好？

暮色渐渐地暗了，一丝微寒也感到了深秋的凉意。太阳随着落幕了，夜色也浅浅地爬上了窗台。月亮的圆脸也在慢慢地露出了西山，天空或多或少的也看得到了那闪烁的繁星，那亘古不变的北斗，还在眨着调皮的眼睛，因为它也许会知道有人在看它，有人在这个无眠的夜里思念吧！

披一件薄衣，挡一下寒冷。我站在窗前，透过蕾丝帷幔眺望着朗月碧空，一丝感触与纠结在心头凝结。家乡此时很冷了，已经穿得很厚了，那种深深的牵挂和感触也深了，思念悄然的仍萦绕在心底。

遥望北方的天空，依旧和这里一样，湛蓝、深远、广阔，而遥远。心还可以安静如水吗？脑海里还依稀记得临行前你们的嘱托，在外面不好就回来吧！我们欢迎你们回来，那质朴的话语，没有做作。

电话的那头，你们的声音那样让我一度感动，泪流满腮。出门在外注意身体，好好保重，别委屈了自己，混得不好就回来，那一刻我的泪无声无息，喉咙哽噎。

我的心里很疼很疼，因为你们也在心疼我，知道此次分离不知何年何月相聚，那真挚的情感不是华丽的语言可以表达的，我想你们，你们可想我？如今生活的压力与精神的困惑使我迷茫，有时拿起了电话都不知道怎么样去说，我怕你们担心，也怕自己失去了信心和勇气，所以我一直在坚持自己的倔强，不去和你们说，深藏我的落寞与伤感，因为只有这样才不会伤害任何人。

季节在变换，岁月在流走，日历在一天一天地翻阅，思念是不是也在与日俱增。是否和我一样在牵挂，虽没有了相见的机会，没有了以往的联系，可是心中的期盼和感受会一样的，我坚信。发自心底地叮嘱一句，天气凉了，加衣，保暖，你可否听到？

深邃的夜空里，繁星闪闪，秋风萧瑟，而我愿做那眨眼的星星，时刻用思念编织着情感的梦。

浓浓的思绪，随着音乐的旋律，这个季节，我依旧是最初的自己，只是我的空间与世界只有自己，静静的，黯然的自己……

6
风吟静夜，雨湿碎语别深秋

  一缕清凉的风吹醒我记忆的风铃，一帘浓密的细雨打湿我尘封的梦，一片孤寂的夜紧紧拥抱着我落寞的心。细雨打湿了我的碎念，秋风吹落了寂寥的梧桐。品一盏茗茶，感受那一丝温暖，让飘飞的记忆驻留在这个深秋，让伤感的情怀别离这个淡淡的季节。

  夜幕拉下了它阴沉的脸，不再有一丝的光亮，笼罩在深邃空洞的世界。站在这个城市的角落里，体会夜的安宁，感受到尘世中所没有的片刻安静。驻足窗前，观望着这个充满诱惑和无奈的城市。高高浓密的楼群矗立在偌大的空间里，自己此刻是那样的渺小，微不足道，心底低叹一声！

  风吹乱了我的思绪，也吹醒那串寂寞的风铃。

  夜静静的，压抑了我，空气使我窒息，不知道怎样才可以释放我的情怀，索性推开那扇阻挡外界的心灵之门，迎接一下此时的夜，聆听一下夜的声音。一股呼啸的风扑面而来，身体感到了寒冷，心里也有瑟瑟的感觉。此刻，我的世界与空间不再安静。

  清凉的风吹动了悬挂在窗前的那串风铃。它随着风的轻抚，唱着欢快的歌。叮叮当当，悦耳动听，仿佛在述说它良久的寂寞。它在和风开心地聊天；它在和黑暗的夜说着它的孤单；它好开心，因为它体会了太久尘世的寂寞,静静悬挂在布满尘埃的角落,它需要抖掉那灰尘的压迫,它也想享受快乐的生活。细细聆听,静静地品味,这个夜里,有了它的陪伴我并不孤单,叮当叮当……

让快乐在寂寥的夜里飞翔,希望此刻永远驻留,不要被时间的脚步踩踏,不要触碰伤感的心。闭目倾听,那声音竟然落在了我的心底,敲醒了我沉睡在尘世间沧桑的梦,也牵动了我每一根敏感的神经。

雨打梧桐,谁在孤寂地等候。风的光临,使我感受了秋的冰冷。一帘细雨,淅淅沥沥悄悄地走进了这个安静的世界。抬眼望一下那串串雨丝,一点一滴,像我失落的心语。远处那一株株茂盛的梧桐,摇曳在瑟瑟的风中。昏暗的路灯下,一个年轻的姑娘打着一柄花伞,穿着一条粉红色的衣裙,那样楚楚动人。雨里,她在深情地张望,在静静地等待。不知是雨的冰冷还是风的萧瑟,我感到了她也很寒冷,唯独那洋溢在脸上的浅浅的春色却把这个深秋的凄凉所取代,原来她在等候她的爱情。

梧桐在沙沙作响,在与细雨诉说着秋的萧瑟。叶片飘飞,无声地坠落地上,它同样在为了生存而保留自己的那片新绿,祈望时光是否会为它挽留那转换的气候,让生命的绿色保留永久,也许不能。

雨顺着树的身体滑落,无声无息地飘落在这个布满荆棘的尘埃之中。梧桐是否感到秋的寒冷,夜的孤独,心的痛楚。也许今夜过后,会有多少快乐等候,明天会如何,终究无法预测。梧桐在与细雨合奏着一首和谐的乐章。时而欢快,时而哀伤,敲打在那痴痴等待的姑娘的那柄花伞上,一点一点,一滴一滴……我想,也许又是一个无奈的归期。

品一杯香茗,听夜雨,揽秋风,不要再寒冷。哑然无声的夜,在沉沉地安睡,只有我在无眠。这个深夜,依旧有那么多的感触,有那么多的寄托。手握一杯清香的茉莉，坐在温暖的室内，让淡淡的茶香进入干渴的喉咙，滋润枯萎的心灵，温热的味道融入心底，一片释然。

这个秋天我要把所有的寒冷抛在脑后。这个秋天我期盼找回那久违的灵感，遗失的美丽。送你我的碎念，作别深秋。深锁的长夜，深深的挂牵，手抚思念的琴弦，弹奏一曲绵长的曲调，吟诵一首《长相思》，你是否听到。熟悉的旋律触动着心弦，想和你说浪迹天涯的不是只有孤雁，飘在云端的不止是风雨。

大海不能容纳我的情感，沙漠无情掩埋我心里的荒芜，寒风把我的思念摧毁，细雨浇湿了我内心的微澜，夜孤寂了彼岸天涯的等待，只有静看时钟一圈一圈把光阴转换。深秋在这个冷雨凄迷、秋风萧瑟的夜晚，把我的无限思绪隐藏。也许，也许，天涯的一端你已不再守候，也许，也许，海角的一头你已不再流连。我以一个用思念和牵挂编织的网，禁锢住黑夜的苍凉。我以一片深深的祝福，送你我的朋友。在陌生的路口，也许遇到很多的陌生人，也许是你的牵挂，也许你已擦肩而过，也许已经粉碎在时光的记忆之中，终究不能拼凑。那就用简单的问候，淡淡的忧愁，和永久的祝福，让你走出黑暗的今夜，迎接灿烂的生活。祝你安好，开心快乐。

今夜秋意正浓，秋光独好，秋夜寄情。那就让我作别深秋，在遥远的彩云之巅抒写我别样的人生。

7 落叶飘零锁深秋

珠江景美漂孤舟,落叶飘零已知秋,叶飘花落人寂寞,淡薄世事怎奈何。

今天的天还是阴沉沉的,无边的天际没有一丝的亮色。太阳没有了影子,心情也随天气的变化而阴沉起来,而映入眼帘中的城市绿化和楼群却依旧很清晰。

我刚走出门,顷刻间,大雨如瓢泼般而至。突如其来的大雨冲刷着这个世界,大街上万紫千红的雨伞,构成了靓丽的风景,汇入人潮之中。大雨如珠帘,挂在布满尘埃的人世间;又似波浪,推动着人们前行的脚步,每个人都在挣扎着想要脱离却无法躲避。在雨中,静静地一个人打着雨伞,独自走在路上,默默欣赏着沿途的风景。都市的美丽尽收眼底,一望无际的珠江水,蜿蜒曲折。沿岸边姹紫嫣红的花草,郁郁葱葱的珍稀树木,依旧生机勃勃。放眼望去,水与天浑然一色很有韵味。看着身边的车来车往,观察着急匆匆行走的人们,在迷茫中调节郁闷的心情。此刻,真的希望放松一下自己无奈的情绪,可茫然的眼眸里,望不到哪里有属于自己的那种风景,我不知道。

大雨夹杂着一阵凉风吹过,也有了一丝冷意。几片干枯的落叶在风雨中四处飘扬,无依无靠,平添了些许的凄凉。轻叹一声,真的是秋天已经来了，不由心中一紧，拉了拉衣领，一股寒意直达心灵。太快了，没有任何的感觉，仿佛和心情一样，低沉，丝毫没有欣喜和快乐，只有淡淡的忧伤。

拾起一片落叶，心里难免感伤，看着这片不知名的叶子，方知一叶知秋的真正含义。感叹岁月的无情，怎么觉得眨眼间季节就变得这么快？落叶尽管还留恋大树的绿茵，尽管还有更多的希冀，但是岁月是不会为你停留它的脚步，何况是人？干枯的叶片，没有了青绿的渲染，真的好叫人心寒！生命就如此衰竭了吗？就那么的脆弱吗？那么的短暂吗？那么的无奈吗？我在不停地问着自己，却始终没有答案。

落叶的生命不也和人一样吗？既短暂，又凄凉。落叶落尽了，等待下一个春天的开始，它可以变成养分给予大地回报，人呢？繁华落尽又要何去何从？茫然地等待吗，还是继续徘徊在虚拟与现实中，挣扎喘息着求得生存呢？都说生老病死，人之常情，可是离去的人是否安乐？了无牵挂呢？我不知晓。然而，活着的人还会不停寻找属于自己的那份依靠吗？人生飘摇，知己能有几个？真情又有多少？值得珍惜的又有几个？站在时光的路口，我已经茫然不知所措。前行，漫无目的地寻找，眼前雾气升腾，早已分不清是雨，还是泪？

秋天，也是收获的季节！无论谁，都或多或少有着自己的收获。仰望苍穹，叩问自己的内心，自己又收获了什么呢？依旧没有答案。失落的心也随着大雨的光顾而伤感，泪水与痛苦纠结的人生里，为什么会掺杂着那么多虚假？那么多的冷漠绝情？而真实的自己只能深陷之中，难以自拔。

"朋友"二字我曾一次次解读，一次次珍视，可能够真正放在心底的人又有几个呢？落寞，难过，都不是生活的本意。虚假、世俗、冷漠，一次次伤害着柔弱的内心。一次次自编自导着离别的闹剧，可却一次次无法冷漠拒绝那些尘封的冷暖，并苦苦纠结其中，疲惫不堪。也许命运总是在开玩笑，也许人生的每一次偶然相逢，都会有喜有悲？这便是人生的滋味吧！朋友，人生寂寞旅途的陪伴者，在每个人生活轨迹里的一个小小的插曲，短暂而没有什么新意。朋友，如若不曾相遇，你还在你的世界里，继续平淡你的平淡，幸福那简单的幸福，也许真的不该用情来互换，那样我们就不会有太多的期待，更不会在彼此的心间留下缺憾。深深明了，你在你的世界，我无法逾越，我有我的空间，你不能迈进来，何必强求那些虚无的在乎？

千金易得，知己难寻。朋友，你是否还珍惜曾经的岁月？那些泪与笑交织的日子里，在彼此付出真情时，开心的笑脸，在聚与散中演绎的那些痛与欢笑。承诺与信守的那片心灵的净土，依旧保持着原有的纯净，并将它恒久珍藏在内心深处，永远不再是沙漏。解读朋友的深意，原来人心也会和岁月一样无情，它永远不会一成不变，那些岁月中沉淀下来的情感，也会随年华远走，不会为有缘无分的人停留。擦肩而过的人海里，错过了，就错过吧！并不遗憾。我的世界你来过，你的世界我也驻足，就已经足够了！分离就分离吧！只要彼此安好，还有什么需要计较呢？

回望漂泊的半生，风雨飘摇的尘世中，善良、正直是我为人的首选，从不随波逐流，更不会虚假敷衍任何一份情感。举目四望，问自己，在这个秋天里，收获是什么？终究没有答案。

飘零的落叶，飘荡的灵魂，归宿在哪里？依靠在何方？问君还有几多忧？无情风雨锁深秋，触物伤神，怎堪春花秋月？一帘秋雨，映出百态人生。瑟瑟秋风，吹不散那些遗失的过往，而情似苦酒，一生尝之不尽，心如止水，还需千顷波澜不惊！此刻，时光的轮回中，季节不缺，而是情阙矣！

8 雨夜八章

三月的江南，春色如画。那多情的细雨飘洒在南国这片沃土之上，也温润着暗香涌动中，那份清浅的光阴。然而，缠绵的春雨迎来季节的交错，也给漫长的夜平添了更多的遐思……

夜雨敲窗，春色妖娆了无痕。在安静的长夜里，我伴着丝丝的细雨独自站在窗前，静静地欣赏着雨中的南国之春。缠绵的细雨滴滴答答敲打着古铜色的窗台，清洗着暮冬过后的最后一丝尘埃。立在窗前，透过朦胧的雨雾，借着路灯昏暗的光线，小区内的景致也尽收眼底。远望，青石板铺成的曲径两旁，绿荫重叠，生机盎然。此刻，对于生于北国的自己，竟然分不清这个季节里冬与春之间真实的差距。那柔柔的细雨滴落在君子兰摇曳的身体上，伴着微风吹起了一团团雨雾，冲洗着它青翠的枝蔓，要它傲视群芳。不远处的紫荆花在细雨中伫立着，那些淡紫色的花朵在枝头嫣然绽放，安静地度过了寒冬的最后一抹时光。那怒放的花蕊羞涩地亲吻着叶片上滴落下的雨滴，倾洒着对春天的柔情一片。笔直的梧桐，枝繁叶茂，枝干上也生出了新的叶片，嫩绿的叶片如婴儿的新生，叫人好不怜惜。此时，内心涌动出一丝感触，感叹四季如春的南国那别样的美。江南的春并没有北方的浓烈、张扬，江南的夜雨却细腻得如诗人的情感，同样荡气回肠。思绪迂回，夜雨中，那曲径之外的风景，更要人思绪翩翩……

夜雨多情的守候。迂回的目光中，一个身影透过了雨幕，清晰映入眼帘。高大的古榕树下，一位小伙子在左顾右盼。细雨里，没有雨伞的保护，已全身湿透。我想，此刻，他一定会很冷。或许，他是上班回来，忘记了打伞，在避雨吧！然而，看着他在树下不停地踱着步，不停地低头看着腕表，往前走几步，又退回来，犹豫不决的样子，已猜出他的心思。望着雨里，他多情的顾盼，已然明了，原来他在等待心上的姑娘，在赴一次最美的约会。他的犹豫，就是不想失去对爱的执着啊！伴着时间一分一秒……在流逝，内心涌动一股暖流。原来，守望的爱情，也是一种不可言说的幸福……那么，在岁月更迭中，还有多少遗憾的遇见呢？我不得而知。

荷塘细雨平添了碎念。俯首窥探浸满雨水的荷塘，满池的荷花舒展着绿色的叶片，细雨微风的轻抚，使它摇曳着丰硕的身姿，水中不时荡漾起一团团的涟漪，也尽显荷花妖娆的体态与静美。眼望荷塘，心生浅浅的情愫。这随风款款舞动的荷花，时常被诗人比作尘世间的好女子啊！用淡雅、清丽、不俗、出淤泥而不染的词汇来赞美她的纯洁，那是对荷花怎样一种欣赏呢？于此，不禁感叹诗人的想象力与文采，能够如此对女子厚爱，那是一种多么博大的胸怀呢？然而，转念深思，原来艺术永远是高于现实之上的一种神圣的化身和产物。回归现实的人们，又有几人可以做到细雨清荷的那种超凡脱俗，不为浮华所倾倒，不为虚荣而弯腰的气节呢？那些源于荷花的赞赏，我想，不一定适合所有的女子吧？徒有其表的外在，失去本性的纯真，肆无忌惮地超越道德的底线，那样的女子岂不亵渎了荷花的美名？敷衍了诗人的万千情愫？何以对得起荷花的美誉？

蛙声入耳倾诉生命的气息。静夜听雨，别样滋味在心头。茂盛的荷塘，偶尔传来蛙的鸣叫，欢快而热烈，渲染着夜雨里的这个春天。那呱呱的鸣叫，在告诉沉睡的世界，春的讯息，也在预示着生命的痕迹。此时，不由回忆起儿时的家乡，夏日里的蛙声一片，依稀又传入了耳鼓。当时淘气的哥哥每逢青蛙繁衍时节，总会捉回几只颜色不一的青蛙。他把它们捉到罐子里面闷着，看着它们缺少空气上蹿下蹦的样子而捧腹大笑。这时，邻家善良的大婶便夺过哥哥手里的罐子，轻轻打开还它们空气。还会骂哥哥的残忍，要他去放生，不要害了无辜的生命。然而，如今的乡村蛙声遥远不可及，那些青蛙，在农药的侵蚀下，也逐渐消失在田间地头。如今，城市里可见的青蛙，也成了人们餐桌上的美味和放生的替代品。那些被伪善的人们放生的养殖青蛙，在无法适应自然条件下，无奈地死去和消亡。然而，它们用生命换来的代价，会对那些放生者与参佛修道之人什么样的安慰呢？我想，这些只能问他们自己了吧！

茶香四溢温润着夜的时光。一壶淡淡的普洱，一杯暖暖的香茶，固守着家的温馨。一直喜欢茶道的爱人，每晚都会小酌几杯，细品普洱的味道，也时不时夸赞几声茶的清香。每每如此，我都会付之一笑，对他依赖茶道的情怀丝毫没有兴致。相反，还会撇着嘴，嗤之以鼻。告诉他那是高雅人士的权利，你一个粗人怎么好效仿呢？想到此处，无不为自己的思维感到了自责。其实，回味人生，每个人对生命的要求不也是如此吗？都有自己的嗜好，都有自己的追求，那么为什么有些人只想自己的喜恶，不顾他人的感受呢？我想，我的这种举动也是一种别样的自私吧！

寂寞的花瓶在孤独中等待。客厅宽敞的茶几上，一个流光溢彩的花瓶安静地摆放在桌子中央，伴着夜雨孤独地在角落里沉沦。玫瑰、百合、康乃馨、一个个过客的光临，要它经历着遇见的欣喜，离别的忧伤。那些鲜花从含苞未放到衰败消亡，匆忙地来，心碎了去，竟把中看不中用这个名词赋予在了花瓶身上，那是对花瓶极大的讽刺。我想，这就是人们常说的，无情无义吧！

与雏菊的馨香一起慢慢躺下。窗外的夜雨在敲打着春的门楣，在暗香涌动中展示着江南春天的羞涩之美。安静的室内，丝毫没有被夜雨的光临所打扰，竟然弥漫着一股幽香，并直入鼻息，和窗外潮湿的空气格格不入。客厅的一角，一盆悄然开放的雏菊，散发着幽幽的馨香，渲染着这个平凡的雨夜。都市里的人们，喜欢百合花的高贵，玫瑰的浪漫，康乃馨的温情，总是忽视了雏菊的存在。其实，菊的心思有几人能懂得呢？它以平凡的身姿，绽放季节的美，从不攀比，哪怕只有瞬间的绽放也要体现自己的价值和意义，这何尝不是一种宽容？无眠的夜雨里，聆听着菊的心事，不想失眠时数绵羊……

一阵浓重的鼾声打扰了我沉思的梦，卧室里传来爱人惊雷般的鼾声，显然睡得很香甜。轻轻走入室内，借着台灯的微光看着爱人的脸庞，一股暖流融入心底。均匀的鼾声，节奏时缓时快，搅扰着夜的安宁。轻轻抚摸爱人结实的臂膀，倾听鼾声弹奏的乐章，这个夜晚不再显得那样漫长。此刻，一种无言的感动在心底荡漾开来，明白，平淡相守才是人生最大的幸福。

9

秋舞枫红醉相思

落叶飘零,满山枫红的时候,秋,便在不知不觉中悄然来临了。她身披火红的盛装,与飘荡在风中的枫叶翩翩起舞。此刻,醉舞于花间山林,游弋在布满相思的土地上,便倾注了情,惹尽了相思,将季节交错。抑或,在闲暇时,一个不经意间,悄然走进铺满枫叶的世界中与落叶的身躯撞个满怀,便足以让人怦然心动了。

枫叶红了的时节,关于秋的故事就多了。秋来,枫红,多愁善感的人们,寄托情感,惹尽相思的时刻也就如约而至了。或许,在这样的日子,将自己融入秋色,走进枫林深处,与层层叠叠交错的枫树邂逅,和其热情似火的情怀相拥,悠然捡拾一片躺在泥土中的枫叶,将心融入诗意的情怀中,更是一种独享的静美。

"远上寒山石径斜,白云生处有人家。停车坐爱枫林晚,霜叶红于二月花。"细细品味诗人杜牧描写秋日枫红的诗句,心中对枫叶更添了一层喜爱。想象着深秋时节,诗人沿蜿蜒的山路拾级而上,宽广的天空中,飘浮着朵朵白云,在云雾缭绕的地方隐隐约约可以看见几户人家,透露着安静祥和之美。如此美景,让诗人不由得停下脚步,驻足在这个落日余晖的傍晚。远远望去,那被秋霜打过的枫叶竟然比二月盛开的鲜花儿还要红艳,真是美不胜收。

枫叶，寓意高洁的灵魂，不惊不扰，燃烧自己，唯美了这一季秋色，这何尝又不是一种特有的品质和情怀呢？那火红的枫叶，红得如流淌的血液，沉淀了整个春夏的时光，带着对季节的依恋缓缓飘落。枫叶似火，而秋却如此淡雅、娴静、丝毫不张扬而来。秋色中，花，依旧娇媚，蝶舞翩翩，风轻柔地摇曳着枝头的硕果，秋舞动着曼妙的身姿踏着轻盈的步伐款款而来，捧着枫叶火红的心姗姗而来了。此情此景，轻握枫叶，生怕弄疼她的躯体，更怕惊扰了她，落一地相思成灾。

　　也许，多情的人，总是有一颗柔弱的心吧！面对如此沉静的秋，禁不住唏嘘感叹枫叶的凄美和其奔赴红尘之中，甘愿粉身碎骨的壮烈了。溢满相思的红叶啊，你怎么能让人不思不想、不欲不求？又怎么能让人做到心如止水，波澜不惊？多情的人，柔弱的心，枫叶的情，秋的静美，无一处不触动了此刻的心。倘若，偶遇一个明媚的秋日，与满山的枫叶为伴，独自采摘一份淡雅，宁静的情怀，拾一处幽静的天空，舒展对秋的相思，或许相思的境界也能更浓烈些吧！

　　"片片枫叶情，悄悄惹相思"，这是诗人赋予枫叶的使命。安静的秋日里，独自一人，漫步在枫林深处，手捧火红的枫叶，悄悄念，深深思，慢慢回味，品读人生的况味，别有一番滋味在心头。秋有秋的收获，能与枫叶相拥，虽时光短暂，但依旧魂牵梦绕。落叶有落叶的忧伤，能与秋共舞，与深爱的季节相伴，还有什么能阻挡得了呢！默默此情无语，秋的物语爱着枫红，叶的心声，便是思念着秋。情丝长，秋霜寒暑，秋霜染，相思情长。秋与叶的爱恋，本是轮回中的缘分，也是生命起始的必然。如此，秋日情浓，秋色独好，走出喧嚣，独自种下一份枫叶飘零时的不解相思，也绝非偶然。

　　秋来了，枫叶落了，我便老去了吧！那盈满内心的思绪会不会随着枫叶的衰败而消失呢？我想，不会。爱极了枫叶的静美、淡雅、柔情，却一直不懂得相思何意，在秋这个收获的季节里，于我，难道要生生辜负了你的千般相思、万种柔情吗？

有人说，枫叶红了，正是我想你的时候。我想你的时候，你是否也在心里牵挂着我？这个世界我来了，你是否也在守候？冥冥中的约定我已如约而至，而你又身在何处？那刻骨铭心的思念，也夹杂着无奈的情愫。秋风萧瑟，落叶残，这个秋天，可否还有执念？秋不懂落叶的心，落叶却懂得秋的情怀。喃喃自语，你不懂我，我不怪你，我来过，就证明我无悔今生了。难道，对于相遇中的我们，这些还不够吗？我去了，你还在吗？相望于江湖，相守于心海，那是多情人对相思苦无药的一种最美寄托吧！此生，能远远观望，能悄悄思慕，能走进一个彼此懂得的世界，无欲不奢求，不惊不困扰，不恨不纠葛，完美了秋风落叶的千古痴情和圣洁之念吧！身处秋色之中，手握枫叶醉相思，天涯的那端你可知？秋守候着枫叶的美，那密布在枫叶身躯上的经纬，正如流动的血液，刻上你的名字。为我种下相思的枫叶啊，我想，此刻，你已经悄悄来了，带着对我满心的喜欢，揣着对秋无限的爱意，将相思捧出了你的心怀，对吗？

世间情，情思千种，终究无解。看枫叶飘零，如跳跃在内心燃烧的火焰，将秋的爱火点燃。我想，秋，是爱着枫红的。不然，怎么会跋山涉水，挨过了那么多的光阴来与你相遇？等待了那么久不惜蹉跎了年华换取倾心一笑呢？默默喜欢，寂静欢喜，守候一份最美的情缘。你来了，带着季节的消息，带着脉脉柔情，装点我生命的短暂和残缺，便已足够！我在，你守候，你在，故我念。秋与叶的约会，情与思的融合，这个秋天与我，或许，能做的却只有辜负吧！

"思飘明月浪花白,声入碧云枫叶秋。"思绪飘飘,秋意渐浓。此刻,朗朗明月,恰似洁白的浪花,敲打着泛起涟漪的心湖,被秋的热烈和枫叶的多情所扰。仰望秋色,独赏枫红,蓝天碧水,枫叶浅秋,唯美了这一季年华的经纬,铺满了爱与恋交集的无限相思。这个秋天,枫叶依旧似火燃烧着整个生命,谱写着与秋的恋歌。红尘滚滚,你在何处?落叶飘飘,情在何方?秋,禁锢了我对枫叶的深情厚谊,枫叶,却托付给我一生对秋的刻骨相思……

10 秋雨梧桐叶成冢

八月未央,浅秋悄然来临。在这个收获的季节里,江南雨也总是毫无预兆地突然来临,为这个金色的季节平添了一丝凄凉。文人悲秋,喜欢文字的自己也一直将飘落的叶子当成宣泄伤感情绪的一种寄托。一次次将秋风落叶,细雨悲秋当成了抒发伤感的对象,并不厌其烦地融入散碎的文字中,来换取心灵的安慰。

此刻,独自坐在角落里,望着门外倾泻的大雨,看着大雨中奔跑的人们,内心涌动着一丝酸楚。惊雷闪电,暴雨倾城,总是那样地让前行中的人们措手不及。安静的空间里,音乐里传来了谭咏麟的《讲不出再见》,伤感的歌声如涓涓细流渗入心底。"是对是错也好,不必说了,是痛是爱也好,不须挽留;何事更重要?比两心的需要,柔情蜜意怎么可缺少?是进是退也好,有若狂潮;是怨是爱也好不须发表。"仔细聆听歌声中的倾诉,心底竟然多了一丝伤感,将平静的心湖搅乱。

是啊,人生本来就是聚散在不断上演,而遵循着一份执念的人们,无时无刻不在对与错、真与假之间徘徊纠葛。独行的路上,因一个"缘"字邂逅的一些人,经过了无数次风雨的洗礼,成为了朋友,并彼此走进了内心深处。然而,尘世变幻莫测,缘分可深可浅,心中想的总会和现实背道而驰。当心中美好的事物被摧毁,无情转身的画面就如约登场了。

也许，有些离别，不是刻意而为，有些转身，已成必然。那么做一生朋友的愿望，也在承诺的虚空中走到了尽头，消失在记忆之中吗？

风吹叶落，雨泻心伤，也许风和雨永远是秋天的永恒主题。秋风扫落叶，悄然无声飘落，其实是为了一个更好的开始。一阵儿风吹过，叶片纷飞，各自飘散，没了影子。面对那些不知名的叶子，飘飘然，坠落尘埃，散落在泥土中，内心一阵刺痛。知晓，叶子为的只是一次与大树的擦肩而过，便完成了使命。或许，叶子中那个小一，小二，名字没人会记得，便陨落在茫茫大地，消失在秋的时光里，不再有人想起。叶子留恋秋的美好，大树等待叶子的再次轮回，彼此于风雨中静静等待冬的光顾，更希冀下一个春的萌芽！这个金灿灿的秋，我又留下了什么给自己呢？是幸福，还是痛苦，是相聚的欢喜？还是转身离别的哀伤？早已分不清……

听着熟悉的音乐，写进对秋的更多眷恋。心底轻轻地叹息一声，人这一辈子活着不容易，能真正抓在手中的东西为何少之甚少？有些时候迫切得到的东西，往往无法如愿，别人却唾手可得。你不要的东西，不喜欢的事物，不一定别人不看好，能达到你心目中完美的东西永远寥寥无几。是自己过于苛求完美的程度吗，还是自己过于依赖一份根本就不存在的真实情谊呢？有缘相识，真心相待，走进彼此，甘愿付出无怨无悔，难道这一切原本就是错的吗？

一声朋友，便肩负着风雨同行的责任。一句温情的话语，足已温暖冰冷的内心。那一次次灿烂的笑脸，那一回回毫无所求的给予，难道就那么一文不值吗？朋友二字，不是挂在嘴边的礼貌用语，他需要真心交汇。朋友的深意，虽不同于爱情、亲情，但也需要执着守候。一声朋友重千金，千金难买一句承诺。因为珍贵，才会渴求。因为在意，才会黯然神伤。聚与散一念之间，你不在意，我失去了你，又有何妨？

一直以为，人活着，能珍惜眼前的幸福才完美了活着的含义。手里抓得到，目光能及的地方才是最真实的拥有。当无形的枷锁，禁锢了卑微的灵魂，那些脑子里遥不可及的想法，竟变成了虚空。不要说自己没有得到什么财富，不要抱怨自己没有得到朋友的真心，在你牢牢禁锢着情感的同时，你已经失去了走近她或者他的理由！天涯，只在一念之间便可成就。孤独的旅途，永远要一个人走。放手，给一切自由，看着你能微笑，还有何求？！

消失的背影，留下了一串串深浅不一的脚印，那是我们之间真实的交错，也验证了一份最美的情缘。时间见证情谊，岁月将季节转变，永不停止它的脚步，何况一次简单的相遇？天真的自己，总以为每个人都有自己的人生准则。做人的原则，包括做事的态度，他完全取决于对待事物的心态，也来自真实的内心。真正的朋友之间，情感是纯净无瑕的，言出必行才是真心相对。反之，一方的付出在一方眼里成了虚无和摆设，那么默默坚守便没了意义。

真正的朋友，永远是背后支持你的人，能默默无语帮助你的人，请不要轻易放弃。其实，真心的朋友，想要的不多，只需要一句真话，一片坦诚，一辈子不违背诺言而已！每个人都不是神，都会自私，也会犯错，相互的理解，彼此的真诚相待真的很重要。朋友，无论昨天，今天，明天，我都秉承着一份至真至纯的情感，来维护着情义二字的城池，并坚守着做人的底线，来完善来之不易的缘分。失一城，也许无所谓，失去了心的温度，离别也就近了，更近了。独自站在光阴的路口，不是茫然，而是麻木了，心便没了最真的触动，此刻转身离去，请不要怪我……

每个人生来就注定在孤独中度过一生。一路风雨，一路欢笑，一路坎坷，一路同行，我们总会在不经意间邂逅一份至真至纯的情感。亲情、爱情、友情，无不日久弥香，渗透进我们孤寂的情怀，并一路陪伴我们走过漫长的人生之旅。人海中轻握一份缘，在陌生的路口恰巧相逢，它如同三月的春风，和煦，轻柔，又似细雨绵绵的秋，阴晴不定，让人纠葛其中。情路上人们遵循着一份执着，一片坦诚，付出一段弥足珍贵的光阴，企图读懂朋友的真正含义，并拥有一份值得守候的情义。然而，苦短的人生中，时常会掺杂着欣喜和悲伤，也会有真情和虚假，轻而易举握在手里的缘分往往不懂得珍惜，在一次不经意间便各奔东西。其实，对于感情而言，珍惜付出，懂得感恩的人才配拥有至真至纯的情感。真情不是轻易得到，能走进一个人的内心也要经过漫长的一个过程。你不懂我，我不怪你，你不珍惜，说明我根本就没有走进你的心里，那么作为朋友的承诺也就失去了意义。

曾经认为永远的东西瞬间消失，曾经认为纯美的感情稍纵即逝，没了痕迹。曾经认为珍视的情义，在流逝的岁月里远走，竟然如此不堪一击？都说回忆是最美好的片段，它能留下成长的足迹，也能保存一份最美的真情。时常抱怨人心的薄凉，总想用柔弱的身躯去为朋友遮挡风雨，然而，一个人的热情终究不能温暖冷漠的人情。面对那些已经在不知不觉中悄然形成的感情裂痕，那些真心真意真的就浪费了吗？我想，不会那么轻松吧！

如今，回忆起因缘分而相逢的朋友们，那些驻留在生命中的感动和过去的点点滴滴，那些曾经珍视过的脸，依旧在眼前浮现。空旷的空间里，人来人往，喧嚣依旧。那些曾经为了情义所书写的文字，依旧静静地摆放在空间里，可惜早已物是人非，孤零零地没了生机！没有开始的开始，失去了本真的初心，埋葬了过去的日子，消失在曾经的记忆中。朋友，当岁月的洪流淹没了一切，他年他月，你还会记得曾经在文字里的交错吗？还会记得那份珍视的缘分吗？也许，那些缘分，碎了一地，变成了悲伤！

不止一次在内心质问自己，什么样的情义才是最完美？怎么做才能留住生命中最美的时光？终究没有答案。无数次叩问自己的心，我真的如此无情无义吗？我真的那样过于自我吗？我真的那样在乎一份份不值得珍视的情感吗？我到底是什么样的人？自私、多情、虚假、市侩，还是冷漠无情？事实证明，我错了，错得一败涂地，错得没了自我。为了别人的喜怒，一次次倾情于文字，一次次书写着自己的情感，希望能够带给自认为是朋友的人些许的温暖，来完美彼此枯燥的人生。此刻，丝毫感觉不到秋的温暖，莫名的屈辱纠葛在心底。质问良心，到底有几分重量？那些所谓情义还有何意义存在？缘分不过如此，散了，就散了，如云烟没有任何价值，只能装点空旷的天空。情义，没有任何意义，没了就没了吧，烟消云散，随风去吧！

雨幕江南，秋风萧瑟，落叶残，断了执念。如此，整理早已疲惫的身心，收拾好心情，跟过去的一切挥手作别。眼里除了依依惜别的泪水之外，却讲不出再见，因为柔弱的内心早已麻木不堪，装不下任何的负担……

第五卷 岁月无声别匆匆

1
岁月无声别匆匆

人生中的种种重逢和缘分，都是一次倾心演绎的盛宴。很多时候我们不能知晓未来的路上会遇到什么样的人，乃至不可预测的事物。满怀希冀的人们，总是带着希望前行在每一个季节变换的时光里，总是面带微笑，一次次走走停停，一次次静心守候。世事无常，变幻莫测，很多路遇的人成了匆匆过客，匆忙而来，绝尘而去，浓缩成了一道道风景，注定成为心中的遗憾。都说光阴无情，岁月蹉跎，苦短的人生路活着不易，细细回味，原来这一路走来，善变的不是风景，而是无法预测的人情冷暖。缘聚缘散，如风吹落花，瞬间陨落尘泥，化作云烟，无法阻隔永恒，也无法成全聚与散的机缘蜕变。

匆匆又匆匆，当时光在匆忙的脚步中悄然流逝，将一些光阴中的缩影渐渐遗失在一路行程中。悉数盘点，年少时光里的懵懂、纯真，早已被年华的沧桑所掩盖，流逝的青春在光阴中蹉跎。回忆，或许永远是一场戏剧，或悲或喜，或温暖，抑或凄凉。人到中年，渐渐归于平静，波澜起伏的洪流中，早已宠辱不惊。隐忍，宽容，安静平和，大度些去接受一切的不如意，乃至有心无意的伤害，抑或是人走茶凉的现实，又何尝不是对自己乃至别人最大的慈悲呢？学会淡然，便不再奢望名利的赐予，懂得了感恩，便对那些沧桑岁月里来往的过客没了怨恨。

平静的心，不再有太多的疼痛，或许麻木了人情冷暖，或许已经明了匆匆忙忙这一生的真正意义吧！微笑面对离去，流泪回忆曾经，感动生命里所有的迎来送往，让彼此的身影消失在人海茫茫。不忍再揭开伤疤，不想再去残忍地撕破心中的梦，往日的场景里，寻找记忆碎片，迂回在生命的每一处风景依旧美丽，却少了一份心灵的悸动。

常听人说，懂得生活的女人是优雅和品位的双重化身。韵致，是一个女人灵魂的外衣，也是生活中最美的情调。韵致的女人，集气质、修养、沉稳、宁静、淡雅于一身，在喧嚣中崇尚真实善良的自我。她可以没有出众的容貌，可以没有高贵的地位，不必风情万种，不必妩媚妖娆，却不可缺少自尊、自爱，乃至岁月中沉淀出来的从容。女人，彰显自我价值，独立人格，娴静优雅，固守住心灵的城池，别轻易让灵魂低俗到尘埃，让独有的韵致发挥到极致。

修养，是一个人的价值名片。人生而平凡个体，必须通过后天的磨炼和时光的沉淀才能让其魅力发挥到极致完美。没有天生丽质的美丽女人，没有与生俱来就多才多艺的内在，所有的魅力价值都应该需要一步步走过来，在经历中丰富人生，在时光流逝中变得优雅淡定，磨炼其意志，乃至从容不迫地面对生活赋予的喜怒哀乐，才完整了女人这一生的价值。平凡女人，只需做好自己的本分，懂得知足，学会淡然，减法欲望不奢求、不攀比，把握手中的幸福，抓住生命中每一个刹那的惊喜，拥有善良的慈悲之心，将美融入灵魂深处……

女人的魅力，并不取决于容貌，也不是来源于地位出身以及环境有关的任意一个因素。女人之美，来自善良的本性，仁爱的心，而非以容颜作为资本的外在。气质是女人的风景线，内涵是女人的名片，书香味道便是提升女人涵养的重要途径。男人能成为真君子，必定需要修为，女人可修养生成，必定要树立自尊、自爱，远离卑贱行为，才能得到异性的青睐，否则反之。真君子坦坦荡荡方为人，弱女子平平淡淡才是真。

　　人生苦短，活着艰难，如何能活着却难上加难。于生活姿态来说，抬头是一种高傲的状态，低头何尝不是一种谦卑的品行呢！没有与生俱来的高贵，又何尝有懦弱退缩的卑微呢！人生不怕失败，就怕退缩。成功需要百分百的努力，日积月累的经历才能聚集财富，收获所追逐的幸福。你的幸福，我不曾仰望，我的痛苦，也无须他人分享。

　　坎坷、波折才是人生，喜怒哀乐才是生活，人的一生如浮萍缥缈，似流水落花，在风风雨雨中一路喜乐哀歌，走不出流淌泪水的岁月长河，也留不住每一次幸福的匆匆路过。人生一辈子，苦也好，痛也罢，能勇敢走出阴霾的才是强者，敢于坚持不懈努力到最后证实自己的价值，才叫坚强。人世间，没有一帆风顺的行程，一路风景，一路追逐，擦干泪水的时刻，留在身后的便是永恒的风景。生不容易，活太难，没有艰难，便无法完美这一生的路，没有痛苦，便无法验证快乐的价值。幸福来源于自身的心态，追逐梦想踏着坚定的脚步义无反顾地走在路上，留下欢声笑语，才丰满了这一生。

　　光阴恰似一条奔腾不息的河，蜿蜒曲折，在心底静静地流淌，诉说着平淡的生活。途经岁月的河，我慢慢行走，在青山绿水之间漫步，在广阔苍穹中独舞。恋上孤独的美，享受寂寞的味道，在禅意的安宁中温润光阴。宁静的水面，泛起柔柔的碧波潺潺，向远方延伸。似乎，这光阴没有尽头，那穿过发尖、心底乃至脑海里的所有回忆也都归于平静。喜欢这份宁静的美，丝毫没有喧嚣，侧耳倾听，听浪花儿朵朵与鱼虾嬉戏，听穿越脚下的水流声，与光阴的窃窃私语，与心灵的撞击声，洗涤灵魂的污浊，纯净了那份浪花儿与河之间情感的圣洁。

  喜欢夜色的沉静，习惯了在静谧的夜色中，将心搁浅，那些包裹着所有剪不断、理还乱的思绪，总是夹杂着矛盾，给平静的夜色平添了太多太多的清愁。或许，平凡如我，恰似角落里的一株草，不为众星捧月的璀璨，不求群芳争艳的暗香，只愿在这寂寞的时空里，与禅意时光相伴，和寂寞的灵魂自由飞翔。

  渴望阳光，惧怕寒冷，无数次希冀置身于纷扰之外，享受一个人该有的安逸。枯燥的人生，或许永远不能如愿，多姿多彩的生活就像这一片绽放的花海，既芳香扑面，招惹蜂蝶儿的钟爱，又在季节变换中点缀旖旎的风景。世间万物苏醒，赖以生存，无不相互依存，没有天空的广阔湛蓝，如何有候鸟翱翔的自由？没有云朵儿的飘逸，如何有风儿的缠绵多情？花开的季节，怒放的花蕊沁人心脾，让生命在阳光明媚的天地间尽情歌唱，没有忧伤。每一个盛放花香的时光，都是上帝最美的恩赐。阳光普照着大地，风中飘散着诱人的阵阵花香，蝶恋花间双双舞，扬起笑脸做一滴花瓣中晶莹的雨露，汲取万物精华，在时光流逝中慢慢沉醉，闭目聆听世界的声音，沐浴在阳光下，品尝幸福的滋味，任时光匆匆再匆匆……

❷ 梅之魂

梅兰竹菊堪称花中四君子,而梅花则以独特的风姿为四君子之首。早春二月在残雪消融,春寒料峭之际,悄然覆盖在冰雪中的梅花便暗香涌动了。如此时刻,也预示着春的到来。每逢此刻,遐想着于喧嚣的尘世中,邂逅一处梅园,寻觅一方幽静的方寸之地,独自一人伫立在漫天的冰雪中,用爱慕的眼光,窥探梅花娇艳的身姿,领略其冰雪中挺立的铮铮傲骨,便与姗姗来迟的春撞了个满怀。拾一份平静的心境,感受初春里梅香涌动的微寒,拥抱花瓣般漫天飘雪的清凉,采摘一剪雪中傲骨的梅,轻轻送入唇边,闭上双眼,轻嗅花香,让梅香浸入鼻息,瞬间便涌入了梅花的点点幽香,勾勒出心中完美的梅之魂。

傲雪之梅—惹群芳妒。"梅雪争春未肯降,骚人搁笔费平章。梅须逊雪三分白,雪却输梅一段香。"初读宋代诗人卢梅坡的这首《雪梅》不由心生感叹。才华横溢的诗人寥寥几句将雪与梅之间各自的美一一展示给世人,无不让人叹为观止。梅骨子里具备天生的尊贵,雪与梅彼此之间那样密不可分,在诗人的眼里神圣不可亵玩。梅比雪逊色晶莹剔透三分的美,而梅却比雪胜出一段暗香,也诠释了梅在寒冬中的稀缺。犹喜雪中的梅花,他能在漫天冰雪中傲视群芳,不逊色于纯净的雪。梅,自古以高贵的身姿,顽强的品质,傲立于尘世,清香淡雅,超凡脱俗，有着一种不可亵渎的灵魂和品质。他不同于花中之王的牡丹那般雍容富贵，也不同于桃花的妖娆妩媚，更没有玫瑰的浪漫诱人。他能用一剪倔强的身姿，迎风傲雪，绽放极致的美，装点枯燥的冬，这何尝不是一种脱离凡尘的高贵？不屈从于虚荣的情怀呢？

画中之梅方为梅之魂。梅花堪称有骨气的花儿，二十四番花信使之首，被誉为"花魁"。著名画家许小铭先生笔下的梅花堪称一绝。近观，那挺拔的枝干，俊美的枝丫，映雪吐艳的色彩，凌寒飘香的不凡气质，形象传神。远看，冰雪中梅花千姿百态的身姿，惟妙惟肖的形态，气势非凡的傲骨，彰显了梅的与众不同。画家笔下梅的雄浑有力，渲墨自然洒脱，将梅花柔中带刚、刚柔并济，诠释得淋漓尽致。然而，高洁的梅，尊贵的梅，岂能仅仅用妩媚多姿来形容它的美丽。雪中的梅，铁骨铮铮来形容岂能说尽他的高雅圣洁，坚韧不拔、自强不息的坚贞气节和一种坚强刚毅、大义凛然精神才能让梅之魂极致绽放。

"宝剑锋从磨砺出，梅花香自苦寒来。"这是常常用来激励身处逆境中的人们的经典名句。宝剑的锋利必须要经过天长日久的打磨，才能崭露其锋芒，使其锋利无比，才能展示其自身的价值。梅花的暗香涌动，傲雪绽放也必须经过严冬的考验，冰雪的欺压，方能凌寒傲雪，馨香四溢。于是，我们明了，人生在世，不如意十之八九。生活中根本就没有一帆风顺的坦途，也没有毫无瑕疵的事物。面对坎坷、波折、困惑和失败后的消沉，我们唯一能做的，一定要经得住考验，不退缩，坚持自我。在困苦的环境下不浮躁，不懦弱消极地看待眼前的失去与所得，用不懈的努力来完善自我，体现活着的意义，这便是梅花品质与人的品格的相同之处吧！成其大事者，必先苦其心志，累其体肤，厚积薄发，才能将生命的价值发挥到极致的美。然而，雪中之梅，不仅多了画家笔下栩栩如生的形态中的绝美，文人墨客诗中浪漫多彩的情怀，更多的也是人类情感中不可或缺的一种精神寄托。

梅之魂演绎尘世间爱情的刻骨铭心。喜欢梅花的高洁、清香，更喜欢它无畏冰雪的傲骨。它总能在冰雪中傲视群芳，总能在严寒里顶风冒雪，独领风骚。梅花象征着人的风骨，也预见着唯美的情感。每每聆听姜育恒的《梅花三弄》，内心都会透露出一种莫名的伤感。"红尘自有痴情者，莫笑痴情太痴狂，若非一番寒彻骨，哪得梅花扑鼻香？"伤感的歌声里倾诉着纠葛在爱与被爱中的人们对情感的独白，和对完美爱情的无限渴望。红尘滚滚，多少情感因为错过而消失在岁月的长河？人生短暂，有多少的情意在无奈中消亡？爱，是充满幻想的字眼，让人们欲罢不能。然而真正的爱，应该是彼此间真实的心灵交汇，怎能靠一份痴情独自演绎？更不是一厢情愿的单相思，如此的爱，将不是唯美，却是曲解了爱的真谛。两者间的爱情，被爱，是一种值得珍惜的幸福，但不能用索取来亵渎爱情的纯净。爱，必须具备至真至纯的基础，不应掺杂任何杂质。一曲《梅花三弄》，演绎着沧桑红尘中爱情的悲欢离合，曲解着梅花的高洁尊贵。古往今来，梁祝化蝶双宿双飞、牛郎织女银河相望，美化了多少爱情的千古神话，而屈身于冰雪中的梅花又埋葬了多少人对爱情的向往，葬送了无数个刻骨铭心呢？

梅之魂演绎真爱的坚贞。爱与不爱，爱与被爱，终究有着不可逾越的距离。正如欣赏、喜欢、爱情之间的区别。欣赏只是叠加在喜欢之上的一种感觉，情缘天注定，一辈子相遇的人都是生命中的过客匆匆，也如同两本打开的书。一本《从你的全世界走过》，另一本《你的世界我来过》便是完整了人生的内涵。这一生中，有的人让我们只能远远望着，而不能拥有，但却能触动你敏感的神经。那么，这就是欣赏的价值。喜欢一个人不需要理由，更没有理由，有的人相处了一辈子，无法走进内心，而有的人只一眼，便注定了珍藏一生的感动。爱情的含义，也不是肤浅的一种交易。真正的爱情是开在世俗的花朵，浪漫不乏平淡，奢侈中带着清贫，能携手一生的爱，才完整了爱的真谛。"梅花一弄断人肠，梅花二弄费思量，梅花三弄风波起，云烟深处水茫茫！"尘世间任何一种情感，都要经历很多的波折，一个人的一生中，也一定会有这样或那样的邂逅，完美也好，残缺也罢，都诠释了情感的曲线。人生苦短，痴情几度？劝君莫空负！刹那芳华，转瞬即逝，且莫错过，最美的花期。

"问世间情为何物？直叫人生死相许？看人间多少故事，最销魂梅花三弄。"一次次聆听歌声中的情感，一次次沉醉于梅的馨香之中。终于明了，爱梅花，不仅钟爱它的坚强，也迷恋它高洁的品质，更沉沦于它淡淡的幽香。好想，躲开尘世的浮华，卸去一身的虚妄，洗尽尘埃，将铅华隐去。独自一人，撷取一剪寒梅的风骨，悠悠然漫步于梅花丛中，那一刻脱离世俗的牵绊，不惊不扰，无为无欲，无求无争，达到虚无的形态。或身披皑皑白雪，于幽静一隅采摘一朵傲雪的梅，携一份至真至纯的情怀，悄悄走进梅的灵魂世界，静守那一份冰寒彻骨的美，轻嗅点点暗香，温润春的时光。深深期盼，在茫茫人海，能以梅的姿态行走在漫漫人生旅途，用坚毅的脚步来完美本就残缺的人生！

梅之美，不畏严寒，独暗香盈袖。梅之情，痴情难付，怎叫人不生死相许？梅之魂，君子之骨一惹群芳妒！

3
兰之韵

兰花位居花中四君子之次,并以谦谦君子之风而出名。它高洁的品质、典雅的情怀、淡雅幽香的美,深得赞誉。喜爱兰花,不单单是为了欣赏,而是一种敬仰。赞赏它独守一隅,即便在深山幽谷也能生存的那种精神,不慕浮华,不与百花争宠的心境。恬静,淡然,贤德的品格,对爱情坚贞不渝的花语,才彰显兰之韵。如此,兰花被赞誉为"花中君子""王者之香",也已不足为过了。

兰之美有谦谦君子风。自古以来,兰花都是国画中的佼佼者。著名画家赵孟坚、郑思肖、郑板桥等都对兰花情有独钟。他们笔下所勾勒出的兰花优雅的气质、高洁的灵魂和丰富的精神内涵,令人赏心悦目。纵观幽兰图,观其美,品其韵,闻其香,醉其魂,浑然忘我。远观,典雅的兰花,那飘逸俊芳、绰约多姿的叶片;高洁淡雅、神韵兼备的花朵;纯正幽远、沁人肺腑的香味让人陶醉其中。近赏,无论淡黄色的蕙兰,还是傲然挺立的花黄绿色乃至淡黄褐色,香味甚浓的剑兰,抑或寒兰、墨兰、莲瓣兰等诸多的兰花,所具备的神韵使人望尘莫及。

观画思境,陶醉其中。如此的意境,内心萌发了一种渴望。希冀择一日闲暇,能独自一人,走进幽幽山谷,漫步在偏僻安静的曲径小路,逢山水相依的一处所在,轻拥一份淡雅的情怀。天空空旷,群山无语,流水潺潺，偶尔有一两只飞鸟掠过头顶，啾啾鸣叫，惊扰着前行的足音。清凉的风掠过吹乱的长发，摇曳着修长的裙摆，轻吻着耳际脸颊，脑海里勾起了对兰的无限遐思。此刻，于角落里，能惊鸿一瞥，便与一株高洁的兰花完美邂逅。采摘一株淡雅的兰花，轻轻放在唇边，闭目凝神，轻嗅淡淡的幽香，沁入心脾，怡情恬静，浑然忘我。兰摇曳着优雅的身姿，不矫揉造作，不哗众取宠，安然静美，洗涤我卑微的灵魂。无数次感叹画家笔下的兰花那样多姿多彩，更透露着兰花的神韵，文人墨客笔下的兰也不逊色，别有一番风情。

文人墨客笔下的兰之韵。自古赞美兰花的诗句不胜枚举，并广为流传。孔子赞兰，于是说："芝兰生于幽谷，不以无人而不芳；君子修道立德，不为困穷而改节。"仔细品读，心生感慨。兰花出身于深谷，不在乎是否有人欣赏，依旧顶风冒雨独自绽放，散发出特有的幽香。首先，但凡君子必须修其心，以贤德为立人之本，不为富贵折腰，不为贫穷而媚骨改节，此乃兰之君子也。其次，兰花不为贫苦的生存环境、不为无人欣赏而失意所动摇的坚定向上的信念，也是一种大美的诠释。而四君子梅、兰、竹、菊中，和梅的孤绝、菊的风霜、竹的气节不同，兰花象征了君子涵养的气质，彰显了一个民族的内敛风华。

清朝诗人刘灏的《广群芳谱》中说道："兰生幽谷无人识，客种东轩遗我香。知有清芬能解秽，更怜细叶巧凌霜。根便密石秋芳早，丛倚修筠午荫凉。欲遗蘼芜共堂下，眼前长见楚词章。"更将兰花的独特品质和内涵表达得淋漓尽致。世人常常用兰的品质来赞美人，或者形容人的胸怀和气节。高洁之兰，兰心蕙质，淡雅脱俗，一度成为赞美女子的最佳词汇。感叹之余，内心充满疑惑。试问？浮华尘世，与兰一样不哗众取宠的情怀谁能做到？看淡虚名的又有几人？多的是杜撰的虚伪面具，矫揉造作的扭捏作态，岂不亵渎了兰的美名？名利场上的尔虞我诈，随波逐流、虚名背后的附庸风雅，鲜花和掌声里的同流合污，令人作呕。

兰之花象征坚贞不渝的爱情。兰除了高洁的外在、典雅的身姿、淡雅的幽香，它的花语也是人类对美好生活的向往！自古以来坚贞不渝的爱情、携手到老的婚姻一直是人们对爱情最美好的希冀，也是兰花的花语，铸就了兰隽永的情怀。相传兰花之所以得此花语，还有一段传说。很久以前，深山之中有一幽谷。住着一个非常喜欢兰花的女子，她种下各色的兰花，每到兰花开放的季节，山谷里的兰花便散发出来阵阵幽香，招来蜂蝶驻足采蜜，兰花的香气也飘出山谷，沁人心扉。恰好，一位富家公子，寻香至此，并与种兰花的女子一见钟情，深深相爱。然而，贫富差异遭到了富家公子家人的反对。为了守候坚贞的爱情，富家公子毅然放弃了锦衣玉食的生活，甘愿在深山与女子长相厮守，过平淡的生活，演绎了为爱固守清贫的一段爱情故事。

品味生活，我们细细回想，尘世间的所有情感都具备一样的形态。无论是亲情、爱情，还是友情，都需要一份执着，一份把握，或者是一种无私的给予。对于爱情来说，其实也是遵循着一份缘。人与人之间相遇不容易，茫茫人海，能够在无数次的擦肩而过中相识、相知乃至相恋，都值得珍惜。生活在现实中的人们，也时常渴望能在漫漫人生路上找到一个懂得自己，珍惜自己，深爱自己的人，并时刻渴望拉近彼此间的距离，让心贴得近些，再近些。然而，人的情感永远都不会一成不变，它会在特定的时间内，随着空间和环境的不断改变而产生无形中的距离。感情，不仅仅是一种精神上的依赖，更多的是需要一种心灵的碰撞和信守一份真诚。有的人一辈子都陪在身边，却无法走进你的内心,即便携手一生,却永远同床异梦。有的人只需一个眼神,一句贴心的话语,即使远隔天涯,也能走进彼此的内心,甚至一生珍藏一份无言的感动。

兰花的神韵,在于她馨香的内在和独特的气节。公子与种兰女子之间的爱情平凡并普通,但永远值得传颂。那么真正的爱情,和人类情感的真谛,不是来自彼此间等量的交换,随缘飘散不去珍惜,如此怎么能得到永恒呢?人生,本来就是一次孤独的旅行。这一生中,遇到了谁都是一个美丽的意外。情感的世界里,永远稀缺一心一意的痴情者,更不允许亵渎和敷衍。坚贞不渝的爱情,不是单方面的付出,而是彼此间的给予。有了这些,即便他日各奔天涯,又有何妨?

"我爱幽兰异众芳,不将颜色媚春阳。西风寒露深林下,任是无人也自香。"敬仰兰的高洁,爱慕兰的典雅,效仿君子若兰的气节。如此,面对清浅的光阴,双手合十,轻轻许下一个心愿。若有来生,希冀能在万花丛中,静静长成一株散发幽香的兰花,不与群芳争宠,不与虚妄同流合污。万物生息,生生不息,守候生命轮回中的风景,彰显君子之兰的神韵,或许也是一种独到的境界和修为吧!

4
竹之风骨

竹与松、梅生于寒冬时节，以其顽强的生命力和传统文化赋予的内涵而被誉为"岁寒三友"。然而，自古至今，竹以君子之风骨与梅、兰、菊并列花中四君子，其特有的品格和气节被世人赞誉且效仿。那么，借喻竹的品格与风骨来咏物言志的情结是否将其君子之风极致诠释呢？走进竹与人的不同世界，在不同的环境下来解读竹之风骨。

以竹咏志喻人诠释竹之品性。青青翠竹，能立于严寒而不屈；中通茎直，挺拔劲节，英姿勃发，彰显男儿本色。叶如剑，青翠欲滴，婆娑可爱，傲骨英姿。古往今来，诗人赞美竹，歌颂竹，它既有梅凌寒傲雪的铁骨，又有兰翠色长存的高洁，也暗喻了一个人不屈的气节。

大画家郑板桥一首《竹石》，"咬定青山不放松，立根原在破岩中；千磨万击还坚劲，任尔东南西北风。"完美诠释了其品质。竹能在严寒中不屈服，傲然挺立在岩石之中，经历千万次风雨的洗礼和光阴的打磨，依旧不卑不亢，任凭狂风的肆虐。直至今日，一首《竹石》依旧激励着无数身处困境中的人们。其实，人活着，就是一种姿态和意志的体现。

一个真正意义上的人，不论身居何处，不论地位如何卑微，当坎坷和不如意袭来之时，只要不屈从于失败和惧怕磨难，敢于坦然面对，就已经完善了活着的意义。生于这个浮华的尘世，既有一帆风顺，也会有急流险滩，经历让人丰盈，坎坷磨炼意志，灰心丧气只能让成功越走越远，内心渴望的幸福也会遥不可及。首先，竹与现实中的人们，同样身处逆境，能淡然处之迎面而来的风雨，能顽强不屈服的气节却值得人学习。其次，竹外表刚劲，内在"虚空"的形态，也成为了文人墨客诠释自身修为的代名词。

唯有"淡泊名利"，方能"宁静致远"。竹"虚空""萧疏"的特性，代表着舞文弄墨者谦逊的胸怀，不自傲的个性和超群脱俗不同凡响的素养和情怀，并使无数文人墨客玩味于个人世界的君子之风，称其为风骨。文人雅士是一个国家和民族文化的传播者和引导者。他们都具备对家国的热爱、对名利的淡泊、对权势的蔑视的气节。古有屈原为国建言，而昏聩无能的君王却听信谗言，他满腔悲愤、自沉汨罗；陶渊明"不为五斗米折腰"，毅然辞官而过着"采菊东篱下，悠然见南山"的生活。诗人那种淡泊名利的心态，无不让人敬仰和感叹。那么，是不是所有的文人都具备如此的风骨呢？现代文人的风骨与竹的气节到底有没有差别呢？一个真正的文者该是什么样的姿态才具备风骨呢？走进当代文人墨客的精神世界，挖掘他们特有的竹之风骨。

一直认为，一个真正的文者，必须具备的操守，不依附于强权，不媚俗，不骄不躁。谦卑、坦诚、客观、理性，能用灵魂之笔勾画出人性的真、善、美、假、丑、恶，深刻挖掘一个时代的人类精神面貌，才是真正的文化传承者。古往今来，无数的文人墨客演绎着各自特有的风骨，彰显着泱泱中华民族文化的浓厚底蕴。然而，随着时代的发展和文化传播的日益苍白，古时文人的风骨早已荡然无存。取而代之的是文人墨客名利场上的钩心斗角，冠以以文会友的名号，举着谦卑的大旗，将虚名摆在首位，将鲜花和掌声当成了自身价值提升的砝码。然而，世界上没有天生的大家，更没有无懈可击的作品。一味地沽名钓誉，不厌其烦地抬高自己的身价，高高在上，目空一切，是对文化形态的一种亵渎。为文者，能接受不同的声音，能以卑微的姿态面对自己的作品，以严谨的态度力求做到一字千金，才能升华个体，展示其风骨的独特。用骄傲和狂妄构建出再美丽的城堡，也都是沙漠中的海市蜃楼，以鲜花和虚荣换取的价值，也永远是一种灵魂的污垢。如此风骨，远远而观之，与竹之风骨差之千里。

  傲然挺立于严寒中的竹，超凡脱俗，不该有任何的杂质，才是其特有的风骨。谦卑做人，不卑不亢，堂堂正正才是真正的人所具备的品格。竹之风骨，经历风雨侵袭，磨砺出不同凡响的气节。文人墨客唯有做到心口合一，淡泊名利，宁静方能致远。反之，风骨何存？恐怕徒留媚骨罢了！

5

淡雅之菊

色彩多姿的菊花被世人寓意为隐士,以耐得住风霜侵袭的特性展示其顽强的生命力。淡雅高洁的菊花与梅、兰、竹被世人赞誉为四君子,并赋予了它诗意浪漫的情怀。它虽没有梅花傲视冰雪的冷艳,也无兰花谦谦君子的贤德胸怀,更无竹的劲节风骨,而它却以其纯洁、淡雅、隐忍的胸襟诠释了君子之风。

自古以来菊的情怀一直被世人敬仰和效仿。"花之隐者"的菊花在陶渊明的笔下极致完美。"芳菊开林耀,青松冠岩列。怀此贞秀姿,卓为霜下杰。"芳香四溢的菊花盛开在密林之中,与青松翠柏岩石为伍,心怀坚贞的品质,卓尔不凡的气质和耐得住风霜的肆虐的品格堪称俊杰。细细品读诗的内涵,字字句句都将陶渊明对羡慕幽静安逸生活的向往发挥得淋漓尽致。诗人畅想着回归田园的生活,以隐逸者的姿态,赋予菊花独特的寓意,给予了菊花超凡脱俗的隐者风范和灵性。

然而,细细回味我们的生活,这种悠然的心境又何尝不被生活在现实中的人们所希冀和追求呢?奔波忙碌,为了生计承受着高负荷的压力,背负着生活的重担,一刻都不敢懈怠。为了高高在上的权势,锦衣玉食的生活,追求一辈子的物质财富,让人费尽了心机。为了能在都市中拥有一处富丽堂皇的居所,开豪车,戴名表,多少人做了金钱的奴仆，甘愿屈膝将纯真抛弃？试问，这样的心境如何能和诗人一样，远离喧嚣，卸下负累相提并论？

其实，人活着，就是一种心态和姿态的双重结合。能不慕浮华，走出市井的喧嚣，拾一份清新淡雅的心境，不为名利所扰，不为五斗米折腰，不为繁华魅惑，不为虚名而沉沦，安静悠然地过着与世无争的生活，并不难！然而，能与菊花之隐忍做人者，有此高风亮节之士又能有几人？淡雅之菊，悠然恬静，无欲无求，不争不躁，为君子中之楷模。

菊，顽强的内涵将壮士视死如归的形象完美展示。"飒飒西风满院栽，蕊寒香冷蝶难来。他年我若为青帝，报与桃花一处开。""待到秋来九月八，我花开后百花杀。冲天香阵透长安，满城尽带黄金甲。"在其带有明显寓意和倾向性的诗作里，菊花成了饱经沧桑的勇敢坚强的斗士，赋予了渴望自由的人们更多的遐思。

雏菊，灵韵之美表达了对爱情的无限憧憬。喜欢菊花的色彩，更欣赏它淡雅纯洁的胸怀。犹喜天真幼稚的雏菊，它浓浓的花语，纯真的内在，还有对爱情的美好向往一直成为人们心中的渴求。金灿灿的九月，能漫步在芳香的菊花丛中，在姹紫嫣红的色彩中，邂逅一株洁白的雏菊。悄然走进它散发幽香的世界，独自品味一份浪漫的情怀。采下雏菊的一缕暗香，轻拾散落的花瓣，含于唇边，轻吻带露的花蕊，品尝花香的甜蜜，感悟眼前的幸福。

雏菊，爱情的化身，神话故事里的不朽传奇。相传雏菊是由森林的精灵维利吉斯转变而来。当维利吉斯和恋人相爱的事情被果树园的神发现后，人神不能相爱，便施展法术驱赶他们分开。于是，在追赶中为了不离开心爱的人身边，维利吉斯就变成了一株雏菊，日夜守候在爱人的身边。故事虽然听起来有些伤感，却也说出了相爱之中的双方为爱做出牺牲的伟大。

静静品读雏菊的花语，内心也盈满了感动。"深藏在心底的爱"，那是一份何其珍贵的情感啊！生活在情感世界中的人们，不能违背世俗的眼光，不能超越道德伦理的底线，为了一份不能相守的爱默默相恋，深藏内心的痛苦。爱你，却不能相守；爱你，不能舍弃牵绊，不能携手一生；爱你，就要给你幸福，你能幸福，辜负了心中的爱又有何妨？

世间的情感千变万化，唯独爱情是不老的传奇。陶醉于爱海中的人们总会经历这样那样的心路历程，或唯美，或伤感，或浪漫，或悲凉，终究无法左右感情的去留。无数次幻想雏菊式的爱情，它应该是红尘里最凄美、最值得拥有的浪漫情感吧！漫漫人生路，偶遇一段缘，两心相知，默默相守，不问归处，那是何等珍贵？邂逅一份真情，珍藏一份久违的感动，无花无果，默默喜欢，寂静欢喜，将爱深藏在流逝的时光中，也是一种无言的幸福。或许，当他年岁月沧桑了容颜，时光的扉页里残留昔日的美好再现在脑海之中时，盈一份感动于胸，也将是生命中最美的回忆吧！

付出爱的人默默无言，悄悄陪伴，不索取，不奢望回报，那是多么的煎熬？得到爱，不懂被爱，终究是醒悟得太迟的爱情，比永远无法相见的爱情，更令人悲伤。你爱我在，你不爱，我依旧在。喜欢着你的喜欢，远远欣赏，站立成一道风景。真正的爱不是占有，而是爱你给你快乐，爱你给你自由。真正的爱是没有谁比我更懂你，没有谁比我更在乎你。多情的人，为了固守一段情，宁愿牺牲自己。不远不近，不言不语，便完整了爱的真谛。

"薄雾浓云愁永昼，瑞脑销金兽。佳节又重阳，玉枕纱厨，半夜凉初透。东篱把酒黄昏后，有暗香盈袖。莫道不销魂，帘卷西风，人比黄花瘦。"一次次品读李清照的《醉花荫》，那种伤感的情怀挥之不去。轻轻叹息，仰望苍穹，世间事，多少痴情被深埋？人间情，多少挚爱被世俗葬送？几多情深无悔，却只在梦里相逢。凄凄惨，惨凄凄，人生相遇，莫忘莫离，悲比黄花怜！山水相依，却无语，人海相逢，终难为情！心香一瓣，馨香满怀，雏菊之殇，唯有深藏！

君子如菊，淡雅脱俗，为风流倜傥之雅士。菊之君子，心有万物，慈悲苍生，将于善念为修心之所，方为大爱菩提。珍爱之菊，于茫茫尘世，站立成纯白的记忆，点缀了一段似水的光阴。心中默念，待到来年雏菊花开时，君可安在？

6 十里桃红香如故

"竹外桃花三两枝,春江水暖鸭先知",这是北宋诗人苏轼的一首描写春天景色的诗词。

三月旖旎的春光里,正是桃花开放的时节,偶遇闲暇,与友人漫步,不经意间仰首,瞥见了枝头三两枝桃花争相开放,那一簇簇绽放在枝头的桃花,妖娆妩媚摇曳着身姿,绯红色,粉白色,含着露珠,包裹着细嫩的花蕊,团团簇簇,惹得人频频回眸。风里飘来春的消息,俯首,清澈的溪水里,戏水的寒鸭在追逐嬉戏,肉嫩肥硕的鱼儿也即将从下游逆流而上,微风轻吹水面,荡起一圈圈涟漪。只浅浅地几笔,诗人就把初春的美丽描绘得淋漓尽致。于我眼中,时令桃花,不仅是春色里的佼佼者,更是文人墨客的钟爱。

桃红十里,轻嗅光阴的原味。说起桃花,古来文人墨客的笔下数不胜数,溢美之词不胜枚举。古人今人素来喜好将容颜娇好的女子赞誉为百花,而桃花则为首选。千娇百媚,万种风情,桃之夭夭,灼灼其华,惹人心生情愫。我想,我对桃花一直是怀有偏见的,时常觉得,那笔下柔情万千的描述,空洞,乏味,甚至暧昧有加。三月春色满园,时下的桃花,枝头轻轻摇曳,悄然与光阴耳语,微风轻拂,散发出一股淡淡的幽香,直入鼻息,别有一番风韵,惹人沉醉。桃花的美,直观上是淡雅的，别致的，甚至有一种骨子里说不清的惊艳，脱俗，超然忘我，让人想入非非。细细品读花语，原来，是时节造就了桃花的美，而桃花给了爱春人美好的希冀。

桃红柳绿，春风浩荡，正是爱情萌发的美好时光。

纵观世间，纷纷扰扰的情感世界里，无不让人感慨万千，唏嘘不已。人间情爱，本为常情。通常男人对爱情的解读，永远将其比作妖娆的桃花，开在枝头，一簇簇，一朵朵绽放在眉眼之间，勾住了爱花人的魂儿。桃花艳丽在骨子里，暧昧了时光，伤了多情人的心，染了无情人的念，成了桃花树下的落花，任凭流水匆匆。

细细回味，这尘世间的男男女女之所以钟爱桃花，解读桃花的花语，总是跟心境不同。女子常被喻为桃花，是对其容颜赞赏有加，妩媚娇艳，风姿绰绰，乃是对其美丽女子的厚爱。然而，世间男子解读桃花，却总和暧昧有染，和一场唯美爱情的邂逅有关联，应运而生了桃花运，渴望一次不寻常的爱情，曲解了爱的深意。

说到这里，我们便想到了崔护赠予村姑的《桃花赋》了。诗人当时的心境，只是为了与心仪女子相遇后的一种情感表达，还有久别不见后的深深怀念，以借喻手法来抒发物是人非的感叹，和时光的无情，抑或人生难以预测的伤感，更是对故人的眷念。

"去年今日此门中，人面桃花相映红。人面不知何处去？桃花依旧笑春风。"细细咀嚼崔护的这首以桃花为情感背景的诗句，总会勾起无限的遐思。"桃红妖娆，灼灼其华。"满是柔媚之爱与哀愁。

去年的今日正是桃花怒放时节，偶然邂逅于桃花深处，你仿佛春意盎然的桃花绽放在春风化雨的枝头，只含羞一笑，便顾盼生姿，为你怦然心动。

今日偶遇，明知世间有百媚千红，却终究对你情有独钟。细细回味，原来这人世间所有美好的爱情在最初都是完美无缺的，而那些情深意长的一生相许，也该是超越任何情感的最初，否则哪里来的一见倾心，再见倾城，生死相随呢！爱与被爱，爱与欣赏，爱与不爱，爱我所爱，哪一个不需要真心相守？哪一个不来自惜缘索求呢？桃花开时，怦然心动间，暗香浮动时，清风明月邀约，心海怎能不泛起一丝丝涟漪，翩然涌动那桃红的华彩，旖旎在情之彼岸，饮尽无数相思终成灾。

我想，作为平凡的女子，对桃花的解读，不只是预示着美好的爱情，还有那次醉人的邂逅吧！始终相信，女子眼里的桃花，是渴望有人读懂其心思，苦苦寻觅一个能忠贞不渝真心爱慕自己的那个男人，而绝非为了一时的美好，葬送了大好青春，将光阴虚度。男人的爱情和女人的爱情，视觉不同，环境各异，心灵的感悟也各自不同，那么，开在爱情春天里的桃花，不是桃花开放时品读人心，而是，在花开的季节能恰好读懂了刚刚好懂你的人的心。桃花来信，带来春的消息，信中桃花，却不知今夕情可否在，明日情又在何方，让心有灵犀实在牵强。

一次偶然的机会，在南海影视城，见到过一处桃园，那是为拍戏而种下的桃花园。那时，正好桃花开放的季节，远远望去，桃花含苞待放，惊艳了游人的目光。或许，这是我生平见过最大的桃花园，那迎风吐艳的花蕊，巧送一股股淡淡的香气，为桃花平添了些许的灵气。不敢设想，这一片桃园里，繁花缀满枝头的时刻，桃红深处演绎了多少刻骨铭心的爱情，让残缺与完美并存。我不知晓，春色渐行渐远，这处桃花园的尽头，花期已尽之时，香飘十里的桃红那隐隐的暗香是否如故，依旧会媚而清雅，艳而不俗吗？明了，多情的女子，无不翘首期盼，在某一个桃花开放的时节与有心人邀约，让桃花柔媚的骨子里流淌着暖，勾着爱花人的魂儿。那满山遍野的桃花，恰似曾相识的故人，折下三两枝丫，种下心底的碎念，期待"桃之妖妖，灼灼其华"的极致绽放。

我想，世间任何情感都难以永恒，何况这开在春天里的桃花呢？花开花落总有时，落红飘飘洒洒，桃花盛开却仅仅几个时日，翩然陨落于尘泥，那寄托满心情愫的心，发于情，止于念，读出了桃花凄美的情，幽幽的魂。桃花爱的使者，春光里却让赏花人一生追寻，藏在心底开出大朵大朵的思念，绽放一生不悔的柔情，或许，多情人眼里，即便爱情如烟花般瞬间陨落，即便飞蛾扑火，又有何妨？

除去爱情包装的桃花，我依旧独爱陶渊明的《桃花源记》。

逃脱世俗牵绊，择一处居所，隐于田园，行走于曲径通幽处，一方寸之地，隐退于桃花源。山水相依，溪水潺潺，碧波荡漾，一清幽小径蜿蜒曲折通向云水深处。望黛色远山，薄雾蒙蒙，如轻纱，似柳絮，又如羽翼，萦绕于山水之间。天高云淡，独处田园小歇片刻，自得其乐。苍松翠柏矗立，芳草萋萋，花间蝶舞，三两孩童嬉戏，折桃花含苞欲放，却无关爱情。碧水清清，水流潺潺，有村姑浣洗衣裳，林间时有鸟鸣啾啾，苍鹰飞过头顶，薄雾轻轻缠绕，牧童笛声传入耳鼓，声声催出了哀伤。此桃源花开，暗香盈袖，待到来年春三月，却不知云烟深处，花香中故人身居何处？

身居闹市，市井中厌倦了喧嚣，无时无刻不渴望如陶潜之大隐者的旷达安逸。倘若世人都能淡泊名利，卸下欲望的枷锁，回归内心的纯净，做回真我，将是人生一大快事。

7 细雨清荷碎碎念

予独爱莲之出淤泥而不染,濯清涟而不妖,中通外直,不蔓不枝,可远观而不可亵玩焉。

——宋·周敦颐《爱莲说》

细雨凄迷的清晨,独自一人,漫步于盛夏将逝的江南。此刻,八月过半的南国,荷香正浓,朦胧而飘逸的雨与这个浅秋悱恻缠绵。悠然行走于都市的角落里,若不经意间惊鸿一瞥,随时随地便可邂逅一池入画的清荷。远观清荷,醉了心;近赏清荷,噬了骨;读懂清荷,多了情,勾起了无尽的遐思……

纤尘不染赏清荷如入画中仙境。雨后的清晨,是荷与露情意交融的最美时光。偶拾一份悠然的心境,静静地走近八月盛放的荷塘,赴一次与清荷邀约的心灵盛宴,却也涤荡了布满尘埃的心。靠近荷,因其美得无瑕;读懂荷,解其圣洁的本质;仰望荷,因无法效仿其魂魄。走近荷塘,带着虔诚的念想与荷共享此刻的光阴,唯美这个浅浅的秋季。俯身,轻轻摊开双手,小心翼翼地掬一捧荷叶间的雨露,放至唇边,亲吻着细雨滴落荷叶间,滚动的露珠,来汲取天地之精华,将灵魂洗涤。

闭目幽思,情如画,心入境,荷香四溢,涤荡我卑微的躯体。此刻,倘若一阵风轻舞过荷塘，碧荷便摇曳身姿，冉冉婷婷，娇嫩婆娑，别有一番风情吧！撑开荷叶的心蕊，如碧玉般通透，恰似一位纯洁的少女，纤尘不染，顾盼生姿，迎面款款走来。或许，此刻，只需一个不经意的回眸，便摄了人魂魄，惹了人心荡涟漪，如此风情万种，焉能不醉？

"白莲种山净无尘，千古风流社里人。禅律定知谁束缚，过溪沽酒见天真。"这是北宋诗人黄庭坚的《东林寺二首·其一》中对荷的描述。种在东林山中的白莲香雅净洁，如果能透过外相来看，一定能够看清人的心性。那常常跨过虎溪去饮酒的陶渊明，他的心性多么率真天然，惹人倾慕。诗人向往陶渊明的隐士情怀，渴望能与他一样心性天然率真，不掺杂虚假与伪装。

荷与莲相同，在《爱莲说》中这样描述莲，"出淤泥而不染，濯清涟而不妖。"莲成了君子不同流合污，不媚俗，一身正气的化身，让世人效仿，成为了达官显贵官场中自省其身，自诩清廉的经典名句。文人墨客，也将莲笔挺的个性，不妖娆的品德把玩个人的情感世界之中。

然而，人们赋予了荷如此的寓意，却无法做到与荷一样的情怀。从现实看本质，生活环境和状态的改变，不良的氛围和情感的淡漠，有多少人能做到清廉自省？有多少的纯真情感的缺失呢？能做到陶渊明的境界又有几人？回归自己，做回人性的本真，不欺诈、不伪装、真实、坦诚、不缺失人性的纯美，却是一种无法企及的奢望。寓意荷，却无法超越荷的境界和修为，又是对荷的亵渎！

画家爱荷，赋予神韵；文人墨客钟爱荷，赞美荷，赋予了荷圣洁的本质，超凡脱俗的使命，让人浮想联翩。世人爱荷，比喻为女子，来诠释心灵的纯净；文人爱荷，以荷与莲来歌颂爱情；佛家爱莲，尊为圣物。于我来说，爱荷，却为了她与藕之间的不舍真情，就够了！品荷赏月，是诗人的情怀。喜清荷之淡雅，爱荷之净洁的本质，总能让人联想到白莲社中那些旷达飘逸的高人隐士，豁达天然的惬意人生。

依荷寄情难解尘世情缘，怎慰相思苦？"红藕香残玉簟秋，轻解罗裳，独上兰舟。云中谁寄锦书来？雁字回时，月满西楼。"重读大词人李清照的这首《一剪梅》，竟有一种挥不去的离愁别绪，萦绕在心头。作者笔下的荷，寄托了其内心无限的情感。婉约、凄凉的韵律诉说着对心中爱人的千种相思。残败的秋荷，仅留一丝残香，素白的竹席里透出秋的丝丝凉意，却盈满了哀愁。轻轻地解下轻柔的丝裙，换上了秋衣，独自一人登上了兰舟，眺望着远方，有你的方向。南归的秋雁从云中掠过，却没有将你的消息捎回，只有那凄冷的月光陪伴着此刻的我。温婉厥词将相思发挥得淋漓尽致，衬托出了相思苦无药的悲凉和情绪。

"花自飘零水自流。一种相思，两处闲愁。此情无计可消除，才下眉头，却上心头。"再姣好的容貌也会如鲜花一样容易凋零，不能芳香永驻；青春年华终究像流水一样一去不回头，无法挽留。一片切切的相思，化作两处的闲愁。难以排遣心中的惆怅，刚离开紧蹙的眉头，却又浸入了烦乱的心头。花自飘零水自流，花有花的去处，水有水的源头，情有情的所属，心有心的交融。但愿君心似我心，我念君时，君亦念我。切切的相思，遥寄天涯，无边的想念，零落在海角，空负花开最美的季节，残荷零落。

细细回味，俗世中的千种情缘，不正如一季花开吗？那亭亭玉立的清荷，婉约伫立在盈满雨水的秋日荷塘，或含苞待放，或娇嫩欲滴，或款款深情，与自然浑然一体，将魂融入了万物苍穹之中。淡雅的清荷寂静无语，在季节中默默等待，在流逝的分秒中站立成一抹别样的风景。假若说荷与莲相同，藕与莲同根，那么彼此有情，季节怎可将其分离？睡莲静卧于池中，临水而眠，与荷叶枝与蔓紧紧相依，不忍分离。那细嫩的藕，素白的腰身，宛如处子情怀，纯真无瑕，也是另一种绝美吧！

近赏清荷，走进荷的灵魂世界，不由唏嘘感叹。荷花开藕生，藕断荷衰败，这是自然的定律，万物守恒的根本。然而，尘世间的人们，依旧憧憬着荷与藕之间的爱恋，盼望荷与藕相依的情意。聚首了，紧紧相拥，不离不弃；别离了，相思凄苦，各自消亡。这是一份难能可贵不染纤尘的荷藕情，却终无解。

都说相思苦，却为苦相思。相思本无解，皆因种情深！千变万化的感情，本来就是复杂和矛盾的结合体，哪里来的什么永恒和理由？哪里分得清界限呢？最美的情感，不是爱你刻骨铭心，却转头移情别恋；不是对你海誓山盟，却将思念给了别人；不是风花雪月，而是默默相守一份至真至纯的情怀。相思的极致，不是一厢情愿，而是，在我想你的时候，你也恰好在心里埋下了情愫。

淡雅清荷惹秋思，弦断寂寞与谁知？落花流水本无意，残荷碎念无人识？清荷美，水漫秋雨添愁绪。爱莲，君子一身正气堂堂正正方为人。赏荷，品淡雅，论脱俗，为人需无欲，方无求，需无争，才无贪。有心人，懂清荷心语，无心人，怎知荷心？荷塘秋色，三分美，七分情，无须刻意，只需举手投足，便激起了一池涟漪，平添了些许的碎念。懂得，清荷之美，凡夫俗子无人企及。极目四望，荷塘情韵，为人与尘世，唯心有莲花，我自菩提。纵使方寸之地的荷塘，也能让人顿觉自身的渺小。婆娑世界，风景无数，但终究有些风景无须拥有，只需远望，便足够！

8

暮色深秋，聆听幸福

夕阳西下，一抹落日的余晖倾泻而下，使暮色深秋中的黄昏，透露出一种宁静的美。卸下一肩的疲惫，一个人行走在凉爽的秋风里，感受深秋的微凉。一帘西风在耳边呼啸而过，它轻柔地卷起泛黄的落叶，在漫步前行的路上。此刻，赏落英缤纷，闻风里花香，风轻轻掀起我的衣袂，掠过我的眉弯，亲吻着我的脸庞，将一颗躁动的心抚平。于是，深呼吸，贪恋这秋的味道。她如此的曼妙，不经意间，一抹清凉已拂过我的发梢，一丝浅笑荡漾在眉宇间。如此，柔软的心，就这样撞进了秋的怀抱，并为之深深沉醉。

秋色入目，便融入了季节中沉静的美吧！秋意斑斓，花香暗送，也将一颗浮躁的心逐渐沉淀。喜欢秋的娴静，无时无刻不渴望挣脱繁杂琐碎，或行于青山绿水间，或缓缓漫步于铺满落叶的林间，抑或，空旷无人的田野，去寻找一处安逸的所在。如此，方能独享一刻属于自己的小幸福吧！

秋风萧瑟落叶残，风吹花落疮痍满。自古文人悲秋伤月，眼见秋旖旎美景却时常感慨时光的无情，哀怨声声不绝于耳。秋，淡淡地来，安静地走，装点了季节中的美，也斑驳了那些所谓的残缺。落叶飘零的秋，鲜花依旧盛放，那短暂的芳华，暗香盈袖，丰满了日益消瘦的光阴。秋风秋雨愁煞人，秋色秋情愁满心，那是对秋何等的漠视？不禁感叹，尘世间，有些情感，早已和季节无关，却和心情有染，不是吗？

自古逢秋悲寂寥，我言秋日胜春朝。秋，隐去了春天的妖娆妩媚，褪去了夏日的躁动不安，没有冬季的凛冽严寒。秋，永远是那么安静、恬淡、素雅，不骄不躁，不温不火，饱满而厚重，成熟且从容。秋天独特的韵味，正如这短暂的人生，经历了百转千回的旅程，经历了风霜的洗礼，才能坦然自若，宠辱不惊。或许，一切静美深远的东西，都是沉默无言的。不狂躁，不张扬，人生最美的况味，便如数蕴含在其中吧！如若，把秋比作一个人，那么内心越有故事的人，就越沉静，内心越空泛的人，就会越躁动。

深深迷恋了这静美的秋，它身上散发出的那种独有的气息，一直蛊惑着你，让你为之深深着迷！就像人到中年，经过了岁月的沉淀，把人生悟得通透，像极了这秋水长天般的一片蔚蓝，清澈明净，纤尘不染。好想就这样追寻着秋的脚步，与成熟而多情的秋深情相拥。秋高气爽，温度适中，闭上眼睛，深吸一口气，恬淡，温暖，那是秋的味道。时至暮秋，落叶飘零，满目沧桑，但没有感觉到一丝惆怅，也没有悲秋的苍凉。

恋秋，渐渐恋上了落花的味道。落红满地，空气中有暗香浮动，美到极致，疼到落泪，即使零落成泥，终无怨无悔！静静走过葱茏的季节，沉默，不语，那一片片落红，斑驳了一地的疏影，须臾凝香。"东篱把酒黄昏后，有暗香盈袖。莫道不销魂。帘卷西风，人比黄花瘦。"品读李清照的《醉花阴》感触油然而生。最喜欢前面那句，有暗香盈袖，帘卷西风会有，但我不喜欢人比黄花瘦。在这样一个静美的黄昏，有落花飘零的美,心早已陶醉,只一个暗香盈袖足够了呀!也许同一种景,不同的心境,会繁衍出不同的心情。

深秋的暮色,有着无法比拟的美。她恰似一位知性的女子,成熟,稳重,淡雅中脱俗出尘,丝毫不矫揉造作。爱秋,便学会了欣赏,其端庄的美,内敛的矜持,丝毫不敢亵渎其精魂。行走于秋色中,任凭西风吹乱额前的流苏,将心搁浅在这个黄昏的落日里,别有一番情趣。曲径通幽,停停走走,漫步闲庭拾级而上,真想追赶这落日下最后一抹红晕,寻找一处安逸的所在,将灵魂安放。

漫步于秋色中,唏嘘感叹大自然的无穷魅力。独自行走,眼中的风景便都是画卷,情也浓了,心便雅了。一路行走,身边不时有行人擦肩而过。或点头微笑,或行色匆忙,都是那样和谐。看着,走着,一路记录着秋的收获。目光迂回处,远远走来一对老夫妻的身影,在夕阳下映入了眼帘。"冷了吧?让你多穿点就是不听话,还以为你年轻呢!"夫妻俩边走边拉着话,丝毫没有在意我的存在。看着抱紧肩膀的老伴,老伯脱下了外套披在了她的身上,嗔怪地说着,像是在说一个孩子。老伴没有反驳,而是抬起头看着丈夫的眼睛,温和地笑着。此情此景,我能深刻感受到,那四目相对的瞬间,仿佛那嗔怪中,有着一股莫名的温暖,还有一种无以言状的幸福感,弥漫了他们全身。看着夫妻俩彼此搀扶的背影,禁不住停下了脚步,仔细揣摩起来。

人们常说"最美不过夕阳红,温馨又从容",沉迷于秋的韵味,更陶醉于这个黄昏。眼前的老夫老妻,给我所呈现的这一切,是那么的自然而然,不知不觉中一股暖流溢满心田。那蹒跚而去的背影,那眉宇间弥漫的幸福感,那一举手投足间彼此的关爱,那互相搀扶着走在夕阳下的身影,不就是这个暮色深秋中最美、最和谐的一幅图画吗?

夜色渐凉，深秋风萧瑟而至，而我，却放慢了脚步，在静静地思索，在细细品味着幸福的味道。

人生短暂，能遇到一个陪你到老的人不容易，能将你的冷暖挂在心上的人也为数不多。然而，现实生活中，我们时常抱怨另一半的不完美，时常将婚姻比作牢笼，时常自私地去处理情感，可为什么不会去彼此包容，不去珍惜来之不易的缘分呢？时常感叹，命运赋予我们的幸福太少，手里握紧的温暖也少得可怜，内心永远看不到幸福的模样，体会不到幸福的真谛。"愿得一人心，白首不相离"，这是多少人的心中希冀，又是多少人不能企及的梦想。思考着，回味着，突然醒悟，原来握紧手里所拥有的，远远比牢牢抓住那遥不可及的远方，更加真实得多。幸福的味道，无外乎简单地拥有，而不是无限量地奢求，我们应该好好享受的，就是眼前这温暖，一件单薄的外套，一缕夕阳下的阳光，还有这缠绵的风儿吹过脸庞，以及到处弥漫着的阵阵沁人的花香，便已足够！

缓缓行走于暮色深秋，体会这个季节独有的美，便也参悟了人生的况味。一半馨香，一半薄凉，一城秋色，一抹斜阳，一路希望，将所有的收获装入我的行囊。手握人间烟火，心素如简，静默如莲，坦然地接受这稍纵即逝的美好光阴，笑对每一个平凡的瞬间。此时，闭目遐思，静静聆听幸福的声音，仿佛那些绽放的花儿，就是我们盛放的幸福，那些所谓的幸福和温暖，一直就在我们的身边。爱极了秋的美，感知到深情的秋天无私的给予，让世间万物得以守恒的轮回。那么远离奢望和伤感，带着满心的希冀和博爱去生活吧！爱身边的每一处风景，每一个人，珍惜存在的每一寸光阴，我想，人生的幸福莫过于此。

9
女人之美

　　气质女人是一种美丽的风景。人们赞誉女人的美，无非是容颜靓丽，身材姣好，身份高贵，气质独特，仿佛这样，便完整了女人的价值体现。其实，对于女人的衡量远远不止如此。

　　女人的美，无须雕琢，简单平凡就好。有修养的女人，并不一定拥有青春靓丽的容颜，也不是锦衣玉食装扮出来的高贵。

　　美，应该是内在透露出的一种气质，更是任何雍容华贵的首饰装饰不出来的。美，是骨子里蕴含的潜在力，正如陈年的玉，无须精工雕琢，但沉淀出来的却是无比的温润和打磨出的通透。女人如花，终究经不起时光的蹉跎，终会老去。

　　然而，优雅的气质却如陈年美酒，经时间的窖藏，日久弥香。做什么样的女人，并不取决于你的财富和地位，也不取决于你的容颜和环境，更多的是来自你自身的修为和做人的姿态。没有人与生俱来便高贵，也没有人天生就具备气质风韵，修养和内涵就尤为重要。

　　尊严是女人的独到美。一个女人想要得到人们的尊重和欣赏，必须做到人格的完善。做一个普通的女人外在不必如花似玉，在茫茫人海中做平凡的一滴水即可。不必粉墨雕琢，矫揉造作，来博得异性的青睐。无须伪装自己，切莫故作清纯，知足些，心态淡雅一些，独立自信一些最好。在任何氛围中，不哗众取宠，懂得自己的需要，即使存在于角落中，也不喧哗，能安静地做自己。知性，感性，内心常怀善良之思，真实些，杜绝虚伪。淡然处之，一切的世俗情感，一切的不可抗力。深知，做好女人的本分，也需一定的修为。

自信坦然的女人最美丽。大丈夫做事光明磊落，雷厉风行，小女子也该坦然不矫情，不做缺乏自信的女人，不祈求任何不属于自己的东西。骄傲地活着，有尊严地活着，有骨气地做人，才是为人的根本。懂得，志士不饮盗泉之水，廉者不食嗟来之食的深刻含义，并成为人生的坐标。将良好的心态，自信的笑容，隽永地刻入生命的里程碑。缺乏自信，谁能看重你？过于卑贱，谁肯仰视你？没有活不出的精彩，只有走不出个人世界的平庸。

重情重义的女人是最美丽的风景。一个女人的一生中要有很多的情感经历，包括亲情、爱情、友情。人非草木，孰能无情？在岁月的积淀中，女人从小女孩的天真、浪漫、青涩逐渐走向成熟。慢慢学会关心亲人，体贴爱人，爱护身边的朋友，这些都是一种情感的表现。然而，女人的一生中，最注重的便是爱情。在爱情和婚姻中，女人永远是最佳辩手，也是最容易不理智的人。处理情感，不乏刁蛮、任性，极端不理性，但也不乏柔情似水，宽容礼让。

男男女女组成了世界，万物繁衍得以守恒。

如果说女人的情感世界是一条河，盛满了无限的心事，并总会在不经意间起着波折，泛起波澜或者曲曲折折，不肯歇歇。那么，就把男人比作一座桥吧！河缓缓流淌，有桥存在的地方，并留下了深浅不一的足迹，唯美了枯燥的自然风光。如此，桥，静静守望，等着风吹过，水泛起清波，来陪伴孤独的旅途，便也将心思表明。河水蜿蜒流淌，浮桥孤寂寡言，两者需要静心品读彼此的情怀，才能融合为一个世界。

人的一生适合记一辈子的人，只有真情相伴。选择一阵子就走丢彼此的情感，只能成为匆匆的过客。有人说，你的世界我来过，我的全世界有你，仔细回味，依旧是匆匆过客！生命匆忙的行走中，能留下美好记忆的人，只适合刹那拥有，无怨无悔陪伴到最后的人，才能铸就情感的永恒。

于是，多情的女人，在受到情感的伤害时，多数选择忍耐，少数选择离开。女人一生中所经历的情感之路，只是磨砺她成熟的一个阶梯，也是让她学会有勇气承担责任的具体表现。能将情感收放自如，不纠结于深渊之中，不拿感情当儿戏，理智对待情感的去留，这样的女人虽少之甚少，却值得效仿。

知性女人具备完美的气质与内涵。蕙质兰心，知书达理，是人们对书香女人的赞赏。腹有诗书气自华，展现女人的美，不仅仅是衣着得体，心地善良，更来自内在的修养，来自解读其气质内涵的芳香书卷。没有天生丽质的女人，也没有与生俱来的才华和素养。

时间的打磨，如青花的瓷瓶，渗透进骨子里的美。清幽的色彩，妩媚却不张扬，素雅却不浮夸，剔透着幽蓝之魂。一笑倾城盼，一卷书香伴一生，冰心傲骨不媚俗流，绝非妄自菲薄。

我不是一个漂亮的女人，也没有什么可骄傲的资本。对于生活而言，我只是一个普通人，人海里的一粒微尘。我不想过多地给自己标榜伟大，也不能拿身价衡量来低估自己。

人海之中，择平凡的世界里安静地做自己，哪怕是一滴水。生活中，做本色的自己,哪怕有人说我矫情。女人,不需要过度包装自己,不要搞得光环太耀眼。有善良的本性,有感性的情怀,柔软的内心,面对虚荣的掌声付之一笑,面对赞赏和鲜花,不是骄傲,而是该反省自己,自我批评,真实地看待脚下的路。

过度地包装自己,镀金身,珠光宝气,争宠献媚,修名利,著书立作,树丰碑,都掺杂太多的欲望。唯有修心,回归真我才是人性本真的最后归宿。深深知道,大美,注重于和谐。人之美,美在心灵的纯净。漂亮的外表,不如善良的内在。想得到心灵的安逸,必须做到灵魂的纯洁。

美丽的女人就像一件艺术品一样,想要展示其艺术之美,来源于创造者的本身,内在的修养,学识,思想,对艺术有崇高的追求。能不失时机地学会自我审视、自我批评,或者自我的价值评估。或许,能做到这些便向美走近了一步吧!

生命如歌吟诵着女人走过的如诗岁月。美丽的女人面对光阴的流逝,岁月的蹉跎,必定沉淀出一种淡雅的心境,如水的情怀,还有一种淡淡的馨香。那香,是岁月的沉香,那美,是似水年华中磨砺出的灵魂深处的美。

行走在漫漫人生路上,最美的女人,总是一路捡拾着记忆,一路学着承受迎着风雨走来。快乐与痛苦磨砺了心智,希望和梦想成就了担当,成功与失败坦然面对,学会适应环境和淡然处之。沉淀自己的心境,升华自己的修为,反复锤炼自己,打磨成坚不可摧的堡垒。如此的过程中,我们都是在留下生命的余香,将成长中的最好时光和回忆留在最美丽的年华里,使其日久弥香,从而升华个体。那岁月的沉香,来自灵魂深处,那心灵的馨香,来自于生命前行的一路风雨之中,打磨再打磨，沉淀再沉淀……

　　女人心中有个梦。穿越了心灵的时空，挂在遥远的银河，写满年华的絮语，将生命丰盈。

　　女人心中有条河。她途经岁月的沟壑，漫过季节的经纬，走过年华的足迹，流淌着生命的一路欢歌。女人是尘世间最美的风景，也是一生读不完的一本好书，只需要你走进她的灵魂深处，细细品读……

10
夜韵断章

又是暮色西沉，夜如约而至。停下奔忙的脚步，卸下疲惫的盛装，收敛散尽的温暖，尽情环抱夜的孤独。室外寒风刺骨，瘦弱的身躯竟无法阻挡风的侵袭，一阵寒冷直入心底。静立窗前，极目四望。远眺蜿蜒的珠江，美丽尽收眼底。面对那滚滚流逝的江水，再次品读生命的厚重，那奔涌的浪花击打着心灵之门，也凝聚成了夜的断章……

凭栏远望，高处不胜寒，这是今夜身处琼楼玉宇中的切身感受。今夜的珠江依旧深邃、静美、毫无半点虚妄，尘世间的虚实幻梦已然融入她宽广的胸怀，没有半点的矫揉造作。江岸两边的灯火依旧在闪烁着，恰似黑夜的眼睛，在窥视着冷暖交集的人生里，生命的厚重与人心的薄凉！他乡漂泊的岁月里，每每眼望珠江都会平添对故乡的思念，心中也会多出一些感慨。一直以来，我对珠江的情感不深，乃至亵渎了她的美丽。然而，当自己以卑微的姿态，艰难地行走在利益纠葛、市侩虚假的大都市中时，竟是那样的茫然。每每夜深人静，卸下疲惫的伪装，回归自己的世界，以平和的心态无数次解读珠江的内涵时，却突然发现，在异乡的现实与虚拟间，珠江才是最纯净的一方净土。她无限宽容的胸怀，更有我此生难以企及的豁达。深刻明了，你的美决不容我亵渎。

江岸的灯火依旧绚烂夺目，星星点点地连接着天宇。江中几艘沙船在繁忙地工作着，丝毫没有停止对珠江的索取。江岸边不远处的夜场聚结的楼宇中，不时传来歌声。那如泣如诉的音符，在宣泄着他郁闷的情感。时断时续的哀伤，恰似悲鸣的哀雁，在为落队而痛哭哀伤。对于这些，于我，却只是一个局外人，怎么懂得他的忧伤过往！

此刻，深冬的江南，寒冷如期而至。小区内，早已点亮了火红的灯笼。圣诞、元旦、新年使这些红灯热情地绽放着红色的火焰，坦露着对幸福生活的向往，对岁月变迁的赤诚和守候！这些于我，却丝毫没有感动。面对这个既陌生又熟悉的城市，既虚幻、又现实的异乡，心中依旧无法揣摩地冷。看着一串串红灯，体会人生的冷暖，悄悄问自己，那跳跃的火焰真的可以融化冷漠的人心吗？那小小的火苗真的可以将冰山融解吗？看透了冷暖，品味了人生百味，豁然开朗，原来所有的温暖都以等量互换为代价，才是真正的价值核心。懂得，一个人的渺小，是那样微不足道！

红色的灯笼缀满梧桐的枝丫。稀少的枝叶也已枯萎，坦露出光秃秃的枝干，但依然孤零零立在广场中央，在守候着春的来临。风呼啸而过，吹动它细细的枝条，我想，此刻，走近它也许就会听到它沙沙作响的声音吧！可惜，只能见它轻轻摇晃着。我猜它也许在向黑夜诉说着与叶子离别的忧伤吧！心中感叹，梧桐留恋秋的美好，而那绿叶对根的情意，不也正如尘世间的相遇吗？遇见了，欣喜；离别了，忧伤；开心时，因为欢聚；痛哭时，即是离别。大树的无奈，叶子的心酸，包含着多少泪与欢笑？承载了多少不可预知的未来？换取了多少不舍和真心？都已无法预知。深知，叶子总有它的归宿，谁都无法左右它的去留，何不洒脱放手？让那些曾经的过往随风飘走，不再为有缘无份而独自哀愁。此刻，愿以梧桐的姿态，静守那一份走过四季的爱与哀愁吧！

夜安静如水，小区里，铺满青砖的曲径，盈满清水的荷塘，依旧在冬的怀抱里，安然伫立。寂寥的甬道上，侧耳倾听，还可以听得到高跟鞋的踩踏声。忽远忽近，清脆刺耳，那是灯红酒绿里喘息的女子，在对夜控诉着她寂寞的青春，而荷塘里呱呱叫着的青蛙又怎么可以读懂她的无奈！尘烟散尽，在清浅的时光里，匆忙翻开了逝去的一页。回望走过的年年岁岁，无不感慨万千。岁月蹉跎了容颜的转变，年华写满了沧桑的过往，留下刻满回忆的扉页，早已成为了光阴的沙漏。回顾那些驻足在生命里或深或浅的印记，依旧清晰地在脑海中留下了大大的问号。叩问自己卑微的灵魂，在光阴的流逝中，人的一生，真正能握在手中的东西又有多少？生活到底赋予了自己什么样的价值所在？那些曾经纵横交错在生命中的经纬，穿梭于心灵深处的点滴情义是否真的还是无价之宝？没有一帆风顺的坦途人生，怎能会有一成不变的情义？那些虚幻的梦想只是一个人在自编自导的独角戏，只是一厢情愿而已！穿梭在时光隧道里，摸索着前行，无数次跌倒爬起，无数次含泪微笑，无数次佯装坚强，又无数次遍体鳞伤，但终究无怨无悔。深深懂得，命运赋予世间种种的情感，唯有冷暖自知。对那些虚无的在乎，又怎么好强求？一句你懂得，难道便已足够了吗？

夜深邃，苍穹浩宇，早已安然沉睡。放眼望去，广场中热烈奔放的健身舞已最后一曲落幕。匆忙散尽的人群中，汗水交织着欢笑消失在楼群的每一个角落，不再有涟漪泛起。也许今夜人们纵情欢笑，从陌生到熟悉，并拉近了心的距离。也许今夜的挥手离别，明朝在人海里就会一生不再相见，且散落在天涯海角，深知，那都是一种必然。

俯首窥望，空旷的场地中，几盏孤独的路灯，还有落了一地的花瓣，紫色的花瓣飘散在风中。一片、两片、三四片，落地成殇，一起演绎着曲终人散的寂寥和忧伤。看到这里，不免庆幸自己收获的丰厚，在四季更迭里，还有那么多温暖可记忆犹新。于是，将卑微的灵魂再次以高傲的姿态细数自己行走的轨迹，也自认为果断地从密布的伤痕中走出时，却在不经意间从那些所谓的伤痕中剥离开真实的自己，仍惊恐不已。原来该心存愧疚的不是别人，该承受伤害的却是自己，该忏悔的也是自己伪善的灵魂。那些彻骨的伤痕，竟不是天下人负我，而是我负尽了天下人！揭开伤疤，那些伤，早已不是上天的不公，而是对自己最好的惩罚！时间、生命、冷暖、纠结，都是自造的伤害，和旁人早已无关。而那些唏嘘的感叹，那些纷纷离别的身影转身的瞬间，泪水还会悄然滑落，并心痛不已。深知扑火的飞蛾，岂能惧怕那束光的耀眼？花开花谢，岂能怪时光的变迁？你终究是你，我无法读懂。我终究是我，你无法感知。或许，这便是人生的千般滋味吧！

"质本洁来还洁去，强于污淖陷渠沟。"眼见一地残花飘落，泪水竟溢满眼眶。那摔得粉身碎骨的花瓣，无不要人心酸季节的无情。都说落花有意，流水无情，而那些源自情义的本真却早已在无奈里消亡。"侬今葬花人笑痴，他年葬侬知是谁？"品读落花的无奈，也终于明白了黛玉葬花时的凄美，体会到了花落人亡的那份凄凉。时常不想伤感地看待花开花落，始终坚信人世间种种因果自有定数。有些事，看开了，也就释怀了。有些情，看淡了，也就放下了。一直欣赏那些可以将情感看得平淡的世外高人，在附庸风雅之后，能够在风淡云轻的日子，守住一抹淡淡的余晖，安然享受人生。说着懂的人，会不离不弃，不懂的人，岂能强留的温婉厥词？要人平添忌妒。忙碌无暇过问，尘世的冷暖，只有索取没有回报一样地心安理得，那是怎样一种悠闲？羡慕这样的理性，忌妒如此的心境，可谓成仙得道的高明，无法比拟的淡定。如此，暗暗对那些为了一个虚幻的情感而执着坚守，为了一种遥不可及的梦想甘愿付出的人感到不值！你太傻，也太不值得，为何还执迷不悟？然而，此刻，回头晚矣！

曲终人散该来的终究会来，该走的何必强求。揭开时光的面纱，那些远去的往事，渐行渐远的身影，悄然消失在指缝间，淡出了视线。然而，那曾经的相遇和相知，就真的如擦肩而过的陌生人一样简单而平淡吗？我问长夜，长夜无语；我问苍天，天不应答；我问自己，一片茫然。也许，今夜能够留给自己的，只有眼前的光阴，只有难以解答的断章残页，还有遍地的残红落花……

第六卷 海的恋歌

1
海的恋歌

　　夕阳西下，最后一抹落日的余晖倾泻在绵长的海滩。片片晚霞染红了天际，一抹淡粉色的圆晕如同少女羞红的脸庞，恬静安然地映在波光粼粼的海面上。此刻的海，安静、平和、深邃，对于走近她的人来说便情不自禁地勾起了无限遐思。

　　"海上生明月，天涯共此时。"此刻，正是海上夜色最美的时刻。极目眺望，海与天相连的尽头，一轮弦月冉冉升起，清冷的月影挥洒在宁静的海面上，有着沉静的美。放眼望去，绵长的海岸线上一座座灯塔早已点亮，闪烁着耀眼的光芒。深知，那是在为出海远航的人们，指明航向的坐标，让他们不再迷茫。

　　高高的灯塔，半弯的弦月，平静的大海，伴着阵阵海风来袭，时而也泛起一层层波浪，渲染着海无比的温情。海滩上最后一批人潮散去了，大海便回归了平静。伴着暮色渐深，一个人静静地看海，独自体会心灵的片刻宁静。

　　或许是性格的原因吧！时常渴望一个人独处，此刻，也不例外。独自一人静静地坐在海滩，看夕阳匆忙散去，一抹落日早已钻入厚厚的云层之中，跟光阴交错。高天流云，那些形态不一的云朵时而稀薄，时而浓密，将点点繁星揽入怀抱之中，窃窃私语，诉说着缠绵的情话。

弦月如弓，装点着海的夜空。灯塔闪烁，照亮迷途者归家的路。浩瀚星空，广阔天地进入安静的时刻，海便睡着了吗？于是，蹑手蹑脚，悄悄地走进海的梦乡渴望被海的温情环抱，让沙滩上前行的背影不再孤单。

一个人赤脚走在松软的沙滩上，感受着海风的清凉。呼啸的海风偶尔吹起一层层波浪，轻轻漫过脚面，打湿卷起的裤管，十分惬意。赤着的脚板不时踩到深埋在沙土里形态各异的贝壳和石子，并不感到疼痛，而是觉得丝丝温情。如此，慢慢蹲下身躯，弯腰拾起一枚石子，只需挥一下手臂，扔向远处的海面，定会激起一团小小的浪花，给一人独处的空间添加了一丝乐趣。

抑或，轻轻地捧起一颗稍大些的贝壳，拂去它身上的泥沙，轻轻放在耳边，听风吹进它身体时发出的声响。"呜呜……呜呜……"那声音穿透了苍穹，与风在和声。耳畔伴着海的呜咽，沙鸥的低鸣，退潮时海水发出的声响，如一曲交响乐在合奏。那美妙的音符跳动着的旋律，让人浮想联翩。

静，我想，我需要安静，只有安静才能回归真我吧！于是，静静聆听，慢慢行走，聆听心灵的呓语。任时间静静流淌吧！任眼前每一寸光阴在缓缓流逝吧！于我来说，并不惋惜。让安静的心与海做最真实的交汇吧！让我真正地走进海的灵魂深处，或许，对海的爱恋就更深了呢！

海与浪花的窃窃私语。浪花轻柔地亲吻着大海的脸颊，大海紧紧拥抱着洁白的浪花，如同热恋中的情人，耳鬓厮磨，软语温存。我想，浪花是深爱着大海的。不然，怎么会那样充满激情？那样温柔可人？它爱大海的宽容接纳，更爱大海温情的怀抱，珍惜与海在一起的分分秒秒。浪花知晓，它跋山涉水一刻不敢停留，踏着急匆匆的脚步来汇入大海，是因为它心中对海的深深爱慕。浪花的生命只有短暂的瞬间，与海之间的爱也在匆忙中交错。或许，只需一阵儿风吹过，那朵儿深爱着海的浪花儿便被吹向了海滩，和泥沙混在一起，分不清你、我、他，永远离开海的怀抱，今生不再有交汇。

海，爱那朵浪花儿吗？或许不爱。假如爱，为何冷漠绝情看它离去？假如爱，为什么放手让它消失于无形？海，是爱着浪花的。不然，为何在潮来时咆哮，跟风抗衡，潮退时呜咽，伤感与浪花的诀别呢？

心甘情愿地投入的爱，无怨无悔地转身离去，相聚离别匆匆上演，本就是爱的世界里最大的悲剧。海与浪花的爱，凄婉悲凉，却也浪漫如诗。爱了，就无悔；爱了，就应无恨；爱的世界里，没有对错；爱的国度里，没有值不值得。爱过了，便是爱的世界里最美的风景，也是情感世界里最美的和声。

夜深沉，弦月高悬，云与风追逐嬉戏，繁星闪闪隐藏在薄雾之中，调皮地眨着眼睛，窥探着宁静的海。夜深了，海睡了，人便安然了。

目光迂回，行走的脚步惊扰了熟睡的沙鸥，它使劲地拍着翅膀飞过了头顶，喉咙里发出啾啾的哀鸣，声音凄婉，叨扰了海与浪花儿心灵的对话。我猜，或许它除了孤独之外，也在诉说着黑暗带来的忧伤吧！这些，于我，却只是局外人，如何懂得？

安然守候聆听海的恋歌。安静的夜，沉静的海，并非我一人独行。目光迂回处，停泊在岸边的渔船上，一个孤单的身影映入了眼帘。月光洒落在沙滩上，一个女孩光着脚丫，静静地坐在船舷上。一阵海风轻轻吹过，她披散着的长发轻轻卷起，吹动她额前几缕刘海儿，衣袂飘飘，长裙与风在舞蹈，而她并不为之所扰。

悄悄走近，借着月光仔细端详她此刻的神情，心中有一丝浅浅的触动。她并没有觉察我的存在，双手托腮凝神远望。月光下，修长的衣裙随风舞动，长长的睫毛一闪一闪，如此动人。那轻轻努起的嘴巴，嘴角微微上扬，呈完美的弧形，脸上挂着一丝浅浅的微笑，透露着少女羞涩的美。看着姑娘甜美的微笑，内心盈满了感动和温情。原来，她在等待她的爱情。心中祈祷，切莫让大海的深邃将她的思念和爱的甜蜜掩埋。

这样一个夜晚，不由自主地陶醉于月色之中，别有一番韵味在其中。大海、月色、沙滩、渔船、满怀思念的女孩，构成了一幅美妙绝伦的画卷。思绪飘飞，感触油然而生。

生命中最美的风景就是爱情吧！一生能够等到一个值得守候的人，找到一个灵魂的知己也是最美的情缘吧！等候，是尘世间最美丽的情感吗？或许是，抑或不是。或许，姑娘的爱，小伙子并不知晓。或许，这爱已经深埋在彼此的内心，不怕山水相隔，不怕千里万里。有爱，思念在；无情，又怎么会心甘情愿等待？默默守候，悄悄思念，寂静安然，不惊不扰，这便是人世间最圣洁的爱吧！你不来，我不怪；你走，我守候，这是完美与残缺并存的爱。

静夜风吟，海起微澜，总能勾起人的诸多遐思。都说情不知所起，一往情深，情的意义何在？只有用情太真的人才能体会。冷冷的海风轻吹过海面，荡起心海中一层层涟漪。夜深了，冷风徐徐，情不自禁地打了一个寒战，抱紧瘦弱的双肩，给自己取暖。凝目注视满含深情的姑娘，喃喃自语。爱，纯洁无瑕，盈满深深思念；情，要彼此珍惜，能执着守候方可永久。

暮色深秋，静夜观海，听风吟，揽月入怀，独享一个人的海之梦。光阴似流水稍纵即逝，生命因执着而倍加珍贵，于我，深深明了，生命中的每一段回忆都弥足珍贵。今夜，渔舟唱晚，晓风残月，与海交融，我能留下的是姑娘默默守候的无限感慨，还是海与浪花的爱恋呢？我想，我唯一能留在记忆中的也许只有孤单的背影，还有沙滩上深浅不一、歪歪斜斜的一串脚印，但依旧会迈着坚定的步伐走下去。

2
海之魂

  烟波浩渺，宽广湛蓝，水天一色的地方，就是大海灵魂的原乡吧！浩瀚深邃的大海深处，蕴藏着大海博大的胸怀，凝聚了海与自然共处的和谐之美。择风和日丽的一日，与大海做一次真实的碰撞，聆听大海灵魂的声音……

  当清晨的第一缕阳光冲破东方之地平线的时候，沉睡了一夜的大海在晨曦中渐渐苏醒。金色的阳光照耀在波光粼粼的海面上，泛起一道道刺眼的光芒。远望天宇，海天一色，遥远的海岸线上一层层的雾气在升腾，在朝阳的映照下，瞬间便飘向宽广的天际，变幻于无形。

  清晨是看海，观潮人群最集中的时刻。或许，人们认为大海最美的风景便是潮汐来的时候吧！亲近大海，观潮，能让人心旷神怡，心境豁然开朗，这是所有赶海人的真实感受。于我，也如此，虽然我那么惧怕接近水，害怕赤脚站在水里的感觉，对水的眩晕感都让我产生了无形的恐惧。

  其实，来海边看潮的时候，我是犹豫的。或许多年以来心灵的阴影，让我总是心有余悸。"去看看吧！别怕，就在海边，也不走近。来了，怎么能不看看呢！你不是一直喜欢大海吗？"这是爱人在身边不停地劝慰。看着他认真的样子，和迫切希望一同前往的眼神，内心感到了一种触动。是呀！小时候自己不是那样梦想着看到大海吗？渴望看一看大海的颜色，尝一尝海水到底是咸的还是甜的。今天，怎么能辜负了爱人的一番好意呢！更不能枉费了我此生对大海的魂牵梦萦啊！

伴随着如潮的人海，走近蔚蓝的大海，与热爱自然的人们一起走进大海的胸怀之中，体会涨潮时的惊心动魄。遥远的海面上，顷刻间，便翻滚起层层叠叠的巨浪，仿佛从天际浩浩荡荡涌来。潮汐涨处，与蓝天白云相接壤，激起一层层浓浓的雾气，让海更加充满了神秘感。海浪卷起一朵朵洁白的浪花儿撒欢似的奔跑着，仿佛瞬间就能将天地间那个渺小的自己吞噬，将卑微的灵魂涤荡。

潮汐来了，沉睡了一夜的海岸线自然沸腾起来了。四面八方赶潮来的人们，欢呼雀跃，奔跑在绵长的海滩上。"快看，涨潮了，真壮观啊！太美了，真好！"人群中一瞬间，呐喊声、欢呼声、唏嘘的感叹声，交织在一起。相机的快门声不停地在耳畔响起，对大海情有独钟的人们都希望此刻抓住最美的瞬间，来完美心中对大海的仰慕和爱恋吧！

"瀚海不弄回头舟，不畏洪波压潮头"，潮汐来了，近了，再近些，人们的心就更加贴近大海了。四面八方涌来的潮水，在苍穹浩宇扩散开来。此刻海天接壤处，潮涨之势，有惊涛拍岸的壮观，有巨浪层叠，水滴石穿的魂魄，气势磅礴叹为观止。极目远眺，浪涛翻涌的海面上，偶尔有几艘渔船返航的踪影，在海水与雾气中时隐时现。我想，那是昨夜出海打鱼的水手们满载收获归来吧！巨浪拍打着船舷，海风愤怒般低吼，暗潮涌动处的激流险滩，都不能阻止勇敢的水手搏击风浪的自信。

远看潮汐，能让人心情澎湃，视觉开阔，浑身轻松。近处看海，别有一番滋味在心头。金灿灿的海面上，时而有海燕声声啼叫，轻轻地掠过水面，与海亲密地打着招呼；时而有沙鸥啾啾低鸣，声音晦涩，或许，它在与海诉说着失联同伴的孤独吧！偶然间，有几只巨大的苍鹰盘旋在海的上空，舒展着灰褐色的翅膀，不失时机地觅食着。海，此刻是沸腾的，热情的，一刻也没有终止和人类自然的和声。潮来时生灵万物对海的眷恋，此刻，无须刻意雕琢，海与万物和谐之美，已合奏出一曲欢快激昂的恋歌……

或许，安静是我的本性吧！伫立在松软的沙滩上，浑然忘我。躲避开喧闹的人群，无暇去看那些胆子大的人，在涨潮处嬉戏，在浪头上做弄潮儿起伏的优美身姿。这些，对我来说，并没有太多的喜悦和新奇。

一直在想，真正走进大海的灵魂深处，应该要安静地读懂大海，更要跟海做心灵的碰撞，才能将海的美极致发挥吧！此时此刻，漫步在沙滩上，卷起裤管，迎着初升的红日，在绵长的海岸线上独行，心情也豁然开朗起来。湛蓝宽广的海面上，阵阵海风迎面吹来，轻柔地拨弄着飘散的长发。风卷起的洁白的浪花时不时打在脸上，亲吻着脸颊，惬意之余，带来些许的清凉。

如此境界，深呼吸，闭目遐思，与此刻的海融为一体。任海风轻轻拂过耳际吹动如丝般的长发，随风卷起的浪花舞动着飘逸的长裙，光着的脚板踩在松软的沙滩上，一丝凉爽，一种惬意，洒下一片对大海的浓浓深情。

渐渐地，渐渐地，潮汐退了，正午的阳光更加热情了。然而，海岸线上的喧嚣却一刻都没有停止，赶潮来的人们并没有散去。三五成群，聚集在沙滩，孩子们欢呼着、奔跑着，尽情享受着大海的温情。远远望去，喧闹的人群中，儿子和爱人父子俩奔跑在沙滩上拾贝壳，抓小鱼，追逐嬉戏的身影，也映入了眼帘。此情此景，嘴角上扬一个弧形，浅浅笑意浮现在脸颊，一丝温暖弥漫在心头，那种压抑的感觉一扫而光。知晓，时间虽可以改变一切，却无法将自己平凡的小幸福剥夺。

午后的海，在渐渐退潮中安静下来。阳光直射在海面上，一股股热浪不自主地袭来，晒得人皮肤冒火，感到了灼热。这个时候，便是沙滩上休闲的时光了。瞧瞧，怕晒黑的女人们，撑起了五颜六色的太阳伞，遮挡着火辣辣的阳光，保护着娇媚的容颜。人群当中，也不乏别具一格的人，平躺在地上，挖出大沙坑，将身体埋进细腻而松软的沙土中，闭目凝神，在时间的流逝中，看沙土在身体上流出一道道痕迹，成为名副其实的沙漏。

于是，喜欢工艺品的人们，热衷于收藏的雅士，在和商贩间为买到自己钟爱的艺术品讨价还价，争论得面红耳赤的角逐也拉开了序幕，并构成了一道靓丽的风景线。

"赶海的回来喽！"刚刚趋于平静的人群，一下子又沸腾了。顺着人们手指的方向远远望去，几艘渔船顺流而下，只几个风浪过后，便来到了眼前。船刚靠岸，熟练的水手泊船撤了帆之后，便迫不及待地打开了船舱，将所有出海的收获一一展示在人们面前。

走近渔船，静静地观望着眼前的一切，内心充满了感动和些许的辛酸。眼前的水手，四十出头，身上穿的衣服被海水打湿，粘在身上。长时间出海，风吹日晒，黑黝黝的皮肤，棱角分明的脸颊上刻下岁月的沧桑，鬓角稍显花白。他瘦弱的肩膀，那拉扯船桨熟练的动作，能看出他是一名出色的水手。

船老大洪亮的吆喝声中，接二连三地船靠岸了。水手们陆续下船，打算将一天的收获变成现钱，来养家糊口。此刻，默默伫立，不想靠近他们，更不想惊扰到他们。看到他们那充满喜悦的眼神，洋溢在脸上的笑容，心中泛起一丝微澜。看着他们，想到了自己。

　　放眼望去，一眼望不到边的海岸线上，所有来看海的人们，都应该是生活在大都市里的贵族吧！他们跟眼前的水手相比，无论是衣食住行、社会背景、生活环境都远远超过他们的现状。人们过着灯红酒绿的生活，享受着锦衣玉食的生活，可为什么时常听到他们无休止地抱怨生活，厌倦生活的苦难，走不出心理的怪圈呢？细细回味，原来，人，永远是随着环境的改变而改变，或许，欲望、贪婪、狭隘和不知足永远是左右人们思维的精神障碍吧！

　　"平静的海面，练不出精湛的水手，安逸的人生，造就不出时代的伟人。"水手不惧风雨，不畏激流，敢于力争上游，与激流险滩抗衡的勇气，有几人能及？甘愿平庸地度过一生，简单着自己的小幸福的人，又有几个？大海，养育了他的子子孙孙，无欲无求，无私博爱的胸怀，世间万物谁能比拟？或许，他们中间，有的人一辈子靠海生存，一辈子与海相伴，一辈子没有走出大海的怀抱，对于没有生活在海边的人来说，他们算幸运的，还是幸福的呢？水手爱着大海，大海养育着他的子子孙孙，他们彼此深爱着。或许，水手对大海的爱远远超出了我的想象，大海从他们一出生起，就已经成了他们灵魂深处的故乡了！

　　"面朝大海，春暖花开。"这是人们渴望与大海近距离接触，对大海博大胸怀的美好向往吧！我想，海的尽头是山吧！山的那一边一定是一片花海吧！不然，人们为什么如此比喻？宽广深邃湛蓝的大海，在此守候了千年，融合了世间万物的灵性，汲取了天地的精髓，勾勒出人间最美的图画。

仰慕大海博大无私的胸怀，有我一生难以企及的雄浑，而我却时常暴露着人性的狭隘和自私。大海，你的灵魂，有我无法比拟的纯净，涤荡我被世俗侵蚀的肮脏内在。也许，多年以来，我不敢走进大海的灵魂深处，不是因为我不够爱你，而是我人性的狭隘让我走不出心灵的蜗居。

静夜风吟，独自听海的声音。听，海在唱着歌，与浪花的合奏，在奔赴一次次心灵邀约的盛宴。海之美，时而大气磅礴，时而奔腾汹涌，时而欢快，时而低沉，时而奔放，时而恬静，将灵韵之魂展示极致之美。海之情，浓缩了人间大爱。海纳百川，无限包容，激励勇者前行的脚步，我拿什么来形容你的伟大？此刻看海，听海，走进海的原乡，用灵魂执笔，汲取浪花的纯净，书写一曲对海的恋歌。

3
春之韵

　　冰雪消融，溪流潺潺，春寒料峭，万物复苏的时刻北国之春便如约而至了。江南三月花开早，北国四月春来迟。人们常常这样形容南北差异中的季节变换，并对南国的春情有独钟。然而，在这白山黑水之间，远隔千山万水的距离中，我仍然独爱北国之春。她羞涩中略显张扬，奔放中蕴藏着丝丝妩媚，有着一方水土中独有的韵味。

　　春日漫步勾起无限遐思。我想，我是热爱春天的。这生命中有了春天，人们便有了希望；有了春天，便催生了新生的伊始。春光无限好，风旖旎，春踮着脚尖飞奔而来，或许，只需刹那便与我撞了一个满怀。偶遇闲暇，于晴好的春日里，沐浴在北国春日的暖阳下，体会早春时光里的点点温情，应该是一种享受吧！和煦的阳光倾泻在宽广的大平原上，微风轻轻送来花开的消息，静静行走，慢慢聆听万物苏醒的声音，那柔和的艳阳恰似慈母温柔的手，轻轻抚摸着我柔弱的双肩，心底涌动着丝丝暖流，催动前行的脚步。

　　漫步行走在黎明湖畔，眼前的春色静美如画。仰望苍穹浩宇，碧空如洗般湛蓝清澈，宽广的蓝天上白云朵朵，如丝绵，似轻纱，飘逸而灵动。沿岸边行走，城市绿化尽收眼底。婆婆的绿柳，慢慢舒展着细嫩的手臂，不再枯败，似乎被春风唤醒，邀约一次最美的邂逅。笔挺的白杨树，沐浴几场春风春雨，鼓出了浅浅的芽苞，少了些许的僵硬，展示着飒爽英姿。轻轻抚摸着那刻满纹理的年轮，心生碎念。原来，生命中的每一次蜕变都有其轨迹，这冬去春来的季节变迁更是必然。世间万物遵循着特有的轨迹，如约而来，悄然而至。衰败的野草摇曳着身姿，盛放的鲜花打着娇媚的骨朵儿，在四月的春光中有着生机一片，怎不勾起这爱春人的遐思呢？爱春，盼春，心上的春不仅仅是一次季节的蜕变，也并非是鲜花似锦里的一次完美邂逅。春姗姗而来，撒着欢的春风吹动着杨柳的枝蔓，于我，却只想在这短暂的春光里种下心底的碎念，慢慢将相思点燃……

"天街小雨润如酥，草色遥看近却无。最是一年春好处，绝胜烟柳满皇都。"细细咀嚼唐代大诗人韩愈的这首诗，自然对春心生情愫。帝都长安的大街，蒙蒙的小雨倾泻而下，雨丝轻细，柔和，悄悄滋润着一方水土里的芸芸众生。那细腻温婉的春雨，恰似酥油一般细滑温润，无私的胸怀，是春的博爱。春种下了生命的蓬勃，在一年的光阴中成为最美的风景。烟波浩渺，飘飘洒洒，让春色渐浓渐近，入了诗情，多了画意，勾勒出深浅不一的轮廓。静静徜徉在柔和的雨幕中，前行的脚步悠然，少了浮躁，多了宁静。细雨中，无数身着春衫的人们，擦肩而过，或沉稳，或匆忙，或偶尔在回眸中报以一个会心的微笑，都是一种别样的风景。

烟雨蒙蒙的春风春雨中，闭目遐思，风中飘来泥土的气息，静候一次春暖花开的心灵之旅。烟锁重楼，在水之湄，淡淡的春色弥漫在平静的黎明湖畔。雨落湖面，微风轻吹，瞬间便激起层层涟漪，惹人沉醉。这唯美的春，妩媚妖娆，点燃生命的盎然生机。这多情的春雨，羞涩温润，恰似多情的少女，欲语还羞。爱春天里的一草一木，一景一物，那滴水的屋檐，流淌着对春万种柔情的绵绵细雨，怎么会不惹人爱惜？青青草地，柔嫩的身躯，在冰雪中独自旖旎。

　　北国春来晚，梅花傲骨寒，衔泥南归燕，捎书相思传。雪域北国的春，既有北方汉子奔放豪爽的个性，又有少女羞涩腼腆的风姿。阳春白雪，三月情浓，在这春色渐渐走近的北方小城，没有桃花的妖娆，没有樱花的绚烂，却有着迎春的梅花傲骨的风雅。这雅，极雅，这傲气，是铮铮的骨气，是在冰寒中不媚俗流的美，便胜过万千春色。这个北方的小城，这个浅浅的春色里，孕育着无数的梦，记载着多少平凡又简单的人生呢？春之韵，在细雨中辗转迂回。春之歌，在微风中轻轻吟唱，于心底回响。春之梦，缓缓走进我的世界，于我，却希冀长醉不醒。漫步于春的任意一个角落，仿佛沉睡的心早已被唤醒，我想，属于自己的春天已经不远，我在等你，你在哪里呢？

4
似是故人来

　　大千世界里的每一个人都犹如一粒微尘。在属于自己的路途中做着短暂的漂泊，来完成生命的历程。然而，短暂的生命之路，总会有无数次的遇见。快行一步，成为知己，慢走一秒，失之交臂。那些看似不经意的邂逅，由一个转身的微笑，一次温情的问候，一双温暖的双手，便如知己故交，走进你生命的行程，成就一次完美的尘缘，不再是今生的遗憾。

　　人海茫茫任何相遇都是缘分给出的答案。夕阳西下，又是一个黄昏的来临。伴着闪亮的都市霓虹，汇入了如潮的人海之中。华灯初上，流光溢彩，凸显着这个世界的繁华和喧嚣。一排排纵横交错的十字路口，一个个匆匆擦肩而过的身影，或陌生，或熟识的一张张面庞，不停地在眼前掠过。那一张张或微笑，或沮丧，或青春洋溢，或满面沧桑的容颜，在人潮人海里此起彼伏，让人目不暇接，感慨油然而生。穿行在现代化的大都市中，每个人都是那样的渺小。在每一次的重逢与遇见中，都如此的卑微。凝目四望，闪烁的灯火下，除了街边商贩的叫卖声，汽车的喇叭声、嘈杂声不绝于耳，除了这些，偶遇的我们能留在记忆中的又有些什么呢？一闪而过的相逢，注定剩下浓缩的背影，消失在灯火阑珊处。今日的相逢，他日可否再遇见？也许都是一个未知。此刻,临街的店铺里,一阵悠扬的歌声传入耳鼓,触动着敏感的神经。音乐里传来了邓丽君温婉的歌声——《我只在乎你》。那甜美中带着哀怨的歌声里,如泣如诉地讲述着歌者的心声,倾诉着心灵的独白,给予真实的触动。

故人如斯聆听心灵的独白。"任时光匆匆流逝,我只在乎你,除了你我不能感到一丝丝情意……"聆听着歌声,仿佛眼前浮现出那张温婉可人的笑脸,让人挥之不去。内心感叹,一代歌后,绝代芳华,却英年早逝,香消玉殒。邓丽君这个80年代大家耳熟能详的甜歌皇后,其温婉甜美的歌声,犹如天籁。那如泣如诉的歌声里,述说着她对情感的渴求,并让人回味悠长。犹记得,一个偶然的机会,看到电视上播放出成龙与邓丽君穿越时空的情歌对唱的画面时,那种震撼心灵的感动,竟然模糊了双眼。这一对昔日的恋人,跨越了时空的对唱,见证了那是一份何其纯真的情感?那是一份嵌入生命中的情意。屏幕上邓丽君温柔的笑脸,仿佛就在眼前,而成龙近乎哽咽的声音也诠释了他们之间那段情感的刻骨铭心。遇见、相知、相爱、别离、二十年的生死离别的情感,穿越了时空的距离,让一对昔日的恋人,重温旧梦,无不让人感慨万千。然而,感动之余,对真正的情感有了新的认知。

生命中的残缺与完美永远并存。尘世间的情感从来都是残缺的,并不存在完美。它永远是随着时间、空间、环境、距离等诸多因素而改变其轨迹,成为人类繁衍的载体。正如这对昔日的恋人,品尝了爱情的甜蜜,成为了心灵的知己。在灵魂的深处彼此懂得,在情感的经纬中错过,但仍保持着对过去美好的回忆,何尝不是一种残缺的美丽呢?细细回味,生活在现实中的人们,总会感叹缘分的变化无常,也会抱怨情感的薄凉和脆弱,造就了文人墨客的多愁善感。其实，人生之中，对于情感的需求远远大于任何事物。不论是亲情、爱情、友情，每个人都希望自己能够得到心中所深爱、喜欢、欣赏的人的青睐。能在其心目中占据重要的位置，对那些渴望真挚情感，渴望相知的人们心中尤为重要，并苦苦追寻。希冀在茫茫人海里遇见那个生命中独一无二的人，给彼此的生命添加色彩，来调节生活的乏味。彼此搀扶，来营造流光溢彩的人生之旅，满足人们最大的精神诉求。

"人生若只如初见，何事秋风悲画扇"，纳兰性德的词，千万次出现在唯美的诗篇中，慰藉文人的情感世界。然而，人生的十字路口，每一次遇见并不都是偶然，都是命运最完美的安排。生存在这个尘世的人们，总是感叹世事的薄凉，总是迷茫于情感的旋涡。于是，纠结、痛苦、彷徨、渴望、希冀自己所能付出的一切情感都能得到最大回报。然而，茫茫人海，遇见不易，不是每一次遇见的人都可以成为知己，不是每一个人都能走进彼此的内心。其实，爱、喜欢、欣赏终究是有着距离，正如人与人的相处一样。近了，会有摩擦，会在乎自己在对方心中存在的价值；远了，生疏，让心产生了隔阂，形成了咫尺也是天涯的距离。于是，处于爱情与友情界限的人们，能把握适当的距离，能够彼此欣赏，真诚相待，换来一句懂得，早已胜过了万语千言。然而，尘世沧桑，活着不易，初见美好，离别伤情，那份情殇不是来源于缘分的深浅，而是来自两颗心真实的交汇。

生命中的过客终将成为故人。始终相信缘是天定，份乃人为。那些生命中的过客，经历了初见时的美好，陪伴着我们走过每一个日出的清晨，日暮的黄昏，给我们生命的每一个瞬间带来诸多的无以言表的感动。这些对于渴望真情的我们，还奢求什么呢？遇见了，请珍惜，缘分真的来之不易；得到了，请牢牢握紧，谁能保证下一个相遇的人会甘愿为你付出？收获了，请认真对待，时刻感恩今生能够遇见懂得你的知己；失去了，请释怀，在悄然转身的刹那，请留下曾经的美好。其实，生命的意义和情感的价值，不在于你身边有多少朋友包围，也不在于是否拥有多少财富，虚妄与浮华永远是情感的杀手。真正的情感，不求回报，只为遇见刹那的惊喜，和不离不弃的真心陪伴，无怨无悔的付出，方能验证它的真正含义。

"珍惜眼前人，莫负好时光。"爱与被爱的人们，总是纠结于现实与虚拟之间。纠结、徘徊、沉迷于情感的真实与虚假中，苦苦追寻，并身陷其中，不能自拔。其实，爱情的真正含义，不是无限量地索取，更不是没有尺度地一味付出，而是两颗心灵的交汇。真正的爱，是纯洁的一种情感，决不容亵渎。常听人说，"爱有取舍，情有分寸"，那是警醒身处情爱里不能自拔的人。让他们明白爱，应该有棱有角，有尺有度，任何超越道德情感的爱情，都是一种灵魂的污垢。爱情，不是风花雪月的浪漫之约，不是海誓山盟的满嘴空话，不是金钱名利的附属品，更不是玩弄感情者的终生游戏。

爱与恨一念之间，转身便有了心的距离。感叹因缘分而遇见的那些人，成了过客，并后会无期。消失在眼中的不仅仅是背影，更恰似生命中的流星，稍纵即逝，转眼划过了天宇，在浩瀚苍穹升腾于无形。情海茫茫，苍凉逐梦，那些曾经珍视过的朋友们，驻足在泛白记忆中的你，试问？他年他月，假如在某一个路口再次遇见，是否还会记得彼此间曾经真实的交错呢？那一个善意的眼神，一张充满温情的笑脸。一双温暖有力的双手，一句真诚的问候，如陈年美酒，恰春风拂面，那么如此相遇，将似是故人来……

5
飘在天涯的纸鸢

一条绵长的路,一眼望不到边的天涯。我独自在高傲的云端飘荡,找不到来时的路,也寻不到此时要走的轨迹。飘到哪里才是我的归途?游荡后的结局,只有茫然地流浪在没有收获的深秋。

朗朗的秋日,一丝的微寒,独自游荡在这个既陌生而又美丽的城市,感受着秋风的凉爽,体会着内心的感慨。

不经意间抬头望一眼蔚蓝的天空,一只纸鸢在无际的蓝天上飘荡。那是一只苍鹰,大大的翅膀,灰色的羽毛,展翅飞翔在浩瀚的天空,那样的自由,无拘无束,显然飞得很高,可是那长长的线轴还是紧紧地束缚着它,长长的……

叹一口气,不是羡慕,不是可怜,只是一丝淡淡的哀怨。纸鸢你可以飞上充满梦想的蓝天,可却逃不脱那根长长的丝线,掌握你命运的不是天空,而是那孩童握在手中的线轴,你可以挣脱吗?你不可以。你只能迎合尘世间的牵绊,你只能在昏暗的角落里,安静地等待人们的放逐。从春到秋,任风肆意吹走你遍体的尘埃。你是美丽的,你是伤感的,更是无奈的,可以飞到天涯,却被人们遗弃在角落。

茫然走在这个充满诱惑和无奈的城市,时间就像织布机上不停转动的梭,不断地流逝,而我,更像一个快速旋转的陀螺,在不停地奔忙,一圈一圈，没有终点地转着，周而复始。

流逝的岁月恰似一面梳妆镜，看着自己渐渐地离青春的驿站越来越远。打开了尘封已久的窗，我望见了半世的风景、一生的沧桑。

我正如这个纸鸢，在天的那一面飞到了这一方，可是唯一不同的是掌握我命运的不是长长的风筝线，而是那根思念的弦。生活的竞技场上，难以阻挡寂寞的时光，在空旷的舞台，独自跳舞，没有观众，没有掌声，没有欢笑，没有真诚，只有更多的落寞，无限的惆怅。

岁月是一把锋利的剪刀，切断了我来时的路。我不是翱翔天宇的苍鹰，我只是一只期望归家的孤雁，在空旷的原野里，有我一声声的哀鸣和漫无尽头的思念。

时光荏苒，当初梳着小小冲天辫的孩童，奔跑在希望的田野，早已没了影子。充满幻想与欢笑的童真，不再属于扎着马尾辫的那个稚嫩的少女，幻想着青苹果般青涩的爱情，仅仅是浪漫主义的插曲，早与我无关。

岁月恰似一块磨刀石，如今，它磨平了我的棱角，磨没了我的高傲，黯然了我的生活。人到中年，满面沧桑，是人生这片大海把我洗涤、冲刷。是这座充满欲望和牵绊的城市，把我紧绷的弦拉紧，欲罢不能。何处是梦想？何处有期望？何处有牵挂？何处是故乡？

人生如同一棵苍翠的大树，而我，也只是一片孤单的叶子。无助地等候春的发芽、夏的繁华、秋的枯黄、冬的遗忘。

在那个寒冷的季节，我背起了空空的行囊，离开了曾经给予我温暖的故乡。虽然天寒地冻，可浓浓的乡音，深深的乡情，还有亲人的牵挂，使我深深留恋。带着憧憬，来到了向往已久的彩云之南，编织着我多年的梦想。

生活的艰难,现实的残酷,自认坚强的自己,延续着做人的善良,并有我独立的人格。在这个现实的大都市里,我突然迷失了自我,没有了方向。犹如那孤单的纸鸢,飘荡在天涯,用思念的弦来拉扯自己找回方向。

仰望那纸鸢,你不正如我一样吗?你如我没有自我,你如我没有一个属于自己的根,只有用一生的时间去使自己渐渐地接受不可改变的事实。这是一个美丽的秋,却也是一个充满困惑的季节,不知道是因为纸鸢的渲染,还是因为我落寞的情怀所导致。沉沦在思念让落寞更浓,漫无目的地游走在人流中。

一声清脆的喊声,惊扰了我思乡的心境。"拉紧呀!这面风大,它会飞得更高。"一个稚嫩的童音传入耳中,将我惊醒,看着她快乐的样子,心中既欣慰,又羡慕。喃喃自语,原来我在庸人自扰,看那小孩子玩得多开心呀!童年就是这样的,要欢快,要在奔跑中找到乐趣,如今没有童年的日子,我们会怎么样呢?抬头望一眼纸鸢,那雄壮的苍鹰,依旧在头顶盘旋,丝毫没有畏惧风的无情。我想,人生就是如此,不管过去如何,路依旧要走下去,不管今天如何我依旧要努力,不管未来如何我依然要满怀希望,坚定地走下去,不是吗?

收回惆怅和迷茫,我依旧在不停地寻找,任凭思念的情绪在天涯飘荡。亲人,千山万水何时是我的归期?故乡,思恋依旧,请把您的胸怀敞开,浪迹天涯的游子要飞回到您的心海,不要做那没有自主的纸鸢……

6
缘来，只为懂得

懂得，是一种心灵的默契，它来自两颗心的真实交汇和贴近。人的一生中，总是渴望找一个懂得自己的人。一句话，一个眼神，一个动作，能彼此相知。不用过多的语言，只需相视一笑，或者一句你的心思我懂得，便已经走进了彼此的内心世界，将一颗浪漫的种子播种。

渴望得到知己，希望得到今生最温暖的陪伴，这是人们梦寐以求的初衷。一直认为，真正的情感，没有时空和距离的区分，没有天涯和海角的阻隔。它是跨越心灵的一条长河，悠远绵长。完美的情感，你不说，我懂；你说，我聆听；你笑，我欣慰；你哭，我无语哀伤；你幸福，我远远看着。也许在真心的人眼里，付出真情，读懂你的内心，用一生的时间来守候和牵挂，便是懂得的价值，是一种超越世俗、贴近灵魂的交汇吧！

"知我者谓我心忧，不知我者谓我何求？"人活一辈子，不可能让所有的人都懂你，也不可能心有所思，便一切如愿。一生中，总是在不断地摸索中寻找自己的位置，在不停地邂逅中遇到不同的人或者事物。人们常说，懂得，是这个世间最珍贵的情感。茫茫人海，邂逅一段缘，便是最美的风景，只要用心把握一切便能永远。

纷扰的尘世间，人们渴望一个聆听者走进生活，却时常陷入情感的旋涡。佛语，心是红尘，亦是净土。心中有杂念，就无法走出纠葛，看淡所有。人都是感性的动物，真正将金钱、地位、情感当成虚无的人，并非多数，也不是无情无义。因为明了，有些东西，你抓得越紧流逝得越快，你奢望越多，离得到就越远。

这个世界上，没人愿意让你套上枷锁，没人不渴望心灵的自由，没人不想找到一个灵魂的净土，有一个真心相伴，毫无奢求的知音。于此，境由心生，情感中，假如一方一味苛求完美的价值，另一方被牢笼禁锢，便陷入红尘中的万丈深渊，不能自拔。财富也好，感情也罢，缘分更是如此，别掺杂太多的欲望，清心寡欲些，适度就好。

生命就是一条轨道，无论哪里交错，都有其尽头。行走在漫漫旅途之中，每个人都在固守着心灵的堡垒，一刻不敢松懈。走着，交错着，流着泪水看着路过的风景。寻觅着，追寻着，为了心中的期望而守候着，都是一种常态。

曾几何时，我们发现，这一路走来，泪水与欢笑彼此交汇，情感无形中成为了最大的精神依赖，无时无刻不在内心深处纠葛。天地之大，人的渺小，行走的艰难，让痛苦不断地叠加在心中。走走停停，一路奔波，生命在无数次茫然中交错，也在流逝的光阴中被无情蹉跎。人到中年，站在时光交错的路口，回首年华中曾经经过的那些用心书写的故事，平添了很多的感触。内心明了，一切的曾经都是成长的印迹，那些无法抚平的裂痕只能交给时间和记忆去遗忘与封存。

都说往事如烟，生命中，总有一些东西值得怀念。缘分缥缈，机缘错落，有些人从熟悉变成了陌生，有些人真心相伴而变成了故人，本是必然。交错于情与理之中，相望于悲与喜的江湖，如何能尽善尽美来演绎情感的盛宴？慢慢清楚，所谓的情意无价，理应从心出发，彼此用心呵护，互相相辅相成，不该有任何自私自利的存在，方能验证情感的真伪。这个世界，没有什么比真诚更可贵的东西，也没有什么比信任更稀缺了，也没有比懂得更加珍贵了。

懂得，是一树花开，带着芳香，夹杂着美，给人生添加着色彩。懂，因你存在，缘，因懂得而倍加珍惜。短暂人生，相遇最美，最值得珍惜的时光里，因缺失了信任和真诚而错过的人们，请记住曾经一起走过的日子，那段欢声笑语的时光请好好收藏。你不懂我，我不怪你，我不懂你，你别强求。

"身无彩凤双飞翼，心有灵犀一点通"，所有相遇的缘，悄然在时光的流逝中溜走。再次聆听满文军的《懂你》，心中有种无言的温暖。花静静地绽放，在我忽然想你的夜里，多想告诉你，告诉你我心里一直懂你……一年年的风霜遮盖了笑颜，你寂寞的心还有谁能体会？是不是春花秋月无情，年复一年你的爱已无声。多想靠近你……

生活中的我们，渴望找到一个懂得的人，来陪伴孤独的旅途，一起走过平淡的日子，完美寂寞的时光，将情感丰润。漫漫人生路，穿梭于人潮人海中，驻足于缘分交错的路口，不为烟花绽放时刹那的惊喜，只为那句你懂得。于我，还有何求？

7
缘如浮萍飘无踪

落花流水，雨落尘埃，总有许多关于季节的故事在演绎，总有无数的生离死别在上演。尘世间，雨被赋予了伤感的载体，秋被披上了悲凉的外衣。如今，云水初寒，又一个南国之冬悄然来临。静静地坐在车上，透过瑟瑟的冷雨，望向了细雨凄迷的窗外，竟然感到了无比凄凉。

冬雨飘窗，花落消亡，关于季节中很多的故事还没有书写，就瞬间落幕。脆弱的生命，卑微的渴求，寒冷相随。无数次感慨人生，千万次为人生的所有缘分而伤感。经过时间的沉淀，渐渐明白，所有的机缘交错都有其因果，相聚与离别也绝非偶然。

漫漫旅途，或许，我们的一生都如同在大海中行船，时而波折，时而顺风顺水，时而路遇险滩，终究无法逃避。大海行船的这个过程，也如同我们在大浪里淘沙，筛选那个适合自己的机缘。不停地漂洗，不断地遗漏，终究无法挽留沙土的流逝。大浪淘沙，留下来的是沙，珍惜与海的情意，还是想安然回归自己灵魂的原乡？大浪淘沙，来来去去，有缘无缘，一切自有因果。这个世界上，没人愿意成为沙子，也不会希望，成为名副其实的沙漏，在浪花的推动下，被忽视，乃至遗弃到一旁，那是对缘分最大的伤害。

始终相信，人与人之间能真正成为惺惺相惜，彼此走进内心，真诚相伴的朋友并不太多。有些时候，我们回望一路旅途，仔细想想这一路的风雨，发现在孤独、落寞的时候，能陪在身边的人寥寥无几，能真正懂得你疾苦的朋友也为数不多。时常在烦闷时，打开通讯录，乃至好友列表，时常会感到有些身影，曾经熟悉，而今却那样的陌生。

　　于是，在孤独无助的时候，在重压无法排解的时候，总会换来一声无奈的叹息。感慨生命的匆忙，感叹生命的渺小。这百变的人生中，人心终究是孤寂的一个个体，每个人都是在毫无目的地孤独行走。陌生人擦肩而过，走不进你的世界，熟悉的人转身离别，都是生命中的一种巨大的遗憾。缘来缘散中，总是将伤感隐藏，流着泪水安慰那个受伤的自己，轻轻地说：不必在意别人的悄然离去，或许，这一生中没有这段缘分的结束，如何有下一段机缘来临，分开是为了下一次更好的遇见，仅此而已吧！

　　回味人生中的所有聚散离别，慢慢发现，原来很多人与你走散的原因只有一个，就是彼此间的信任出现了危机。信任，是人与人之间交流的最基本条件。一份信任，能拉近人与人之间的情感，也能让陌生变为熟悉。彼此尊重信任于自己的人，拿出真诚去信任他人，这样的缘分才能持久。换言之，信任永远是相互的，交往中的彼此，只要能拿出真实的人性，才能将信任的基石变得牢固。人无诚信，没有朋友，国无诚信，没有外交。信任，来自真诚的心灵交汇，也是给彼此走进内心而打造出的最好名片。

　　结交朋友，其实不存在熟悉还是陌生，每个人都喜欢坦诚真实的人，愿意拿出自己的热情和友好。彼此能走近，需要一份缘，更需要一种执着的精神，还有宽容的胸怀。这个世界上，缘分很微妙，也并不存在性别的区分。男人、女人，构成了这个世界，为情感添加了色彩。

对于情感而言，喜欢结交朋友，不应该介意对方的性别。然而，在中国人的思维之中，传统占很大比例。现实中，男女朋友，或者男女之间交往，常常无法掌控暧昧关系的变化，让很多人走进情感的旋涡。其实，结交朋友，并无性别区分，更没有什么层次地位、出身，乃至财富的分别，只要双方能理智处理，能慎重细节，纯净的友谊是存在的，并无龌龊之说。世界虽大，人心却应该纯净，回归本真，才能让感情守恒。那些被杂念迷住了双眼，冲不破欲望的枷锁，困在情感的牢笼中的人们，肆意践踏一份友谊，将是人格的扭曲，如何能找到真正的知己？

热爱生活的人们，总是在失落中感叹命运的不公，一度让生活晦暗。现实中的生活并不复杂，它最初是没有任何色彩的一幅版图。在有了喜怒哀乐的融入，悲欢离合的磨合，才完整。一切的一切所向往中的美好，都来源于人类情感的添加才能让它色彩斑斓、千姿百态。

乐观的人，喜欢把握快乐的时光，释放痛苦。悲观的人，喜欢将痛苦的比例无限扩大，让内心时刻纠结。于是，形成了两种人生状态，积极与消极的反差。人一辈子行走，不可能一帆风顺，命运、事业、婚姻、家庭、亲情、友情、爱情，种种机遇，都会给予我们快乐和忧伤甚至退缩与彷徨。生活简单而平淡，智者学会删除烦恼，愚者却总会将生活中的美好忽视，囚禁在个人世界的牢笼。生活是一种姿态，善待自己才能用最好的状态去迎接一切的机遇。

仰望天空，我们总会感到世界的广阔，天的湛蓝，生命的渺小。低头走路，总是觉得季节变换的无常，瞬间花开，刹那陨落，埋藏在尘埃。大海行船，总是惧怕风浪的肆意追赶，害怕被卷入浩瀚的激流。人生需要不停地行走，必须需要毅力和勇气。攀缘高山的攀登者，渴望走到顶峰，俯视脚下的路，达到征服的目的。坎坷人生路，行走的人们，姿态千变万化，或痛苦纠葛，或自信满满，或消极悲观，或积极乐观，全因心态的关联。路要不停地走下去，不会因错过改变其特有的轨迹。

记得年少时，特别喜欢汪国真的诗歌。既然钟情于玫瑰，就要大胆地吐露真情，既然选择了远方，那就风雨兼程。仔细品读诗歌的意境，回味人的一路行走，真的和人生处于某种状态相似。人们遇人遇事常常处于一种退缩的境地，将情感和感触藏在内心，在心灵的十字路口徘徊，错过了很多的人或者事物。人这一辈子，短暂的一生中，坎坷地行走，为了梦想，为了心中的渴求，能大胆表达心中的想法，远远比囚禁在心中的枷锁要坦然得多。玫瑰芳香，终究枯萎，不把握花期留下的只有遗憾。人生短暂，梦想虽缥缈，缘分似浮萍，没有真诚和信任如何远行？花开花落，四季更迭，把握最好的光阴，风雨无阻，带着一份坚定的信念才能坦然前行……

缘来缘去缘如水，所有的相逢和离别都在现实中上演。然而，钟爱文字的人们，总是在文字中寄托着心中的渴望。他们都有孤独的个性，芳香的笔墨来寄托对缘分的期盼，并无时无刻不希冀能在文字中遇到共鸣的知己，来读懂其心语，作为高山流水的知音，相伴相知。七彩人生路，每个人都在描绘着自己的风景，成为了天生的画家，也总是渴望用浓墨重彩的笔，画出尘世间秀美的风光和人间百态，来装点心灵的色彩斑斓。茫茫人海，知音难觅。旅途匆忙，光阴总在寂寥无声中如烟消逝，一切的因果，足以见证缘分的难能可贵。

"去年今日此门中，人面桃花相映红，人面不知何处去？桃花依旧笑春风。"春暖花开，桃花依旧在，怎奈朱颜改？春去秋来，冬清瘦，碎语锁心愁。缘聚如花开馨香四溢，缘散却如落花流水一去别匆匆……

8
梦醒时分

人活着,总该满怀希望的吧!做一个对得起自己良心的人也该是问心无愧吧!暮色深秋,独自一人伫立在寂寥黑夜的这一端,遥望天宇,扣心自问。几年的文字生涯里,自己执着守候的那份情义,那份内心深处自认为至真至纯的情感到底有多少价值?生命前行中,你的真诚得到了多少的认可?你的所谓无价之宝到底有多少分量?始终没有答案。

活着,始终坚信,每一天都充满阳光,每一次付出都没有奢求回报。然而,为什么在这个秋天里,依旧没有太多的惊喜,没有得到任何收获?是自己奢望太高,还是本来就是一场不可预料的结局?高处不胜寒,夜深梦清浅。细语残情,风吹梧桐,叶落神伤,黯然的夜,没有太多的希冀驻留。清楚秋天的季节里,自己永远是一个故事里的配角,绝妙剧情里的完美傀儡。为什么苛求在没有位置的地方得到位置?为什么奢望自己付出的一切得到回报?天真,幼稚,做一个傻瓜多好,做一个完美无缺的文字的奴多自在?在乎别人的感受,忽视自己的存在,也许痛楚会少点,纠结就不会让自己黯然。

秋天,注定是不属于自己的季节。所见的一切都那么的悲凉,每一滴雨都是冷的,每一阵风都是过客的完美擦肩。这个夜太多的期许,这个夜太绵长。哑然关闭了敞开的落地窗,别让风吹进来。下意识地抱紧双肩,给自己些许的温暖,倔强地挺起脊梁,知道明天自己依旧要开始新的征程,没人陪你到最后。

悠悠岁月,欲说当年好困惑,亦真亦幻难取舍,悲欢离合都曾经有过,这样执着究竟为什么?耳机音乐里传来了毛阿敏触动心灵的歌声,撞击着早已麻木的心。梦醒时分,如今,是否清楚了情义无价的本意?为何人们总是脱离现实,不肯醒来?如若,心中无梦,怎么会等真的有一天醒来的时候,黯然神伤,伤痕累累呢?

深情凄婉的歌声环绕在耳畔,流淌进心底,难免一声无奈的叹息。漫漫人生路,上下求索,心中渴望真诚的生活。真诚二字如此地廉价的现实社会,诚信不再,哪里来的那么多渴望?

回味人生,总是喜忧参半。半载的光阴交错中,依旧被情困扰。走过了那么多的路,看过了那么多的聚散离别,渐渐明白了情感的真正含义。这个世界上没有绝对的公平,也没有绝对的完美存在,能修成正果,不为世俗牵绊的也许只有佛祖和菩萨了吧!不虚妄,不贪恋红尘美景,不思慕酒色财气,不争名利,静心寡欲,完美至极。

佛曰:"本来无一物,何处惹尘埃。"所谓的苦都是自己不肯放过自己,虚拟的痛都是自己在折磨自己的心,丝毫没有更多的价值和意义。放下了,什么都云淡风轻,释怀了,任何欲望都如清水淡淡,何来庸人自扰?

放眼这个世界,处处充斥着争名夺利,每一个角落都溢满了狭隘和自私,面对现实,依旧困惑迷茫。静夜无眠,与黑暗述说着喃喃心语。风吟夜冷,一场秋寒,哑然关闭的一道门,阻隔了与外面的世界，瞬间关闭的一扇窗，堵塞了通往心灵之路，回归孤独的自我。

　　常听人说，眼睛是心灵的窗口，可以看见光明，拒绝黑暗，将世界上一切的美好与丑陋尽收眼底。于是，在狭隘的世界中，拼命地追寻，渴望能在漫漫人生路途中，收获最美的风景。风雨交加，路途漫漫，光阴辗转，将心再一次搁浅。时至今日，突然发现，原来心灵的窗口并不是眼睛，因为眼睛所看到的东西总会有污垢掺杂，那些心中所希冀的纯净只不过是自己的梦中所思而已。

　　渐渐地喜欢闭目遐思，渐渐地喜欢远离喧嚣，渐渐地默默无语，渐渐地退出了曾经认为精彩的虚拟世界。或许此刻的沉默并不是自己的所求，便也无法参悟佛的境界吧！不思，不欲，不妄，不求，不争，不辩，倘若如佛的修为那尘埃又能奈我何？

　　心静了，心境自然淡薄，眼睛花了，世界当然就没了和谐。万物繁衍，能涤荡清纯的内心，将心灵的庙宇修建守恒，丑的自然美了，美的就如陈年的玉，越来越温润，越来越通透了。

　　人到中年，害怕老去，却也无能为力。时常面对光阴的流逝唏嘘感慨，为自己的碌碌无为而感伤。活着，究竟为了什么？成长中深浅不一的脚印和情感的围城中，到底自己得到些什么呢？是成熟的心智，还是耗费的青春？也许，中年就是一壶没有窖藏的酒，必须要经过时光的打磨，经过年轮的沉淀才能使其散发香醇吧！害怕老去，终究老去，选择安静淡然吧！待到暮年之时，静静坐在光阴的角落里，打开尘封的记忆，品读自己写过的寥寥心语，回味一段时光里的最美风景，也是一种别样的享受吧！

漫漫人生路,风雨交加无坦途。几许情缘邂逅,终究是红尘梦一场。谁能告诉我,是对还是错?问询南来北往的客。恩怨忘却,留下真情从头说,相伴人间万家灯火。故事不多宛如平常一段歌,过去未来共斟酌。聚散依依,别梦绵长,秋色旖旎,独我静夜私语。时光流逝,蓦然惊醒荒凉清梦,轻合双眼一滴泪悄然滑落腮边,彻悟结局已凄凉落幕,空留一腔真情伴长夜,终无言……

9 安静地享受孤独

静静地观望着这辉洒在尘世之中的月，有着千古不变的孤傲与凄美。这个偌大的城，被柔柔的月光轻抚，缥缈而朦胧，高大的建筑在霓虹的辉映下颇为壮观，夜此时真的很宁静，仿佛听到自己心跳的声音。

驻足在落地窗前，月光洒落在偌大的空间里，随风舞动的蕾丝帷幔如曼妙的少女在翩翩起舞，一丝微妙的感觉在内心涌动，些许的感慨。

此时的城市依旧灯火斑斓，眺望远处那闪烁的灯影就像那朵朵绽放的烟花，璀璨绚烂。月色旖旎，树影婆娑，花丛摇曳，还似春天的美景，没有冬的萧瑟与寒冷，只是心里偶尔一点无法揣摩的冷。

远处飘来若隐若现的歌声，时而悠扬，时而低沉，飘荡在这个充满生机的季节，也环绕在每一个奔走的人的耳畔，萦绕在静静的夜空……

提笔弄墨把丝丝的感慨融入这诗意的境地，每一次落笔，都在内心涌动着真实的感动，因为明白，一个人的心灵寄托在这里，快乐的时光也在这里。我写意着月，品味着人生。任淡淡墨香坠入了这纷飞的红尘。文字依旧清晰地印证自己的每一次泪与欢笑，终于明白得到与失去已然不再重要。

曾经的自己是一个喜欢喧闹的人，愿意结交很多的朋友，那才是真实的自我。然而，在这个陌生的城市里，我没有了自主，一切没有了那曾经的感动，剩下的只有时常一个人静静地坐在这个城市的一角，听听熟悉的音乐，在文字在空间里写一写心情。郁闷时会频繁地打开空间，去阅读自己写过的那些文字，去品味自己孤独的内心世界，感受好友们的亲切问候，还有那些让我一度感动的留言。那些郁闷和伤感时朋友的分享，那些快乐和愉悦中体会的友谊，一度令我感动。

现在属于自己的空间依然还在，可那些足迹已经模糊。好友的列表也只剩下自己，所以不再饶有兴致地去看空间的动态，不再去理会谁还关心谁，谁还在乎谁，明白了自己最终的位置，不过是停留在这个变幻的尘世里，孤寂落寞的身影。哑然无语，泪湿衣襟，那久违的感动离自己越来越遥远，终成为不再奢望的希冀……

起伏的心情在患得患失中过了一年又一年，可内心的落寞却无法阻挡这一季的寒冷。每一个无眠的夜里，都在用心灵呓语，聆听自己的心事，或许心酸，或许迷茫。有时会泡一杯香茶，让淡淡的茉莉馨香弥漫在属于自己的世界。坐在寂寥的夜里，捧一本书，细细品读，在键盘的敲打下享受属于自己的片刻愉悦。

安静的时候独坐在长夜里，月光柔和地爬上我的窗棂，抚摸着孤寂的灵魂，夜给予的是一片寂静，独自体会的却是一份孤独，伸手想握住那轻柔的薄纱，可发现在虚无的境地里，却始终是遥不可及。也许时光的转换终究会把一切改变，有些事并不是所期望的那么美满。

尘世沧桑我已经品味了许久，回头看一眼曾经走过的路，做过的、说过的、得到的、失去的，依然是那样的脉络分明，不能忘怀。

如今月色依旧清亮，窗外，冬意已经很浓，身边的爱人，依旧是那样的可爱，我依旧喜欢一个人，在静寂的夜里体会独自无眠时那片刻的安宁。与孤独为伍，和寂寞同眠，也许时过境迁的感受需要淡然面对，终究浮华不是我要的拥有，夜依旧静，我依然为安静所感染……

10
相见时难别亦难

  我们的一生都在追逐时光的脚步，追逐已失去和得到的那些所谓拥有。人无完人，金无足赤，人与人之间的机缘错落也没有绝对的完美存在。在乎你，在乎我，为了一句懂得，万水千山来相遇，便邂逅了一程风雨。

  错过，完美擦肩；遇见，欣喜感慨。感谢时光，感谢你，感谢那些给了我们觉醒的人或者事情，不要因为伤害而退缩，也不会因为冷漠而选择颓废。人活着，永远不要违背良心，在缘分的交错中，无意中的忽视失去了彼此，却得到了心灵的成长。

  起点和终点，预示着生命的两端，将生与死巧妙划分。活着，生存于世，除衣食住行之外，每个人还需有自己的姿态和人格魅力。知足常乐，能忍自安，宽容大度，为旁人不可为，行善念与大爱之无形。真实，从心出发，才能走出个人狭隘的世界。诚信，为行为准则，方可坦荡立足于尘世。大爱，播撒一颗温暖的种子，让你、我、他，感受到活着的美好。

  很多时候，我们都是在看着别人的故事，流下同情的眼泪，从而忽视了自己也在故事之中。走走停停，洋洋洒洒，一路编排续写着情节，将自己抛进生活的长河里，挣扎、茫然、纠葛在选择的路口。伴随时间的流逝，我们一路行走在充满心酸的行程中，接受着一场场不可预料的戏剧如约粉墨登场，便无法逃脱和别人一样的厄运。于是，学会了接受，选择了沉默，看淡了所有，心便空了。或许，那泪水的背后，依旧是年复一年的光阴被蹉跎，日复一日过着平淡的日子。

坦然行走，不媚俗流，内心纯美，携一份人性至真至纯的念想。暮年之时，或许，完整了活着的意义，也将生命的价值完美诠释。无数次问自己，心的距离是不是永远隔着万水千山？贴近谈何容易？一个人不能苛求别人如何懂你，如何在乎你，因为各有各的轨迹，各有各的生活方式。一段情感的走向，永远是来自彼此之间的把握，来自真心实意的默默陪伴。

不容置疑，来到这个世界上的每个人，都是渴望温暖的一个个体，并希望活着的每一天都阳光明媚，惧怕风雨交加。然而，在生活的本质面前，应该尊重现实情况的演变。现实生活中，有些人总会将利益当成人生最大的财富，其次才是感情的位置。有些时候将利益最大化的人们，往往会忽视对情感固执的人的内心感受。他们认为，自己的做法并不触及他人利益，只需自己满足就够了。

于是，漠视他人，用情感当成借口，用口头的珍惜拥有来换取别人的再次信任，这样的行为虽然很正常，但还是过于自私的表现。苛求别人无条件赞成，无怨无悔付出，可自己却始终保持自己的立场，将利益最大化，将情感武断漠视。结果，自私依旧自私，狭隘依旧狭隘，满怀忧虑的醒悟者转身离去，便成了一种必然。

感情的世界，永远没有谁对谁错的分别，只有谁对谁付出真心的分量多少来衡量。这个世界上，没有无缘无故的爱，便没有无怨无悔的付出。喜欢付出，那是因为在乎和珍惜，愿意承受伤害，那是一个人内心深处最大的博爱。没有人喜欢用火热的心，去换来冰冷的漠视，没有人喜欢用真心，换来冷眼旁观。付出渴望回报，天经地义，得到不去珍惜，总以为理所应当便没了感情存在的意义。

　　一段值得珍藏的感情，必定需要守候。真正的感情，适合放在心底，真正地原谅自己，便只能选择放手和忘记。善良的人们，会纠结于每一次错误对他人的伤害，内心时常痛苦不堪。其实，任何一种选择都存在着风险和伤害，选择放弃有时候是一种理智，也是一种彻悟。迷途中的人们，不要刻意伤害别人，也不要为了错误的开始，而用一生的痛苦来埋单。一辈子不长，只争朝夕，一生太苦，适当放下心的负累，便缩短了痛苦的行程，才能让自己走向又一个崭新的明天。

　　默默无语，安静清宁，将心搁浅，学会适应，看淡所有，也学会冷眼旁观吧！知晓，人的一生中，得到和失去永远不能成为正比，迫切地渴望得到，便瞬间失去。于是，身处旋涡中的我们，会不断地抱怨生活的不如意，不停地在痛苦的边缘挣扎，导致身心疲惫。得到欣喜，失去哀伤，苦恼中找不到前行方向。然而，得不到成为了回忆，失去的却是你的所得。不要为了没有拥有完美的梦，宁愿以破碎作为失落的借口。人生，没有走完当下脚下的这一步，就不要轻言放弃。一念之间，你可以喜极而泣，转身，你可以遗憾终身。得不到的不要强求，失去的不要过度悲哀，或许，这是一个新的开始。

　　途经岁月的长河，悉数盘点着交错于生命中的经纬，一次次感叹人生的变化无常。安静也好，平凡也罢，一个人的世界习惯了倾听和沉默。时常用寥寥文字喃喃自语，独自在高高楼宇间的狭隘空间描述着简单得不能再简单的人生。辗转反侧，独自诉说，不惊不扰，在夜深人静的时刻，找回最初的自己。花开花落，风吹梧桐，细雨飘窗，芭蕉私语，万籁寂静，空旷世界，唯独我在静静聆听，无尽夜色里流淌着寂寥的岁月在独自唱歌。

时光如织布机上的梭，一刻也不会停留。感情也如盛满水的杯子，一点点冷却，慢慢没了温度，渐渐失去了温润。杯子空了，不是水的无情，而是杯子根本无法左右水的去留。尘世万物，世间情感，不会一成不变。有些时候，在你拼命地抓紧时，它已经在悄无声息中消失于无形。无情，有情，多情，亲情，爱情，友情，情缘种种，不去珍惜，到头来终究一场虚空……

时光飞逝，转瞬消失在瞳孔之中。苍老的年华似摇晃的钟摆，不停地旋转着，将生命无情耗费。人的这一生，一辈子太短，只争朝夕。一生太多的苦，只需活给自己。怎样活着是姿态，如何活着是方式。精彩也好，平庸也罢，都是命运最好的安排，别人无法帮你选择。难以预测的人生版图，勾画出每一个人行走的轨迹，永远不会一成不变。今天事，今天做，未来的路，谁能知晓走向？谁能预测到下一秒将要发生什么？谁又能提前为自己的人生做一次规划？或许，那希冀中的美好，往往多过失落后的纠结吧！活着，就珍惜存在的每一分、每一秒吧，不要让年华虚度。

有些事，看开了，便自然淡了。喜欢淡，觉得那是一种优雅的情怀。淡淡的女人味，不骄不躁，不惊不扰，无所求，安静于角落里做自己。淡，可以沉淀一份心灵的宁静，可以慢慢参悟出一份出尘的心境。喜欢淡淡的感觉。安静的时候，独自思考，融合着季节中淡雅的馨香，给灵魂安一个家。似水时光似水流，光阴交错无所求。沉淀一份美，守候一方净土，让心不再结垢，才能心安。

生命流逝，湮灭了风华。扪心自问，这个世界上有没有一句承诺说过天长地久，却后来变成了离别剧终。有没有一生无悔的约定，到头来变成了一场虚空？一路走走停停，一路波折坎坷，一路喜怒哀乐，一路穿越岁月的长河。回首曾经来时的路，那些故事的结局以凄凉落幕。

走着走着散了，念着想着淡了，分分合合以后烦了，兜兜转转间突然看不到明天。漂泊的路上，风雨中携一份善念前行，默默无语，含泪与昨天挥手，凄凉的结局背后，永远一个人孤单地走。深深懂得，承诺太轻，不必多言，誓言太浅，不必回忆。邂逅于缥缈的红尘，分别在梦冷的昨天，终将演绎一段让彼此不堪回首的遇见……

图书在版编目（CIP）数据

岁月沉香 / 今生依梦著 .—北京：
中国华侨出版社，2016.9
　ISBN 978-7-5113-6297-1

　Ⅰ.①岁… Ⅱ.①今… Ⅲ.①散文集 – 中国 – 当代
Ⅳ.① I267

中国版本图书馆 CIP 数据核字（2016）第 218133 号

岁月沉香

著　　　者 /	今生依梦
责任编辑 /	文　喆
责任校对 /	孙　丽
经　　　销 /	新华书店
开　　　本 /	670 毫米 × 960 毫米　1/16　印张 /17　字数 /200 千字
印　　　刷 /	三河市金元印装有限公司
版　　　次 /	2016 年 10 月第 1 版　2019 年 6 月第 2 次印刷
书　　　号 /	ISBN 978-7-5113-6297-1
定　　　价 /	32.00 元

中国华侨出版社　北京市朝阳区静安里 26 号通成达大厦 3 层　邮编：100028
法律顾问：陈鹰律师事务所
编辑部：（010）64443056　　64443979
发行部：（010）64443051　　传真：（010）64439708
网　　址：www.oveaschin.com
E-mail：oveaschin@sina.com